御龙记

Mr. Dino Trainer

史前闯入者

邢立达 —— 著

北京联合出版公司
Beijing United Publishing Co.,Ltd.

图书在版编目（CIP）数据

御龙记：史前闯入者 / 邢立达著 . —北京：北京
联合出版公司, 2018.8
ISBN 978-7-5596-2248-8

Ⅰ.①御… Ⅱ.①邢… Ⅲ.①科学幻想小说–中国–
当代 Ⅳ.① I247.5

中国版本图书馆 CIP 数据核字（2018）第 128467 号

御龙记：史前闯入者

作　　者：邢立达
责任编辑：郑晓斌　徐　樟
特约监制：赵　菁
产品经理：杜　思
封面绘画：李　涛
内文插图：张宗达
装帧设计：棱角视觉

北京联合出版公司出版
（北京市西城区德外大街 83 号楼 9 层 100088）
北京嘉业印刷厂印刷　新华书店经销
字数 270 千字　700 毫米 ×980 毫米　1/16　20.75 印张
2018 年 8 月第 1 版　2018 年 8 月第 1 次印刷
ISBN 978-7-5596-2248-8
定价：42.80 元

序

恐龙是曾经生活在遥远的地质年代的物种,曾经统治地球一亿年,在同样遥远的六千多万年前突然从地球上灭绝。以上这些时间跨度的漫长,远远超过了人类世界的时间尺度,我们说恐龙曾经"突然"灭绝,这个"突然"所代表的恐龙的"弥留之际",可能都远远超过从原始智人到今天的整个人类进化史。但人们仍然对恐龙怀有浓厚的兴趣,事实上超过了对地球远古曾经出现过的所有其他物种的兴趣,超过了对三叶虫、始祖鸟、猛犸象和剑齿虎的兴趣。这是一个很有趣的现象。

也许,人类对恐龙感兴趣的重要原因之一,正在于这个物种所涉及的漫长的时间,仰望星空让我们体会到自己在空间上的渺小,而恐龙则让我们感受到自己在时间上的渺小。与它们统治地球那漫漫的一亿年相比,人类的历史连弹指一挥间都算不上。

也许,我们对恐龙的兴趣也来自双方的巨大差异,来自它们带给我们的陌生感。同为统治地球的物种,人类与恐龙间的差异是如此巨大，以至于它们像是来自外星的生物，这使得我们对恐龙和它们所生存的那段遥远的岁月充满好奇。

对于恐龙，我们有太多想知道的东西，比如它们的生存状态，是什么能够让它们统治地球那么长的时间；我们也想知道它们皮肤的颜色，它们是热血还是冷血动物等等；当然也想知道它们灭绝的原因，众所周知的小行星撞击只是众多猜测中的一种，科学家们认为完全可能有其他的原因，比如气候的变化、遍及全球的森林大火等，其中最好玩的一种是恐龙们放的屁导致了大气成分的变化，进而使得全球气候变得不适于恐龙生存。但有一点已经基本确定：正是恐龙的离开给了当时弱小的哺乳动物生存和发展的机会，进而使人类的出现成为可能，这使得这个遥远的物种与人类文明有了一个令人感叹的联系。

对于恐龙，人们充满了各种各样的想象和推测，其中最常见的是想象一种几乎不存在的可能性：是否有幸存的恐龙跨越时间的深渊，一直生存到今天？这种想象被投射到传说中尼斯湖和天池等地出现的怪兽上。

《御龙记》就描述了人类与恐龙共同生存的世界，但两个物种的相遇不是发生在现在，而是在几千万年前遥远的白垩纪，与西方类似的科幻小说不同，这个人与恐龙共存的世界是建立在中华文明的背景上的，壮丽的唐朝文明通过时空裂隙穿越远古，繁衍发展，以他们卓越的智慧和魄力，驯化了恐龙，进而成为龙背上的民族。我们知道，在现实的历史中，马的驯化成为人类文明发展的强劲动力，也是决定人类历史走向的重要因素，而恐龙，无论是力量还是种类的多样性，都远胜于马匹，一个龙背上的文明，借助于这种庞大动物的力量，将在白垩纪那远古的大地上创造出怎样波澜壮阔的历史，演绎出怎样的铁血史诗和爱恨情仇，《御龙记》中都有生动的充满想象力的描述。

作为一名古生物学家，本书的作者对包括恐龙研究在内的古生物学有很深的造诣，在恐龙足迹学、古生物化石形态学和古生物病理学方面都颇有建树，深厚的专业背景使这部作品拥有了独到的特质，把想象力建立在坚实的科学基础上，书中对包括恐龙在内的古生物的描写，以及对白垩纪自然生态的描述，都有着严谨的古生物学依据。这也是《御龙记》高出其他同类题材的科幻小说之处。

关于恐龙，有一个问题最吸引我们：人类从出现到进化出文明用了不到百万年，恐龙的时代是这段时间的上百倍，那么我们会顺理成章地想到，曾经出现过恐龙文明吗？科学的结论基本是否定的，漫长的时间固然会抹去远古文明的大部分遗迹，但考虑到恐龙的化石和脚印都能留到今天，如果它们曾经有过文明，也肯定会有相当多的蛛丝马迹遗留下来，但迄今为止，我们什么都没有发现。《御龙记》的世界设定在这方面也遵循了科学的严谨，没有像很多科幻小说那样去描写不着边际的恐龙文明，而令人信服地让恐龙成为一种被人类驯化的物种。

在这里，我们面对着一个让人深思的事实：人类是地球上唯一进化出文明的物种，而曾经有过一个物种，在地球上繁衍了一亿年，仍然没有进化到文明阶段。这是否能让我们认可这样一个结论——文明是一种纯粹的偶然现象？遥望星际，费米悖论似乎也是一个证明，宇宙中有可能在许多的世界中进化出生命，但没有文明，所以我们无法探测到它们。

恐龙无疑是一个成功的物种，而人类，按照目前的发展趋势看，别说一亿年，能撑过下一个百万年都难，在大自然的眼中，与恐龙相比，人类的历程是什么样的呢？正如在本人的一部科幻小说拙作中所述："那可能只是在一个悠闲的下午看到的事：有一些活着的小东西在平原上出现了，过了一会儿，这些小东西多了起来，又过了一会儿，它们建起了蚁穴般的建筑，这种建筑很快连成片，里面透出亮光，有些冒出烟；再过一会儿，亮光和烟都消失了，活着的小东西也消失了，然后它们的建筑塌了，被沙埋住。仅此而已，在大自然见过的无数的事儿中，这件转瞬即逝，而且未必是最有趣的。"

这就又引出了另一个更深刻的思考：对于一个物种来说，文明，特别是技术文明，是生存的利器，还是毁灭的陷阱？

对这个问题的回答其实取决于我们自身的抉择，人类文明延续一亿年不是没有可能，但不可能在地球上实现，出路可能只有一个：飞向太空，开拓新的生存空间。如果人类能够在太空中建立众多的世界，其中一些毁灭了，更多的文明的种子在更多的星球上萌发，那一亿年并不是一段很长的时间，人类文明甚至可能延续到宇宙末日。

想得有些远了，还是让我们进入恐龙时代的唐朝吧。

刘慈欣

2018 年 3 月 10 日

御龙记：史前闯入者

目录

• 小引 / 坠龙

曾经风华无双的十三行如今已显露出破败之相。

但这地界的夷馆洋行仍十分热闹，火油、蔬果、饼家等各式商行门前熙熙攘攘，各家伙计用广府话、客家话、潮汕话吆喝着叫卖自家的商品。

珠江边的码头一片喧嚣，船老大忙着安排船期，清点货品。码头上汗流浃背的苦力们扛着沉重的货物举步维艰，工头却仍在大声咒骂催促。

几只乌鸫从低空掠过，叫声婉转，浑不知今日便是它们的死期。

在遥远的云端，乌云抖落带电的微粒，大量吸附空中的飘尘，发出噼里啪啦的放电声。一些细丝状的闪电先行崩出，奇异的光线突然划破宁静的天空，劈打在珠江的水面上，周遭的船家发出两三声惊叫。乌云此时越聚越大，大气摩擦引起的隆隆异声引起了人们的注意。客商、工头们终于停下了手中的活计和鞭子，回望了一眼天空。

那些乌鸫被惊扰，飞得更高了些。

一个物体正以诡异的轨迹从乌云中穿透而来。

"那是什么东西？"苦力们对着天空指指点点。

"发乌青，有点像……蛇？"眼神好的人，能依稀从包裹着物体的一层水雾之下看到乌黄乌绿的外观，仿佛还灵动地游着。

太阳此时爆发出了恰到好处的能量，物体周遭的水分瞬间挥发殆尽，它的全身逐渐展露出来。

"是……是……是……"

地面上的人们瞬时沸腾起来，纷纷抬头看着这千年不遇的异象，终于有第一个人喊出了声。

"龙！"

"是龙啊！"

就和传说中的一样，那是一条龙。

有十余米长，头如巨鳄，令人胆寒的大嘴就有一米多长，大眼凸出。身上披鳞，四只爪如桨，末端如鲤尾。

龙正在慢慢往下坠落。

不对，它在升腾！

有那么片刻，它停止了下坠，仿佛有一股神奇之力兜住了它的身体，一点点地往天际，往那乌云中提拉。但那股力量终究敌不过龙本身的重量，很快就放弃了，龙的坠落速度反而加快了，那发绿的尾巴在空中拉出一道翠虹。

地面上的人越聚越多，年纪稍大些的不知是畏惧还是脚软，已跪下了好几个，他们不断磕头，念念有词，不敢睁眼盯着看，又遏制不住地想看个究竟。

那一瞬间，龙还活着！

黄绿相间的幽暗躯体，正吸收着太阳所发出的热量，它在云中动弹，狂乱地吸取空气，吞入肺中，试图减缓坠落的速度，但这根本无济于事，它的大口微张着，密集的、锋利的圆锥形牙齿在阳光下透出一抹抹诡异的亮色，鳞片与空气产生了激烈的摩擦，似乎燃烧了起来。

龙下坠的速度越来越快，直愣愣地往地表拍下，它身旁的整个大气层瞬间被压缩，甚至形成了一个碗形冲击波。空中的乌鸦首先被击中，在重压与高温之下化成了一阵羽尘，随风散去。

撞击紧随而来。

短短一瞬，龙已到达了地面，它周遭的一切，在气化与沸腾中快速降温。

河岸边运送鸡鸭的棹艇被直接掀翻，上头的活禽都躲闪不及，如同龙卷风中的苍蝇一般，被撩起吹散。龙尾如着火的鞭子一般横掠岸边，所有的灯笼顿时一片狼藉，激起的尘土和石子飞溅出撞击地区，龙肉飞扬。

灾难还未结束，岸边的一条蒸汽船满载着厚厚的硫，这些非常可怕的易燃物偏偏被龙头砸中，如同引爆了一个超级火药桶，顿时山崩地裂！

江面被炸起十余米的水波，震动波及好几里以外。这瞬间爆发的巨大火焰在闷热的天气下迅速蔓延，船上的洋人倒了大霉，好不容易才躲过第一波撞击，却又在这大火中祭了祝融。

幸得苍天见怜，乌云吐掉蛟龙之后，仿佛松了一大口气，转眼间下起了滂沱大雨。大雨阻止了大火的蔓延，火势渐渐熄灭下去。

地上，一条破碎的蛟龙，周身被烧得乌黑，皮开肉绽，白骨森森，龙血掺杂着人血，顺着雨水流入江中。

围观的人群中，有一大汉在巨变中率先回过神来，他的肤色不仅比素白的秀才要白，甚至比蒸汽船上的洋人还要白出许多。他试探着走近龙身，轻轻揪下一片龙肉，突然狂笑道："龙肉！长生不老的龙肉！吃了，我就要成仙了！"

这句咒语驱散了周遭的不安气氛，在意识到这是一次千年不遇的天降恩赐之后，先是十余人，然后近百人蜂拥而上，船东、船工、工头、苦力谁也不会放过脱离这人间苦海的唯一机会……

吃下第一口龙肉的那个汉子，热情似乎早已退去，慢慢地走出人群。

- **烟花之地**

夜幕初垂，广州珠江湾南岸停泊的花舫灯火通明，天上的月娘娇羞着隐而不见，江面上雾气蒙蒙。

"少爷。"一位穿蓝长袍、戴黑丝帽、仆人模样的男子转过身来，毕恭毕敬地唤身后的青年，"到了。"

这是艘三十二条柱篷的两层画舫，艇尾高高翘起，上面画着画师拙劣的涂鸦广告，两层都有活动雨篷，可以在雨天时拉出，遮住操桨人。入夜后，画舫中恰到好处的烛光、掩盖不住的笙歌风情，似乎都在暗示此处做何营生。

少爷点点头，四下扫了一眼，对天花板上装饰的荔枝锦鸡和艇头五彩雕花木檐衬托的前门熟视无睹，他着意看的是客人。

短短一照眼，他对今夜此间的利润已有了大致计较。在十三行谭家的不败家业熏染之下，他最拿手的一样本事，便是算计。遑论是他，即便是从伴读小书童做起，跟着他十五个年头的蓝袍青年，心里也打着好几把算盘。

蓝袍青年此时望了望少爷身后的天色，心中惴惴，待会儿的事儿可大可小，他下意识摸了摸腰间的前装转轮手枪。

"哎哟，四哥哥呀！"蓝袍青年还没回头，衣着入时的鸨儿阿芝已经贴上来，"四哥哥，四哥哥呦。"她招呼个不停，胸脯径直往他手臂上挨挤。

"四哥哥？"少爷意味深长地学着念了一句，似笑非笑。

蓝袍青年顿时尴尬不已，他一直伺候着少爷，在府里下人间的地位仅次于总管，平日上街也渐见跋扈，但在少爷面前，他依旧是个寡言少语、办事周全的忠仆。此刻，他简直想把这老鸨踹下水："收声！我家少爷有正事！"

"贵客来了呦！"阿芝一瞥见四哥哥身后的少爷，精神骤时抖擞了起来，"风少爷呀，我还以为您看不上我们这帮姑娘了呢，大家伙儿想死你了呢！"

"风少爷也是你叫的？"对阿芝的轻佻，阿四很是不满，瞪大了眼睛。

嘲风便是这青年的字。传说中龙有九子，排行第三的便是"嘲风"。

对着这一船的风情，嘲风熟视无睹。他此刻全无表情，头也不回地踏入船舱，穿过一楼，沿着右侧楼梯转上二层，推开了观涛厅雕刻繁复的木门。

可这眼前之景，却让他愣了一下。

这个豪华大包间里，坐着一位高大的金发男子，全身牛仔打扮，脚底下放着军用的帆布袋，一手拿着小酒杯，一手拿着折扇，显得有些不伦不类。两边的姑娘罗裳轻衣，面色嫣红，朱唇微启，酥胸微露，莺莺之语不绝，正忙着给这位西洋客人斟酒。

"Dear，我真的再喝就醉了。"侑觞之下，牛仔半推半就，一双棕得纯粹的眼睛略带羞涩地左顾右眄，既舍不得那春光乍泄的肚兜，也放不下这杯中的佳酿。

"公子，您这位客人早到了。"阿芝说，"他一口一个什么'底儿'，是不是他老相好啊？咱舫里可没这名号的姑娘呢。"

嘲风暗笑，这个洋鬼子怕是头遭来这种烟花之地，怎么看怎么暗爽，怎么看怎么不自在。

"咳，史高先生，这是我们家乔少爷。少爷，这位就是史高先生。"阿四简单地引见。

史高见是阿四进门，手从腰间火器上松开，瞧他身后的青年器宇不凡，想必就是主顾了，他露出满脸笑容，放下酒杯就前去跟他握手。

嘲风象征性地捏了捏，寒暄两句，便挥手让阿芝把姑娘、乐师等人都清出去。史高很是不舍，眼光追着那股香味跑了一会儿。

"史高先生倒是喜欢风月场。"嘲风似笑非笑地说道。

"乔公子不知，这里多的是没有结局的美丽故事。"史高似乎还没回过神来。

"那以后可以一起来捧场。"嘲风客套了一下，心想，这风月场上的故事岂有人当真？又想，保不准你这只红毛明天已在领事馆班房里干号了。

"言归正传。"阿四把一直提在手上的沉甸甸小木箱放在桌上，拨开锁头，里面是满满的英国站人银圆，"史高先生，这是四百两银圆，您点点？"

史高揽过木箱，草草翻看一眼，夸道："公子很大气！"要知道他开口就要了三百六十两，谁知不但没压价，还多给了。

散了散酒气，松了松衣领，史高俯身从帆布袋中取出一个小包。"这是你要的东西，最新的鲁格 P08 自动枪，两把，就算是德意志国也是刚刚装备上，我当初想着自己使，可手头紧，割爱了。"史高说着，看了看枪，一副颇为不舍的样子，又另掏出一个小包，道，"这些子弹，都用油纸包好了，你验一下。"

嘲风眼前一亮，忙接过手枪，拉了拉枪机，未动。他加了把劲儿，纹丝未动。少爷变了脸色，史高见场面变得有些尴尬，顺势接了过去，反手拍了几下，顺手一拉，"啪"的一声，开闭锁顿时弓起，像极了尺蠖爬行时那种身体上弯和伸直的姿态。

嘲风眼中发光，史高见状咧开嘴笑了："公子文弱，这新枪油上得重，多使几次便好，只是，千万别伤了自己。我就先告辞了。"史高提起钱箱，欲起身离去。

"别急，别急。"

阿四看了看怀表，热情地挽留史高："少爷点了些特别的酒菜，史高先生何不再坐会儿？"

史高一听有酒，且主顾如此盛情，当即把钱箱放回桌面，又举起了酒杯。

阿四暗自吐了口气，你若是真的走了，不也落得太平？也罢。

他往窗口轻轻拍了拍手，船工听到招呼，赶紧从窗边垂下吊篮，早已停靠在画舫旁等候的"小神仙"菜艇中出来一厨子，小心翼翼地往篮子里装上菜品，挥手让吊篮回收。这菜艇避开了那些工序繁复的菜式，一切以快为主，以保食品新鲜、镬气好、上菜快。

不一会儿，"小神仙"已经把香茗、佳酿奉上，剥花生、酸姜夹皮蛋等一干小菜也悉数在八仙桌上摆出，大碗艇仔粥、艇尾鸡也随即摆上。

"史高先生，尝尝这艇尾鸡。"嘲风拿起筷子夹了一块递过去。

史高忙伸出碗接下，一见是鸡胸肉，很高兴。

阿四在一旁拼命忍住笑。这是少爷的"研究成果"，嘲风发现自己从来不吃的、柴柴的鸡胸肉，到了洋人嘴边却是合心意的美味，此"成果"屡试不爽。

"这肉有嚼劲儿。"史高一口酒一口肉，颇为满意，阿四为了绊住他，不住地给他添杯。史高瞥了一眼他的颈口："你戴的是真龙的牙吧？"

- **结丝萝**

"啊，是。"阿四尴尬地应着。

"我听说前两日晴空坠龙，凶险得很，可惜我没赶上。"

"是，是。"阿四愈显焦躁，眼见少爷看了看自己，不知是不是心理作用，目光中似有斥他镇定之意。

阿四避开眼神，赔笑道："我也是听说的，风波持续了好一阵子，地方军政官员赶到的时候，已是满地狼藉，只剩下火后乌炭和几块龙骨了，至于那条真龙的肉身啊，已经被抢食一空了。"

嘲风有意无意接过话头："天物坠凡，横遭乱民摧辱，实在讽刺。之后气急败坏的老爷们开始派兵勇四处搜刮，嘿嘿，十三行的太平日子，总是没法长久。"

史高放下酒杯，脸上的神色耐人寻味："我只知道黑市上的龙肉、龙牙、龙骨，被炒得千金难求。你这个小跟班身上这块，也要几百两银子吧？我怎么觉得我这枪卖便宜了？"

两人没料到他绕来绕去摅出这一句酸话来，都是一愣。

阿四的脸色尤其难看："你莫非要反悔？"

"不至于，我这人最讨厌出尔反尔、暗中搞事情的人。"

阿四和嘲风面面相觑，不知他是话里有话，还是直陈己见，一时惴惴。三人彼此瞧了一阵，史高哈哈一笑，继续喝酒吃肉，嘲风也即刻镇定下来，阿四却更加犹疑，心中不住暗骂这洋鬼子。

此时暗藏诡异的，不止观涛厅。

一板之隔的耸翠厅，几个团勇正骂骂咧咧，十分吵闹。

一个时辰前，一个把总和五六个团勇提溜着家伙什，闯进耸翠厅，生生赶走房内鸳鸯，见鸨儿劝阻，竟抬手把腰刀往桌上"啪"地一摔，眼看就要发作。还是专门管迎来送往的厅心机灵，他从客官一进门就认出那是团练总局的松把总。好记性是厅心的谋生手段，他赶紧奉上松把总爱喝的碧潭飘雪，递上毛巾，再以私人名义送上佳酿一壶。

鸨儿也连忙拿出玉照芳名册，供军爷挑选。

岂料这松把总一脸不耐烦，推说公务在身，只点了个歌女与乐师唱唱小曲，打发时间。

厅心不想多事，赶紧报上粤讴："《解心事》《拣心》《听春莺》《吊秋喜》《心心点忿》《生得咁俏》《结丝萝》《问阿桂》……"

把总心不在焉，手里捏着怀表，时不时瞥上几眼，嘴上应付着："那就挑拿手的来吧。"

于是一名歌女与丫鬟行将出来，落在厅角，歌女自报家门叫"莺莺"，着传统对襟衣服，盘扣扣到颈下，温柔端庄，玉指纤柔素白，扣于琵琶上。丫鬟不过二八年华，名"燕燕"，是个琵琶仔。

燕燕肤白胜雪，为了方便行船和伺候姐姐，干脆短衫长裤，淡妆素颜，不见丝毫青楼女子的风尘气。此时她神情略带惊恐，捧着毛巾等杂物，杵在琵琶后面，虽显瘦弱，但也眉清目秀，圆溜溜的大眼睛转得甚是可爱。

莺莺嘴边漾开腼腆的微笑，面若桃花，眼睛看着厅板，拨动琵琶，清雅的乐声悠扬，双唇一开："桃花扇，写首断肠词，写到情深扇都会惨凄。命冇薄得过桃花，情冇薄得过纸。纸上桃花，薄更可知。君呀，你既写花容……"

"你老母！咩命冇薄！"

把总身旁的团勇听到了这两句很是不满，他额上贴着万应膏药，尖嘴猴腮的脸盘上是宿醉的浮肿，仗着一股暴戾之气就发作了，还顺手把桌上的瓜果小碟扫翻在地，里面的小零嘴儿滚落了一地。

"换人，换人唱！"松把总没接茬发作，挥了挥手，指了指莺莺身后的琵琶仔。

"哎呀，松大人，这琵琶仔新买不久，这广府话说得还不太利索……"鸨儿忙出来劝阻。

"你个冚家铲，还不识抬举！"膏药团勇一杯酒泼出去，把伺候茶水的厅心淋了满头。

厅心受这殴辱，也想不通为何今天这几位爷如此焦躁，累他无辜。

剩下几位团勇没吭声，神情略带警觉，不知有意无意，手总是在腰间备着，那凸起的轮廓分明是枪一样的物件。

"不唱也罢，过来让爷玩两把，反正也是闲着。"膏药团勇满脸淫笑，眼看就要站起身来。

"姐姐，妈妈，那我就唱一个吧。"这燕燕突然对歌女和鸨儿说道。她的声音脆生生的，但骨子里隐隐透着一股冷毅之气。

松把总点了点头，膏药团勇不好发作，只好把屁股端回去。

"清水灯心煲白果，果然清白怕乜你心多。白纸共薄荷包俾过我，薄情如纸你话奈乜谁何……"

琵琶仔挺起嗓音，唱起咸水歌《结丝萝》。

这略带童稚的声线一出，四周的房客都忍不住笑，就连厅外扒着扶栏、向下探看的娇美的姑娘们也忍不住咯咯笑出了声，都觉得这姑娘一听就不是广府本地人，学起广府话的口音可真是好玩得紧。

可这松把总还真是存心挑事儿的主儿，他怒气外露，对鸨儿骂道："你条扑街，专砸招牌的吧？这丫头系咩料？怕系乱党探子吧！"

说罢，把总拍桌嚷嚷，要对燕燕搜身。自打燕燕进门起，他那浮肿的眼袋里托着的凸眼珠便一直盯着她不放。许久没见过这等货色了，他心想，这靓妹皮肤可真够白，油灯下一照还晃眼，跟团练大人家的瓷杯似的，摸上去一定滑溜得紧，小嘴还紧紧的，嘿，奇货可居啊！眼前的女色，让把总内心只剩下淫邪之念，早已把要执行的任务抛之脑后。

松把总站起身，朝着正值花样年华的两女子走去。鸨儿和厅心这次再也不敢阻拦，看着角落的歌女和琵琶仔，想着这两货要是被糟蹋了，可就真蚀了本钱了。

• 火并琼花

　　莺莺花容失色，放下琵琶站起身来，全然不知所措。歌女只须唱一曲清歌，再陪几杯酒，是不留宿卖身的，但眼下这种情况如果过于忤拒，多半更加吃亏。

　　燕燕不自觉地缩到墙角，微微蹲下，手紧紧抓着长裤。

　　戌时三刻。

　　阿四心里着急，转到少爷的身后，偷偷扫了一眼怀表，指针戳向晚八时。

　　桌上的艇尾鸡已经精光，只剩下花生在顽抗。嘲风不紧不慢地讲着老广州的神怪之说、坠龙逸事，史高听得甚是入神。

　　终于，南岸传来一阵喧哗，纷杂的脚步声掠过画舫外的浮桥，继而是刀枪碰撞出鞘的声音，一大群兵士涌入画舫。

　　最先进来的是二三十个穿着蓝灰色号衣，胸前挺着"勇"字的本地团勇。他们甩出腰刀恶狠狠地低声说道："奉帮办团练大人之命，缉拿革命党！"

　　姑娘与花客们哪里见过这场面，一时惊叫声不绝于耳，慌乱穿衣的、开窗欲跳的，乱作一团，众团勇弹压不住，干脆来个浑水摸鱼。

　　这厢杂音未绝，督练公所的新军又冲上船来，个个荷枪实弹，夏制服、战靴、军刀、汉阳造的乌黑黑的套子，闪了花客们满眼。走在前头的标统要发威，他单脚踩上椅子，扬起勃朗宁手枪，扯着嗓子号了起来："谁也别动，谁动就是革命党，爷就毙了谁！"

话音未落，一阵撕心的铜哨声又起，从沙面租界赶来的英国巡捕气势汹汹。一伙人高马大、满脸虬须的红头阿三乒乒乓乓闯将进来，为首的华人捕头满脸戾气，颠着嗓子对正纳闷的标统说道："我们奉命来抓军火走私犯！不要阻住道儿！"

这乱糟糟的枪口之下，团勇、新军、花客、姑娘都蒙了。

耸翠厅内，色心正旺的松把总此时也暗叫糟了，不就几个乱党小贼吗？怎么搞这么大阵势？他原本还想着带几个小兄弟抓人邀功，再趁乱摸几把，这下……

这小小画舫，这回唱的是哪出戏？

对着洋人，团勇不敢妄动，新军心里暗骂这些白皮手伸得真够远。红头阿三呢，倒也不怕生，留下几人在首层卡好战位，剩下的在英国巡捕的带领下，径直往观涛厅奔去。

乱局当前，嘲风倒也冷静。他无意中跟史高看了一个对眼，只见洋人一脸乌黑，略带笑意，眼睛直勾勾地盯着嘲风，似乎看穿了对面这富家公子的五脏六腑一般，那个表情狰狞得紧！

嘲风被他盯得发毛，不自觉也阴狞起来，暗中摆好手势，准备一有风吹草动就拿枪。

史高脸上的肉微微颤动几下，似乎终于按捺不住，压着嗓子道："公子，这些人八成是冲着我来的，你们先走，我护你们一程。"见对方没反应过来，史高又补了一句，"我是美利坚人，巡捕还奈何不得我！快走！"言罢，他从帆布袋里拔出一把毛瑟五连发后装步枪，快步走至厅门一侧，楼梯上英国巡捕的面容此时已清晰可见。

眼见事情发展到这般境地，嘲风在心里暗叹"好胆色"，表面却假作贪生状，匆匆抛下一句："感谢好汉，有缘再会。"说完跟跟跄跄地往后退，仿佛被这突如其来的变故吓到腿软。

英国巡捕命令红头们往前冲，主子发话，最前面的红头鼓起腮帮吹哨子，举起枪对准琼花厅，像豚鼠般朝前疾奔而去，很快，嘲风便听到了刺耳的"砰！砰！砰！"的枪声。

红头朝史高开枪，但未击中，镜台碎了一地。史高一个打滚迅速避开射击，躲在梳妆台后，猫腰前行一段，趁红头上膛空隙，一跃而起，举枪便射。

只听红头"哎呀"一声，捂着胳膊往旁边一滚。史高对准的是他的右胳膊，夺其战力，而不伤及性命。

剩下的红头看见自己的弟兄倒下，怒吼一声，各自找好屏障，冲着观涛厅的枪响处搂起火来。一时间，厅门木屑纷飞。阿芝和船工吓得直往八仙桌下钻。而这红头的枪法也无甚准头，漏出几发射入耸翠厅，吓得把总大人扑倒在地，率众躲起。

这边史高弹无虚发，哨子那尖厉的啸叫声点燃了他每一根神经，他顺手抄过滚翻在地的酒壶，残浆对嘴喝了一小注，烈焰般的斗志已被燃起。

哨声夹杂着姑娘们的惊叫声、人们夺路而逃时物品的落地声、团勇新军的咒骂声，似乎唤醒了他记忆深处的某些东西，霎时间只觉得这些都是恶魔的声音。

如有神助般，史高剩下的四发预装子弹一口气放出去。楼梯扶手上下各中一发，"啪啦"一声，一段木扶手往一层坠下，靠外的红头们不小心掉下去两个，摔得满脸是血，全身扎满木屑，哀号不止。

紧接着，吊顶灯笼掉落，二层入口顿时昏暗了许多，红头们的射击顿时慌乱起来，更没准头。楼梯口的立地大花瓶被射中腰部直接粉碎，四散的瓷片呈扇形迸了一地，几个穿着短裤单腿跪地射击的红头又被扎得一阵哀号。

• 一箭双雕

正在这交火的当儿，嘲风主仆俩急忙行至厅内角。阿四一脚踹开隔板，领着少爷闯进耸翠厅，就要从窗户的雨篷往下爬，一叶棹艇早已在那儿等候多时。

不料主仆俩这一脚，却把躲在角落的莺莺、燕燕踢了个猝不及防，两人跟那些被动过手脚的破木板一道跌倒在地，甚是狼狈。嘲风撞倒燕燕，低头的一瞬间，眼光变得异样，直勾勾地望着燕燕胸前的物件。

破裂声吓了松把总等人一跳，这几个兵痞原本正躲在被掀倒的八仙桌后面。眼看两乱党闯入，数眼相对，把总恶向胆边生，邀功念头一闪而过，顾不得眼前之人似乎有点眼熟，举起转轮手枪就向着嘲风射击。

阿四瞅见了这黑洞洞的枪口，大喝一声："少爷当心！"一个侧扑便要去挡，却被摔倒在地的燕燕所阻，未能如愿。

嘲风这才从恍惚中醒悟过来，顺势一闪躲，躲过呼啸而过的子弹，紧接着掏枪便射，一颗子弹精准地击中了把总手中的枪，手枪应声落地，子弹擦着把总的脸颊而去。这么精准的枪法让把总心惊肉跳，虎口被震得疼痛难忍，顿时酒气全消，整个人蔫了下去。

"少爷,快走!"见略得上风,阿四拉过少爷,从画舫的窗户往下爬到底楼。只听见棹艇"吱呀"一响,似是有人跳将上去,又听到有人扯着嗓子喊道:"乱党从水路逃啦!"

画舫中还没回过神来的新军和团勇一听,前者不管楼上枪战未休,转身出舫观望,作追捕状,后者忙着从另一侧楼梯上门,接应把总去了。

史高一听公子已走水路逃脱,无心恋战,虚开几枪震住红头,转身便从二层窗户跃下,水声乍响,水花四溅。

红头们闻声破门而出,只见空中无月,江色乌影幢幢,他们不愿下水卖命,就逼着华捕跳下,同时不断往水里放枪,水花朵朵,甚是热闹。

"少爷,您看!"阿四从一个香闺里往外一指,"史高先生在那儿!"

就在阿四手指的方向,史高被红头接连不断的枪击轰出了水面,挣扎了几下,似乎没了动静。这些目中无人的巡捕此时依然盛怒难消,原本能速战速决的抓捕,演变成损失过半的持久战,红头巡捕们一边用印度语大骂着"烂人!"一边又打出一梭子子弹。

"可惜了,也是条汉子。"嘲风看了一会儿,见史高慢慢沉下了水,叹道。

嘲风和阿四夹在惊慌失措的众花客之中,经浮桥回到岸上。这平日里罕有人行走的小桥,此时也热闹起来。不过,团勇们对众花客可犯起了愁,这胆子着实生不起来,先是撞见了通判、道员本尊,然后是布政司等各大衙的衙内,更不提那些士绅、富商,没有一个团勇敢在这些人物面前有一点儿不敬。

"噢哈,四哥!"一壮健的团勇发现了阿四,远远地跑上前来。

"阿杰啊!"阿四听到呼声,迎上前去,劈头就问,"今晚怎么这么大动静?"阿杰早年曾为谭家搬过货,谭老爷见他忠厚,且懂点拳脚,便举荐他为团勇的小教头。

"不知哪条扑街昨日先是差点擂破了衙门大鼓,然后跑遍了团练总局、督练公所、沙面英租界，还有凤凰岗水师，说得神秘兮兮的，差点写下血书，说今晚有大票革命党和英国走私船接洽，就在琼花舫观涛厅，戌时整便来人收购军火，准备起事！"

阿四闻言倒吸了一口凉气，脸上的表情似惊似怒又似哭笑不得，甚是精彩。

见少爷在场，阿杰竹筒倒豆子般全说了出来："我们出动了两百多个弟兄，把这一带围得水泄不通，结果根本没什么大队乱党，松把总卧底在舫上，与匪激战，击毙一贼！"

少爷摆了摆手，叫阿四赏了一个银圆。阿杰喜不自禁，喝止了要上前搜身的勇丁，一直护送少爷到岸上。

南岸。四周行人渐稀，人人都想尽快离开这是非之地。

嘲风越走越慢，身后的阿四耷拉着脑袋准备挨骂。他自知今夜之事，自己办得太过火了。

数日前，阿四的赌坊旧友找上门来说有一个落魄牛仔，要卖两把最新式的佩枪，但索价甚高。少爷喜枪械，略一琢磨，便定下了银圆买枪、官差抓现行、趁乱脱身、枪财两得的损招。于是，阿四便兴致勃勃地导了场"大戏"，先找二五仔通知了衙门；把银票换成不方便携带的银圆；买通菜艇，让其见机将钱箱与得来的枪支从厅房窗户吊下，藏于艇上；又在耸翠厅的隔板上做了手脚，约好棹艇，在窗下等候，并包下了底楼的房间，以防万一。

没料到那二五仔大大夸大了此事，几乎惊动了省城所有的武装力量，原本几个官差几把腰刀的事情，变成了惊天动地的大围剿。幸好两人最后躲在底楼，并让棹艇先走分散了官兵们的注意力，最后才混在人群中保得周全。

果然嘲风黑着脸，阴沉沉地问道："阿四，你找了谁去通风报信？"

• 风月红利

"少爷，小的找了卢少，就是那个他爹做印务、后来被抄家了的破落公子。"

"我的银子你都给了？"

"对，八两。"阿四小声说道，他其实只给了五两。

"五两。"嘲风眼里闪过一抹狡黠，神情似笑非笑，"你最多给了五两。"

"你怎么知道？"阿四急忙住口，吓得退后了好几步，当面被拆穿了西洋镜，说不定要挨少爷的皮鞭，阿四急得手足无措。

"我算好的五两，也料得你一定找的是熟悉各衙门、戏份经常演过头的破落公子，一定是五两雪花银，才够他从衙门、团练、公所、租界，一路告到水师！"看阿四目瞪口呆的样子，嘲风忍不住大笑起来，"这次是我算计着玩儿，不怪你。下次你便知，差人办事，要了解他的脾性，而这钱，更要恰到好处。"

说罢，他掏出一块万国 1894 年的猎人怀表，弹开那刻有密西西比河蒸汽船浮雕图的表盖，指针已经落在十点一刻，接着说道："因为闹大了有闹大了的好处，走！回琼花。"

"啊？"阿四瞪着眼睛，还顾不上感叹少爷的心机，又丈二和尚摸不着头脑，这银子和枪械，明天差人去取不就完了？何苦现在回那是非之地？但嘴上只敢应允着。

此时远处传来"笃！笃！""吭！吭！"的梆声。两名着马褂、提灯笼、持铜锣的更夫出现在远处的港湾码头。原本待命于此，准备缉拿革命党的团勇们，此时早已散去。

"小神仙"停泊在岸边，它的艇主正哭丧着脸看着一船的累累弹痕。他见阿四走来，忙从船舱菜堆中抱出钱箱和枪包迎过去，刚要张口抱怨这次因小失大，却被阿四瞪了一眼，只得硬咽回去。

主仆俩上至琼花，沿途尽是歌女对团勇的咒骂声，多年的私房钱被搜刮一空，连老鸨也不能幸免。阿芝见了两人，尚未开腔。嘲风对阿四使了个眼色，阿四奔上前来一把揪住她的衣领："贱人！是不是你报了官？"还未等对方反应过来，阿四又推开她，拔出手枪指向阿芝，"你个臭娘皮，害我家少爷差点送了命！"

阿芝跌倒在地，被冰凉的枪管顶着，脸上的肌肉微微抽搐，吓得木偶似的直点头："是，是，小的该死……"转念又知说错，哭着辩解道，"不是！四哥哥，冤哪！贱下哪有这个胆儿哇！"

嘲风正直勾勾地盯着阿芝，幽黑的瞳仁在烛火下闪着似怒非怒的寒光，眼神如利刃，阿芝只觉得脸上被那道目光切了好几道。

"料你也没这个胆！"嘲风开了腔，伸手拽下阿四戴的龙牙，"这龙牙也抵个小几百两，你先收下。"

阿芝愣愣地看着嘲风，脑筋一时间转不过弯来，只讷讷地说道："这……风少爷，这如何使得？"

"别急，我向你要个人。"嘲风不温不火地说道。

阿芝稍微清醒了些，脑子里迅速闪过玉照芳名册上的几个头牌姑娘，心疼得厉害，这些女子随便哪个也要个四五百两银子，真折了老本，但这个纨绔子弟还真得罪不起，只好咬咬牙应下了。

"嗯，把燕燕叫出来。"嘲风说道。

"燕燕？那个外省琵琶仔？"阿芝闻言一愣，想着风少爷怕是哪儿拎不清，拿四百两白花花的银子换个曲都唱不好的琵琶仔？随即她又心中窃喜，这少爷今天是特地给自己送钱来了，忙不迭应承着进坊找人去了。

"快叫恩人！"转眼间，阿芝便将燕燕提溜出来，让她跪着，"不知道哪辈子修来的福气，这般贵重好德的少爷要给你赎身啦！"

燕燕闻言，纳头便拜道："丫头拜谢谭少爷。"说罢她磕了好几个响头。

"哪般来历？"嘲风不理会燕燕，又问阿芝。

"是被她舅舅卖来的，"阿芝说，"道她家原是贵州官府，其父因镇压匪患不力，被流放新疆。这丫头跟着舅舅前去寻亲。哪晓得她舅舅既抽大烟又滥赌，转手把人卖了，那恶舅舅每个月还追来讨私房钱，讨不出就一顿打。"说到这儿，阿芝故作愤愤不平状，"我图便宜，收来做歌女，可她又不会广府话，每日还好吃好喝养着，只赔了我不少钱，实在难办啊！贵公子您收了去……"

"慢！"嘲风一脸不耐烦，"这瘦兮兮的，没前没后的黄毛丫头就要讹我几百两？"

"公子哟，"阿芝心里一紧，"这琵琶仔也养了两三个月，一到相应时年，择客梳栊也要两百银吖！"见嘲风面无表情，阿芝又哭起来，"你就可怜可怜贱下，这打破的家私还要换，也可怜可怜燕儿，当个丫鬟，也好过被那个短命烂赌鬼勒索！"

"什么短命烂赌鬼！"阿四最不能听这说法，"小赌怡情，大赌发家，你懂个屁！"说着又抬起脚，作势要踹过去。"阿四！"嘲风喝止，想了想，说，"人我带走，折银五十两，剩下的算我入股。"

"入股？"阿芝、阿四面面相觑。

"嗯，每个月此时，我叫阿四来收分红。"嘲风抛下一句话，转身就走。

阿芝有点手足无措，迟疑片刻，正要开口。

"收声啦！"阿四说，"少爷可是给了钱的，也不是每一次都这么好脾气。"

阿芝眼见三人渐渐远去，浑身哆嗦，一屁股瘫坐在地上撒泼大哭起来。

• 黔地少女

    三人沿着南岸狭窄的小巷走进去，背影被慢慢拉长，古旧石板路上的脚步声清脆，数百年的岁月为两旁窄高的红砖楼、高高的趟栊门刷下了黝黑的色彩，与身后远处一艘艘妖艳的画舫形成了鲜明的对比。

    "少爷，那龙牙太可惜了。"阿四为自己丢了的赏赐心疼不已。

    "牙？多的是。"嘲风探进贴兜，掏出一颗沉甸甸的龙牙，丢给阿四，"喏，赏你，去刻个章子玩吧。"

    阿四慌忙接过，不是重金难求一颗吗？少爷手上怎么这么多？话到嘴边，又硬生生咽了回去。少爷的套路深，还是少打听吧。

    "抬起头来。"嘲风放慢了脚步，回过头来说道。

    "你本名叫什么？何方人士？抬头回话。"

    "小女子姓何，小名猫瓦，贵州仁怀县人。"猫瓦用一口贵州口音的粤语轻轻地说道。

    "猫瓦？这名字有意思。"嘲风直视着女孩，此刻他才发现，猫瓦的肤色确实很特别，是那般皎洁，即便在路旁昏暗的油灯下，也折射出似帛的光彩，心里顿时又咯噔了一下。

身旁的猫瓦紧紧跟着嘲风，一路低着头，但老忍不住睃一睃嘲风，虽然为那句"没前没后"恼火不已，但她此时流露出的更多的是庆幸的神情。刚刚嘲风打量她的眼神，竟有几分温柔，猫瓦心底泛起丝丝涟漪，有些害羞。

但这些让人心绪紊乱的小小心事随即被猫瓦自己否定了，她不敢忘记自己此行的目的。事情的发展超出了预料，打乱了她原先的计划。总之，走一步看一步吧！

"少爷这番是怎么了？"阿四也在心里嘀咕着，这个猫瓦应该不是寻常的琵琶仔。就在阿四踹开隔板之时，分明看见猫瓦手里握有一把青色匕首，匕首不及半尺，但刀锋锐利，吐着寒光。阿四不知缘由，以为这琵琶仔有威胁，当下就把手枪拔了出来，那时余光瞄到了把总拔枪，赶紧保护少爷去了，再回头时，那把匕首已不见。"难道少爷没看到那把刀？"

"咚——咚！咚！咚！"三人的思绪被四更的梆声打断。

多宝大街上一座宏大而森严的大宅院此时已立在眼前，这就是谭家。四壁合围，高墙环堵，有武装家丁日夜巡逻。今夜少爷迟迟不回，南岸枪声骤起，慌得谭老爷三番五次托巡佐带着一票巡警在周遭翻来覆去地找。

"是少爷！少爷回来了！"

街头一个眼尖的巡警叫了起来："他好着呢！"

"可把我们好找！"巡佐悬着的心放了下来。

"老爷等着你呢！"

一阵急促的脚步声响起，谭家侧门大开，里面灯火通明。阿四见状，心里暗暗叫苦。

这位能让整条街都骚动起来的少爷，来头着实不小。谭家是十三行有名的商户，在这一带无人不晓，可惜人丁不旺，到了谭老爷这一代，偏偏是老年得独子，取名加云，字嘲风。嘲风幼时丧母，从小就被谭老太爷疼爱娇纵，谭老爷硬是管教不得。到了读书的年纪，少说也有七八个塾师被气得连俸银都不取便走，走前还冷笑着扔下一句"朽木不可雕也"。

按理说，读不好圣贤书，那刀棍、拳脚、骑射总有几样精通吧？貌似也无，嘲风似乎没多少运动细胞，虽然喜爱武术，但也就是学个皮毛。后来不知为何，迷上了甲骨，从中药店成百斤地买回，做起图谱，后又喜欢枪械，带着家丁登南岭，乒乒乓乓一顿打，把带回来的猎物制成各式标本，又让阿四做成各种餐食，听着都吓人。

到了今年，这位谭家大少已经二十有一，老爷开始寻思着儿子成家立业的大事，嘲风置若罔闻。此外，谭老爷还一心想让儿子考取功名，他受够了窝囊气，实在不想让儿子重蹈覆辙，可儿子偏偏不听教化，不求上进，岂是一个愁字了得。

嘲风从容地走入门厅，在轿厅停下，已经能瞧见父亲端坐正厅，脸如黑檀。嘲风已见怪不怪，他回头对阿四说："散了吧，你带猫瓦去二房上的绣楼歇下。"阿四领命。

"你个败家子啊！"阿四刚一转身，身后便传来了谭老爷的口头禅，"现在都什么时辰了？"

"孩儿给父亲大人请安。"嘲风倒也淡定，"子时。"

"你今晚去了哪里？"

"入股琼花。"

"喝花酒还扯啥入股！你小小年纪，老往画舫上跑，成何体统，有辱列祖列宗！"老爷气不打一处来，"来人啊，家法伺候！"

谭老爷中气十足地开骂，声声入耳。

猫瓦不敢抬头，满脸惊吓，紧跟着阿四步入青云巷，两人一前一后地走着，各怀心思。

当少爷说到绣楼的时候，阿四以为自己听错了，不就是个画舫的丫鬟吗？应该住下人住的房才是啊。看来少爷买猫瓦，果然另有打算。

这一路上，猫瓦也算开了眼，只见宅子前檐高大，一片生机勃勃，处处种植着稀奇古树、各类花卉，园子里还养着孔雀和鸳鸯。宅子的趟栊门仿若机关，十三条直径为三寸的大圆木，如倒放的栅栏，坚实异常。紧接着是樟木制成的大门扇，门纽是铜环，内有横闩扣门。

所幸没有硬闯，不然真是堪比攻城。猫瓦暗自庆幸。

"这趟栊门妙得很，"阿四主动开口打破僵局，他想起下人们开趟栊时猫瓦愣了一下，"那门无须开启，便可以清楚地判断来者的恶与善！"

"那想必能进来的，都是好人。"猫瓦轻轻地拆招。

阿四微微一愣，觉得猫瓦与方才那弱女子状判若两人。

"那倒未必，俗话说外贼好捉，家贼难防。"

"正是，谭家便有硕鼠。"猫瓦一笑，"白玫瑰姐姐昨晚孤枕难眠，还在想念四哥哥的好呢。"

"你！"阿四被噎了一下，环视四周，并无他人，心里稍稍放心，"你莫瞎说！"

"哎，阿四哥哥从来不去那种地方的。"猫瓦见他害怕，故意抬高了声调，"什么琼花、合昌、天德，你都没听说过吧？"

"快别说了！"阿四急了，转念又得意起来，"你莫嚣张，到了绣楼，日后你便得大门不出，二门不迈。"

这绣楼位于谭府深处，进入要爬上细窄、直陡的台阶。这里曾经是谭家女孩没有出嫁前的闺阁之地，女孩们或学女红，或读圣贤书，期望能修炼出温和平静的美好性情。

　　但阿四可没这么指望，他老觉得猫瓦来历不明，甚为可疑。阿芝诉说燕燕的悲惨身世时，他瞄了一眼猫瓦，竟无动于衷，好似鸨儿说的是旁人。

　　"猫瓦小姐，以后这就是你的起居之地。"阿四将猫瓦引入绣楼，"少爷交代了，明日起会有丫鬟来伺候你，你便安心住着。"

　　"谢过四哥哥。"猫瓦有模有样地向阿四道了个万福。

　　"那我便告退了。"阿四退了几步，出了绣楼，才转身下楼。

　　这女娃有古怪，阿四想，这绣楼进门处的紫檀嵌瓷胎画珐琅红梅插屏，是价值千金之物，中间挖空镶白玉、青玉、碧玉、珊瑚等成博古纹，画中红梅更是一枝独秀，栩栩如生，无人不叹为观止。猫瓦见了，不动声色，不是心里有鬼，便是司空见惯，总之断然不是普通歌女该有的气度。

　　我会帮少爷盯着你的，阿四心想。

• 夜探谭府

绣楼内，猫瓦懒散地靠在黄花梨百宝圆洞门架子床上，脸上挂着一抹冷笑。少爷这仆人倒也忠诚、精怪得紧。入了绣楼，便得把我当主子来看了，这出房门都不敢转身，但想来摸本姑娘的底，你还嫩着呢。猫瓦想。

"……十五、十六……十九。"猫瓦竖起耳朵，静静地数着，这十九级是出入绣楼的台阶。阿四在门口停留了一会儿，才不甘心地离去。

听着阿四走远，猫瓦轻轻起身，仔仔细细搜了一遍绣楼。绣楼的布置谈不上奢华，但也典雅。屏风之后又隔成花厅和闺房，花厅有绣架、茶桌、条案，条案上摆放着女子用的梳妆盒、花粉和首饰；闺房内除了架子床，便是衣柜和嫁妆柜。

猫瓦快速转了一圈，并无需要留意之处，便轻轻推开通花的满洲窗，足尖轻点窗沿，纵身跃出，掠上楼顶，轻轻松松便翻过了墙。此时负责各种日常杂务的用人已熄灯就寝，只有个把婢女带着倦意在府内行走，像是要准备明早的点心。

观察整个府第最快捷的方法，便是抢占制高点。猫瓦怕引起下人的警觉，每次都快跃轻落，很快便掠至大屋正厅顶楼之上，此地因为供奉着祖先牌位，所以建得最高，一直通向天台。整个谭府被猫瓦尽收眼底，宽敞宏大的大厅院墙内连半个人也没有，红栋、黑桷、白瓦都略显孤寂。

猫瓦又向后掠去，未料这大厅为取光在屋顶加了玻璃明瓦，这脚下一滑，陡然间身子失衡，头下脚上一个倒转，眼看便要碎开瓦片，掉落屋内。但猫瓦应变极快，半空双掌接替拍落，"啪！啪！"两声，掌尖击中一侧的雕花瓦，借得它力，往前翻了个空心筋斗，又稳稳地落在屋顶上。

见窗内人影晃动，猫瓦悄悄翻进露台，却见明烛照得敞亮的房间里，一对男女正准备就寝。男主身着半旧的黑色湖绉锦袍，腰间黑玉束带若隐若现，手里捏着刚摘下的金丝眼镜。这男人想必就是谭家老爷，猫瓦暗想。

"若是真下得了手，你就莫老嚷嚷着家法伺候！"一道清脆的声音响起，说话的是二娘布氏，她坐在雕工精湛的红木梳妆台前，仔细端详着大玻璃镜台中的容颜，三十年的时光并未在她的脸上留下多少痕迹。

"风儿太不像话了，管教不下了。"谭老爷正在泡脚，想起家法又没罚成，不由得长吁短叹。女子不接这茬儿，从发髻上拔下一根点蓝凤蝶嵌南珠发钗，没好气地说道："你要是打坏了他，谭家香火可就断了！"

有……有人！

猫瓦耳尖，听到些许杂乱的脚步声，回头察看，不看则已，一看顿时大惊失色。在距离不到四丈的下方屋顶上竟然有家丁在巡夜！猫瓦不知，这西关大屋的屋顶都能连通起来，因为地下七弯八绕，还不如走屋顶来得直接。

虽然月光黯淡，但只要家丁抬头一望，一身黑衣的猫瓦便无所遁形。情况紧急，猫瓦仍处乱不惊，她有着丰富的夜探经验，只见她翻身一跃，贴着露台往下滑去，又一个鹞子展翅，挟风飘落青云巷，奔跃如飞，身影很快消失在黑夜里。

猫瓦心里得意，方才一滑也属险招，带来的快感却无与伦比。此前路过青云巷时，猫瓦偷偷用手摸了摸墙壁，得知这青砖墙是用糯米饭拌灰浆砌成的，又经人打磨得平滑而又富有光泽，外表严丝合缝，她这才兵行险招。

纵跃之下，绣楼顷刻便在眼前，这时，绣楼外响起一阵细碎的脚步声，步履很轻，此人显然有备而来。

猫瓦秀眉微蹙，深吸了口气，稳准地从满洲窗跃入闺房，落在绣架前。

"姑娘尚未歇下？"

嗓音从门外传来，猫瓦打了个激灵。

• 异兽琉璃

嘲风轻轻地敲门，像是怕惊醒了屋内的人。

猫瓦定了定神，理顺了吐纳，下了门闩，倚在门边，长腿斜斜一放，刚好挡住进闺房的去路。

嘲风明知故问。他方才在门口稍站片刻，已看出蹊跷。那绣楼的大白烛燃得正旺，照得四壁亮堂，摆设之物的影子都投在墙壁上，这绣架前分明映着一道柔软的腰肢曲线，突而清风起，烛火动，又一道人影闪现。"这烛影可不会骗人，拿两个枕头当真人的把戏，我十年前便耍得比你好。"嘲风想弄个什么法子逗逗她。

"这绣花的大绷子甚是好玩，绣出的手帕、枕头、被面都很精致。"猫瓦尽量让自己显得兴致盎然。但她毕竟年少，心里忍不住走了神，想着若有来生，自己也想做这绣楼里的女儿，绣个情深满满，再苦也是甘甜。猫瓦顿了顿，又歉然低声道："公子莫怨我四处翻动。"

猫瓦转瞬消失的心绪逃不过嘲风的眼睛，姑娘家怕也是有些惆怅，将欲取之，必先予之，嘲风不想逼人太甚，接口说道："无妨，既许了你，便是你的。"

猫瓦听得舒服，柔声说道："公子夤夜至此，有何贵干？"

嘲风没有答话，只是怔怔地望着猫瓦，盯着她胸前的琉璃。猫瓦被盯得双颊泛红，可这样的娇羞，也只是一瞬，须臾，她垂下眼帘，遮掩住眼中的情绪。

"我想，匕首这种器具，女孩子还是别随身携带。"嘲风淡淡道，"像画舫上那样的事，不会再发生了。"

猫瓦一愣，顺从地弯腰，从长裤末端拔出那把贴身的匕首，掉转刃口，递给了嘲风。

匕首交到他掌中的时候，尚带着淡淡的余温，嘲风扫了一眼，心里讶然，此物青铜合金，酷似削杀矢，却又不是，绝非寻常之物。

"小女子也是以备不测。"猫瓦此话倒不假。

嘲风目光灼灼，又问道："鸨儿说你是贵州人氏？"

"正是。"猫瓦温柔一笑，垂目道。

"哪府哪州并哪县哪村？"对面的嘲风剑眉一挑。

猫瓦接口说道："黔北温水府仁怀县桫椤谷。"她心想，就算你再问哪座山头、哪道水，本姑娘也是晓得！

嘲风不遂她的意，假意想了一想："汝父官职名讳？"

"家父何琨，字武彻，同治元年与发逆作战，后官至正六品武职，宣抚使司佥事。"猫瓦丝毫不惧嘲风的紧追不舍，不假思索地说道，"而后因力主镇压闹事拳众，却被定了个抄家充军罪，被发配到千里之外的北疆，我本想着寻父，却被卖到广州。"

嘲风心里暗笑，这小丫头倒背得挺熟。及笄年华，倘若真出自六品之家，又经此磨难，断然不是现在这般模样。他收住这个话题，从身后拎出一小串荔枝："这是增城挂绿母树结的果，给你压压惊。"

猫瓦的双眼顿时熠熠生辉，她尤其钟爱吃荔枝，可公子怎么知道的？盛宴之前，她无法细想。因为凡是喜欢吃荔枝的人，无不晓得增城挂绿那棵母树，树龄四百多年，每年结果极少，颗颗天价。猫瓦小心翼翼地捏住荔枝红中带绿的外壳，无比细致地观察着环绕着外壳的那道绿线。

她轻轻张嘴，把荔枝咬开一条小缝，用小拇指指甲划破荔枝皮，再用手一点一点地剥着，隔着那层白中泛青的果膜，轻轻地剥皮，又不让皮断开，最后再把皮儿去掉，揭开果膜，提着果枝，像提了一个小灯笼。她十分虔诚地望着洁白晶莹的果肉，甚至想让月光也瞧一瞧，半晌，她才轻轻地咬了一口，果然清爽无比。她暂时把国仇家恨都抛之脑后，想努力记住这个美好的瞬间。

嘲风看得出神，他已经很久没见过吃个荔枝都能吃得这么有仪式感的人了，半天才自言自语道："但这吃相还是不像。"

猫瓦觉察到了嘲风异样的眼神，正想掩饰，嘲风却站起身来，说道："夜已深，你早点歇下吧。"他又顿了顿，"如今你已是自由身，如果想好了何时北上寻父，提前说声便可以了。"

"公子为何偏偏救我？"猫瓦再也忍不住，急匆匆地抛出问题。

嘲风愣了一下，依旧不动声色地回她："那你挂的这异兽琉璃，又是何人所赠？"

嘲风平静无波的话语，差点让猫瓦破功，他怎么知道的？

"此乃祖传之物，多半也是沾了祖宗灵气，保个平安。"猫瓦片刻才道，语气已经没有了刚开始的胜券在握。

嘲风心里有了底，转过身去，撂下一句："那姑娘早些歇下，我明日再来看你。"他突然想起一物，便快速离去了。

猫瓦再无心思夜探谭府，心中的不安满溢，他怎么知道琉璃的事情？

她有些心慌，似乎自己的行藏已经被对方看破，这到底是怎么回事？

• **葵**

嘲风急匆匆地回到卧房，轻轻揭开罗汉床中间的围板，一个小云锦囊出现在他的眼前。他吸了一口气，轻轻打开，是一块甲骨。甲骨上有几只奇异的动物图样，在月光下反射出微弱的光泽，这个图样曾经深深地刻在嘲风的心里。深夜寂静的谭府里，这惟妙惟肖的图腾，悄然将嘲风拉入到过往的回忆中。

那年他只有九岁或十岁，除去谭家大院，最常泡在十三行周围的店铺里。港口上来自花旗、红毛、双鹰、单鹰、黄旗等国的大小商船忙碌地穿梭着，洋行里来自世界各地的钟表、花瓶、珐琅器、牙雕皿、日规等物件琳琅满目，这些五花八门的新鲜玩意儿牢牢地抓住了小嘲风的心。

直到有一天，一支驼队缓缓地进了城，好奇的孩童们都被吸引过去，对着这些奇装异服的西域人嬉笑，对着高大的骆驼指指点点。小嘲风跟着人群跑，却发现西域人踏进了自家的门槛。这些神秘的来客带来了成色极好的金子，大肆采购他们看上的一切东西，他们似乎什么都缺，文房四宝、厨房灶具也成套地搬走。

突然，刚进房门的小嘲风被人从背后抱起，他转过身，发现抱自己的是一名番邦女子，只见她带着一脸甜美勾人的微笑，神采飞扬道："哎哟，多俊俏的小伙子，谭公，不是说千金难买你的宝贝孙子吗？我就出一千金如何？"她这一动，小嘲风闻到一股异香从大姐姐的身体里散发出来，心中有一种说不清道不明的感觉，随着这迷惑人心的味儿氤氤氲氲地溢将上来。

谭公闻言，哈哈大笑。

"少爷不卖的！"赶过来的小阿四着急了，抬头看到大姐姐散开的衣襟里裸露的肌肤，顿时臊得满脸通红。小嘲风被放了下来，这是除母亲外，他第一次与女性有这么亲密的接触，顿时心跳如擂鼓，掌心湿滑，脸颊烧得紧。

大姐姐姓夌名夔，见小嘲风不识这个字，便拉过他的手，一笔一画地教着，又说："就叫我葵姐姐吧，听上去也是一样的。"她又刮了一下小嘲风的鼻头，"只给你叫哦。"那一瞬间，小嘲风的心仿佛都融化在了这份温暖亲切之中。

在西域商队停留的日子里，小嘲风完全成为葵姐姐的小尾巴，谭公唤也唤不住，只能由他去。珠江湾里柳絮飞舞，才到总角之年的小少年，追着自己的葵姐姐，情窦初开。他永远不会忘记那一夜，月光幽幽，梦幻般地笼罩着大地，葵胸前挂着一块如彩云般的绿琉璃，如雪的脖颈上映着淡淡的诗意的碧色。书里讲到的倾国倾城也便是如此了吧，小嘲风想。

葵很珍视这块琉璃，摸着小嘲风的头，念道："愿我来世，得菩提时，身如琉璃，内外明澈，净无瑕秽。"绿琉璃上刻着怪兽的纹饰，宽头长身，满口利齿，四肢化为鳍，小嘲风常好奇地看着。葵只告诉他，这是祥兽，能保佑风调雨顺。

他最不能忘记的，是那次葵带他偷荔枝的小小冒险。

到广州前，葵从来未见过荔枝，初次邂逅便深深爱上了这种南国佳果。一日，她打听到府城附近的增城县有个小村落，唤作基岗村，长着产量极低的名贵荔枝品种——仙进奉。她便在一个黄昏，带着小嘲风，骑着一匹快马，神不知鬼不觉地潜入基岗村。

这里的果农像照顾自己的孩子一样，仔细关注着每一株仙进奉的状况，把自己的汗水，甚至个性，都嵌入到了果树之中。若是培养得当，荔枝树能活上一两百年，那是好几代人的岁月和传承。

葵丢了一大块混着麻药的牛里脊，看守果园的大黄狗就再也没有出现过。借着月色，两人找到最粗壮的一棵果树，噌噌几下就爬上去了。两人从未演练过，却极有默契，背靠着背，先挑大个儿的果子，轻轻地放入小小的冰盒中。明天便是谭公的大寿了。

此时一阵清风掠过，荔枝的香气瞬间将两人团团裹住，像金不换那样极具侵略性地涂抹着每一寸鼻腔。葵忍不住轻轻"啊"了一声，朱唇轻启，缓缓吸进一口荔枝香气，那风味顿时在胸腔炸开。从未有过这种体验的葵，满脸不可思议："荔枝树原来还有这样的香味！"

小嘲风手快，剥开了水灵灵的果肉。果肉似雪如霜，甜蜜的汁液滴了他满手。怕葵说话，小嘲风转过身来，急忙忙把果肉塞进姐姐的口中。

细嫩饱满的果肉裹着满身的汁液，一进入口腔便开始攻城略地，滑入食道之后，还留下一阵清甜，是一种甜蜜的风暴。葵被这美味打得措手不及，精致无双的少年、甜腻的果实，这一刻，若能永恒，那该多好……两人装满了冰盒，靠在枝丫之间，互相喂着荔枝，月色渐浓，掩盖了少年羞红的脸。

快乐的日子总是很短暂的，个把月的光景一晃就过，商队要走了。小嘲风一心要跟着，恨不得化身成葵姐姐坐骑上的踏脚镫。葵不许，她与小嘲风共执琉璃，定下约定："等你长成英俊勇武的男子，就到西域找姐姐好吗？那里有神山灵水，纵使你有一丝忧郁，那里也是容不下的。"

从那之后，嘲风便不许任何人，尤其是女子在他面前吃荔枝了。而直至成人，任凭谭老爷介绍多么貌美如花的西关女子，在嘲风的眼中，与他的葵姐姐都是云泥之别。

　　直到今日遇到了猫瓦，那雪白的肤色和胸前的琉璃，让嘲风的脑子一阵空白，差点挨了把总的枪子。葵的面容霎时清晰起来，葵，她是你的谁？你又在哪里？嘲风在心里默默说着，或许，我该动身了。

　　嘲风摩挲着手中的甲骨，做了一个大胆的决定。

　　他重新敲开了父亲卧室的门⋯⋯

• 万里入疆

在布氏的抽泣声中，谭老爷耐着性子听完了此事，满是沧桑的手不停地颤抖着，继而无语地呆坐了一炷香的时间。他长叹了一口气，这就是命吧，也罢，自古雄才多磨难，纨绔子弟少伟男，就让他去吧。

天色拂晓之时，谭府开始调动庞大的财力，将近期准备入疆的购棉队打造成一支不亚于新军的武装队。少爷的加入，使其安全成为头等大事。谭府为此下了血本，从团练总局请了相熟的梁教头做统领，另有向导、马夫、挑夫近两百人，武装团勇百人，每人都负着五连发后装马枪及弹药，此外还有粮草辎重若干。如此精良的装备，如果再带上两门退山炮，就可变成洋枪队了。

还不到晌午，购棉队已经准备好了北上的一切所需。嘲风一大早起来给列祖列宗牌位磕了头，被布氏灌了专程去南华寺求来的香符水，又拜别了父亲大人，意气风发地跨上马背，购棉队便浩浩荡荡地从十三行出发了。平日成熟稳重的他，看着身后的金戈铁马，心里也忍不住激荡起来。

阿四牵着马，跟在猫瓦的马车旁边，心里直犯嘀咕："扑街，我是一口气睡了半个月吗？为何才躺下一夜，刚起身，少爷和这怪女子就要到新疆去？这都是什么事？"

他抬头看着少爷，少爷却是一脸的理所当然，这说明，少爷已经谋划多时，只是等一个时机而已。猫瓦就是这个时机吗？

可能并不是。

阿四想起半个多月前，少爷从相熟的古玩店回来之后，多日都呆坐着。其忘年老友，著有《铁云藏龟》的刘鹗曾经与少爷书信不断，直到一年前突然再无来信。嘲风写了无数书信，却始终难觅音讯，只是风闻刘鹗在北京招惹了朝廷，但不知真假。那日却在古玩店淘得刘鹗所藏的部分甲骨，原是店家从山阳新进了一批宝物，因主人病重，由家人变卖换钱医治。嘲风心里难过不已，而这其中，那片与葵身上的琉璃刻着一模一样图案的甲骨，不断地敲击着他的内心。

另一件让阿四奇怪的事是，少爷和猫瓦什么时候开始以兄妹相称的？阿四打听了半晌，嘲风才指着猫瓦，轻描淡写地说，二娘主动让猫瓦和自己结拜成兄妹，也好去新疆帮妹儿寻亲。

而这所有的一切，都发生在一夜之间？阿四不相信。这新晋小姐的寻亲之路，总让他觉得不安心，但此刻又要离开知根知底的广州，这种茫然中担负重任的感觉，阿四从来没有体验过。

可能是布氏每日的祷告起了作用，谭家购棉队一路上十分平安，出梅关，进长沙，过武昌，达西安，休息数日又赴兰州，奔西宁，出了玉门关，日夜不停地赶往迪化。

迪化城城外，武毅军高千总已经亲自带人出城来迎。阿四才发现谭老爷虽然老大不愿意，但因牵挂这独子，一路早就打点好了。

高千总行过礼，张口就说道："少爷要寻之人——何琨，我部多次寻找未果。"他话一出口，便觉不妥，果然眼前猫瓦神情如落冰窟，泪水模糊双眼，煞是可怜，连忙话锋一转，"如果说找遍了，倒也未然。数日前有人来报，道是黑油山矿工为避匪乱，去了塔城周遭，如果小姐有意，不妨去黑油山看看。"

　　"小女子拜谢千总大人。"猫瓦见还有一线希望，恨不得马上就去寻觅。

　　"本将愿护送！"高千总倒也干脆。

• 黑油山

拿人谭家的手短，高千总办事相当落力，张罗好购棉队的食宿，悉数歇在迪化汉城里干净些的客栈，嘲风等人则安顿在迪化南关外洋行街里的一棉行。

次日一早，千总便带嘲风等人往黑油山奔去。众人帮猫瓦寻亲心切，日夜兼程，中间仅在驿站稍作休息。不消一周，队伍便进入黑油山一带。

远远地，就闻到风里夹杂着一股刺鼻的气味，这便是黑油山的标志。嘲风等人觉得难受，千总看着好笑，便说道："诸位莫怪，这可是油香，过一会儿就习惯了。"接着，他便慢悠悠地介绍起这地界的历史。

黑油山，在当地的维吾尔语和哈萨克语中，都被称为"克拉玛依"。到了近代，周围地带的一些少数民族来到了黑油山，发现了流之不尽的石油。于是他们在附近挖地窖、盖房子，采捞原油卖给来往乌苏、阿尔泰、托里的商人们，以作为马车的车轴润滑剂，有时候也用大葫芦装着原油到附近的农牧场换取食物和生活必需品。

嘲风听得兴致勃勃，这倒是一个前所未闻的有趣事物。等到了油泉边上，大伙才对黑油山有了真正的了解，只见那些从地下溢出的原油被石块圈成油池，油质黏稠，色泽黝黑，有的还咕嘟咕嘟地冒着油泡。一些当地人来来往往，用各种简陋的器材收集着原油。

"报——"

斥候飞马而来，奔腾的马蹄声打破了油池的平静："大人，小的已经问过采油人，均无何琨的下落。"

"回去再查！"高千总下令，想着既然领了令，就不能让金主失望。于是他把将士们聚集过来，对空抱了一拳，"弟兄们，上头有令，就算把这片地界翻个底朝天，何琨此人也必须找到，活要见人，死……"

这死字刚出口，千总便觉得太重，回头看了看猫瓦，见她丧着个脸，赶紧赔不是。手足们领命而去。

过了多时，几个兵士在近处一小石片屋外围住一老朽骂骂咧咧，其中一个端起奥制曼利夏步枪就要往下砸。"住手！"千总喝住了兵士，"带过来。"

兵士将他推搡到马下，又给了他一脚："这老骨头问啥也不答话。"

嘲风看他那拱肩缩背、步履蹒跚的样子，心有不忍："老人家，向您打听个人，您可知道何琨将军？"嘲风作了一个揖，不自觉地看了他一眼，心里颤动了一下。只见老汉的右眼已然是个空洞，脸颊下方连接着一道白色伤痕，映衬得他那张挂满皱纹的脸更加黝黑、沧桑。

老汉的嘴唇动了动，依然没有答话，抬起头来扫了一圈众人，最后目光落在猫瓦的身上。

他默念着，像！真是像！"小姐是武彻大人之女吗？"老汉慢慢地睁大了双眼，就连细密的皱纹也往四周拉开了去。

"您知道家父！他就在此地？"猫瓦又惊又喜！

"大人啊……"老汉的眼角湿润了，喉咙里发出呜咽声。他背过身去，拧了一把鼻涕，稳定了一下情绪，嘶哑地说："武彻大人没在矿里了呢！"

一听这话，猫瓦张大嘴哭着喊道："爹爹啊！女儿不孝，女儿来晚了！"随即脑子里嗡的一声，眼前发黑，嘴里再也吐不出一个字儿来，她的身子不由自主地向后倒，一下子瘫坐在地上。

"妹妹！"嘲风见状不妙，赶紧把猫瓦托了起来，往她的脉上摸了摸，拍了拍背，在人中处着力掐下。众人七手八脚地来帮忙，好大一会儿，猫瓦才恢复了知觉，又哭出声来。阿四拿了手绢杵在一旁，不知道如何是好。

"老人家，何琨葬在何处？"千总心里好生沮丧，千里迢迢赶来，就落得这样一个结果。

老汉有气无力地摆了摆手："是三柱子为大人抹的眼，你们去沥青矿问问他吧。"老汉指着矿坑的方向。嘲风和阿四扶起猫瓦，就要往前走。

"小姐，等等！"老汉想起了一件要紧事，"武彻大人佩的小刀，您带回去吧！"说着，老汉一瘸一拐地走回小石片屋，不消一会儿就捧出一个包裹，恭恭敬敬地递了过来。

嘲风替猫瓦接过，轻轻抖开，暗色的花梨木刀鞘先露了出来，包着两道枣红色的铜箍，分外引人注目。刀鞘上端有个小孔，挂有别致的紫铜环子。小刀长一尺二寸，上部较直，下部微曲，刃部略窄。拔刀出鞘，刀锋闪闪发亮，铭文也寒光逼人，上血槽开至反刃处，下血槽直贯刀尖，刀刃上尚存有格斗的痕迹。

猫瓦一下子认出了这花梨木刀鞘，一把抓紧了。在她的印象中，这把小刀，父亲出门是从来不离身的。一舞动起来，钢锋狂扫千层寒彻，连缸中倒映的月影都要被切开似的。被这把刀勾起回忆，猫瓦的泪水似乎又止不住了。

出了黑油山，众人又马不停蹄地往东北方向奔驰而去，换了两次快马，在次日下午到了两百里开外的苏鲁木哈克沥青矿。

"少爷，那远处似有声响。"阿四耳尖，此时他心里沉甸甸的，想着早点祭拜小姐的父亲为好。

"苏鲁木哈克其实是蒙古语，大概就是鬼山，意思是魔鬼出入的地方。"千总轻描淡写道。

"鬼山？"这个名字把阿四着实吓了一跳，他从小便怕这些神鬼之物。

"没出息，这儿当然没有鬼，只是地处风口，风沙大，常常发出尖厉的呼叫罢了。"嘲风别过头去。果不其然，说话间，大漠风起尘飞扬，瞬间便烟沙弥漫，怪异凄厉的风声呼啸而出，令人毛骨悚然，不由想起那可怕狰狞的魔鬼。

这沥青矿地界都是些小山，看上去像一座座城堡。采油人说此地便是矿场了，旁边湛蓝如洗的便是艾里克湖。

矿前朝阳的坡地上散落着几间低矮的、用石片临时搭起来的小屋，几名脸上似涂了黑油彩的矿工懒散地走动着。一只小土狗傻乎乎地看着来人，应酬般地吠了一声"嗷"，便继续收集着今日最后的暖阳，然后努力把自己蜷成一个标准的圆形，等待着即将到来的寒冷夜晚。

小土狗身后的小山被十三道绵延两里多的黑色深沟劈开，这些黑色深沟宽的大约三尺，窄的还不到一尺，有些一直向下延伸，直到目光无法触及的地层深处。它们或间隔三六尺，或相隔三四十丈，随着山体的起伏，似黑绸带般指向远处的魔鬼城，一心想变成那听起来无比峥嵘的魔鬼城的胡须。

矿工都是边区的牧民和一些流放之人，采集天然沥青，卖给贫苦人家做燃灯和取暖用。大伙下了马，走近矿脉，仔细察看。经过白天的烈日暴晒，沥青地面就像凹凸不平的黑海绵，踩上去软绵绵的。

经阿四那么一叫唤，大家仔细一听，果然不远处有"嗒、嗒、嗒"的声音。

"那是挖矿的声音。"千总说道。

• 鬼打墙

顺着声响，众人绕过主要的矿脉，来到一处背阴的山丘下。

时值黄昏，这里显得更加幽暗。大伙往距离地面四五丈的矿脉俯视，只见下面昏昏暗暗，黑漆漆的天然沥青夹在土层之中，厚度仅为二尺余，矿内还有人正侧着身慢悠悠地凿着沥青，身上沾满油泥一样的沥青粉尘,偶尔发出"噼啪"声，一些大片点的沥青块掉落了下来，被旁边的人捡起来装进柳条编制的筐子里，他的双手只有指甲是白色的，就和他的眼白一样醒目。

"三柱大爷吗？"阿四看不清那人样貌，就感觉应该要往辈分大里叫，"向您打听一下,何琨的灵柩葬于何处？"矿下没有人搭理，莫非是哑巴？阿四心想。

嘲风见状说道："下去问问他们吧，可能没听到呢。"众人附议。

"公子千万小心，我就不下去了。"千总看着黑幽幽的矿坑心里发毛，说得吞吞吐吐，旋即觉得不妥，又补充道，"我去矿工棚子帮小姐打听别的。"

"胆都缩回去了，这有什么好怕的！"阿四口中颇看不起这厮，脚下却阵阵发麻。无奈大话说出口，只能走在最前头，身后是嘲风拉着猫瓦，几人也学着矿工，侧着身慢慢往矿脉下走去。千总和其他兵卒则去几个小屋打探消息。

走入巷道还不到几丈深，大伙就觉得有所不同，地面上全年干旱少雨，下面却湿漉漉的，凉飕飕的水不时溅到脸上和手上，水滴在岩石上，远远发出"咚、咚"的声音，在巷道深处回荡。

越往矿脉深处走，环境越暗，阿四越走越慢，口中不断提醒着："小心脚下，把脚踩稳了再挪步子……"

好不容易到了原先那矿工采凿的地方，却发现他们又往深处去了。就这样戏剧般地追追赶赶，总靠不近。大伙的双眼因黑暗而大睁着，眼前越来越暗。

下脚的地方也越来越滑，嘲风转念一想，可能是出坑道的矿工背负着重物，长年累月地摩擦所致。

"少爷，咱们还是回去吧，这么走下去也不是办法。"阿四之前为了在小姐面前不丢脸面而硬撑起胆子，但在这种狭隘的空间，也不免心里打鼓，走起路来抖抖索索的，眼下似乎遇到一个下坡的地儿，下脚处湿滑，竟不好收脚，只能越走越快。不知不觉间，三人之间的距离愈拉愈远，嘲风和猫瓦还相对近一些，阿四已经远到只能看到模糊的背影。

拐过一个弯来，光线竟亮堂了些，却感觉非常沉闷，无处不在的压抑。嘲风有些迷迷糊糊，想回头看一眼猫瓦，别又走散了。

人竟不见了。他张口喊了几声，声音散了开去又很快被吸进矿壁。他踮起脚找阿四，也看不到人。嘲风有些发慌，借着岩壁反射过来的微弱光亮，他停了下来，靠着岩壁，左顾右盼，这里空无一物，只剩下一个狭隘的空间。他下意识地转身过来，想从岩壁上找找线索的时候，岩壁不见了。

嘲风心想是不是中了什么迷魂香，找错了方向，可自己就像身处荒原恶地之中，四周亦暗亦明，怎么也找不到参照物。他摸索了几圈，时而加速快进，时而东走西顾，累得气喘吁吁，突然又觉得自己根本没有走动，还在原来的地方。

"糟糕！这是遇到鬼打墙了。"嘲风揉了揉双眼，仔细观察四周，只见矿道一片晦暗，除了矿顶的点点反光，根本无他物可对照，加上道路湿滑，坡度又小，人在其间上上下下分不清楚，知道是走了一个圈又回到起点了，不知道的还以为真的撞鬼了。想到此处，嘲风登时醒悟过来，暗道这矿道也有怪力乱神。

　　想明白了机关，嘲风淡定下来，打定主意就在原地等其他人来会合就好，既然都是一个闭合的路，众人早晚会发觉。

　　变故却在此时发生。

　　他的耳边突然响起女子软腻的声音："小嘲风，小少爷？"是葵？嘲风周身一激灵，她也在此？但这断然不可能啊！他的脑子闪现出百十个可能性，荒诞且不真实。

　　嘲风的嘴角轻轻抽动，双目瞪得比铜铃还大，那份灼热仿佛要迸发出来，照亮这昏黑的岩壁。他将原地等人的念头置之脑后，束紧腰带，活动肩腕，循着声音的大致方向，慢慢地走过去。岩板依旧湿滑，眼前似乎又是一道道黑墙，但他不愿意停下，不甘心放弃，索性就这么摸索着走。也不知道过了多久，他的脚下一软，感觉有所依靠，一下子就迷迷糊糊靠过去了。

　　昏睡中，嘲风似乎看到自己在沧海之下，被西关那条坠龙紧紧追赶，那条龙满口尖牙利齿，眼看就要将自己吞噬。他心如磐石，知晓这一切是在虚无之间，龙不可能伤害到他，干脆张开双臂，露出偌大空门，想要竭尽全力，一拳打在龙头处。想法之奇，嘲风自己都觉得荒谬。

　　可事情却不如嘲风所料，那狂龙势如破竹，圆扁的大舌两侧全是巨齿留下的凹印，真切得不像话，人的拳头岂有染指之地？只是煞气，就已经使嘲风的手臂肌理分裂，周身鲜血喷洒出去。危难之中，似乎是葵姐姐一把将他拖出水，但这个速度太快了，他被挤成了一条鱼，来不及吐出胸腔中的空气，便急速地向光亮处冲去，他感觉胸口越来越受压迫，立时就要炸裂开来。

　　"啊！"

嘲风突然睁开眼，眼前是慌了神的阿四，和正按着他人中的猫瓦。看少爷醒来，两人都松了口气。

"少爷，您就站在这拐弯处，像溺水一样，呀呀喊着，竟然还用手脚撑着岩壁，往上蹿了两丈高！"阿四的双眼布满红血丝，结结巴巴地说着，少爷暴涨的体术让他匪夷所思。

"这鬼打墙，就是要正对前方撒上一泡尿。上回赖三去给他爹上坟，就……"

"闭嘴。"嘲风恢复了神智，"上面有人说话。"

地面果然传来非常大的说话声，似乎是高千总："下面没人了吧？""没人了，可以开饭了。"又有人应道，可这声音显得很遥远，也很沉闷。

"我们不都是人吗？"阿四心里恼火，声音也显得空荡荡的。

"这是什么？"后头的猫瓦突然开了口，声音有点颤抖。

大家扭过头一看，顿时目瞪口呆。

• 石中神龙

嘲风背靠着的那片较平坦的沥青岩石上，出现了令人匪夷所思的变化。原本漆黑的岩石，突然显示出了轮廓模糊的影像。随着薄薄的灰雾飘起，显影越来越快，强光和阴影部分同时显现，已经模模糊糊地看到一个湖泊的远景，空中有一只巨大的飞鸟，岸边还有成群的巨兽，远处出现了灰色的模糊山影。随着反差越来越明显，画像的层次也逐渐丰富起来，甚至还出现一些类似碎银的质地，忽明忽暗。

"这里面还有画儿？千总没说过啊！"嘲风觉得新鲜极了。

"这是神、神、神龙？"阿四不可置信地看着这些突然闪现的巨大兽影，震惊道。

"龙在这里面？"嘲风睁大了眼睛，不敢去触碰，但实在暗了些。

阿四见状，便下意识掏出火镰，想借点亮光看个究竟，"啪！啪！"他双手抓住火镰和火石狠狠地撞击，打火石的中间冒出了点点火星。

"灭！灭掉！！"嘲风看到火星，失声叫起来，"沥青怕火！"

阿四被吓得丢掉了火镰，就在这瞬息亮起来又瞬息暗下去的一霎，其他人的眼睛都好似被岩石勾了过去，嘴巴微张，脸上的表情更加古怪起来。

眼前的沥青岩中间出现了苍白的亮光，越来越亮，原本静止的湖面，似乎瞬间活了起来，并掀起滚滚波涛。岸边的地面很快被淹没在湖水中，浓密的积云逐渐显出金色的轮廓，蓝天白云现出了澄洁的本色，空中的飞鸟与湖畔的巨兽，也似乎被施了法术般，慢悠悠地动了起来。

当猫瓦看到垂在胸前的一缕头发也闪动着阳光时，众人只听见巨大的涛声，抑或是巨大的轰鸣声，从画中如雷般迸炸开，一切就像被火烤了般翻卷起来，又好像被洪水浇了般崩溃了去。

那画中赤红的烈日闪烁起夺目的光芒，所有一切都化成一只猛龙，仰首咆哮，喉咙中发出一阵低沉的怒吼声。最后一股混沌的天地之气把大家笼罩起来，眼前一黑，大伙儿顿时就没了知觉，整个过程在电光石火间就完成了。

面前这块已经暴露出来的亿年前的沥青岩就像一块巨大的感光板，在某个平常如斯的午后，出现了令人震撼的场景。只看到一道接一道锋利的闪电在岩矿上空烁然而现，每一道闪电都闪耀着奇异的蓝紫色光芒，直接击打在沥青岩上。闪电甚至还劈到本地的火山上，岩浆中的带电硅也活跃起来。在一连串不断炸开的滚雷的伴奏下，沥青岩莫名地记录下距今一亿年前的龙之盛世。沥青岩并不知道它记录下来的是什么，它们如何地清晰过，如何地模糊过，只是默默地封存到漆黑的岩石里。

往后的时空循着自己的轨迹继续游弋，在一亿年后的同一天，同一个地点，利用沥青矿形成的平行时空的交会点，在火镰的诱导下，释放出惊人的能量，时空顿时交错，通道张合之时，那一行人，齐刷刷地瞬间消失了。

这次交错的时间是大清暮年，公元1900年的某日傍晚。

不知道过了多久，嘲风睁开了眼睛，慢慢坐了起来。空气惊人地潮湿与新鲜，阳光温和地抚摸着自己的肌肤，眼前是如此地绿，翠绿、深绿、浅绿、草绿、嫩绿，刺得人眼睛睁不开。他揉了揉自己的眼睛,似乎想把绿色去掉少许,再度睁眼时,身旁的一切还是没有改变,只见他躺在一棵巨大的子孙树下,身旁是扎人的苏铁丛,低矮处全是各种蕨草。

嘲风扭头看见猫瓦正面无表情地坐在一块大石头上,凝视着不远处,那是怎样一个巨大的淡水湖泊!他的心绪完全迷乱,还被时空转换而导致的错乱感折磨着。

"哥,你醒了。"猫瓦走了过来,将他扶起来。

"我们这是……"嘲风不知道该说什么。

"没伤着就好,歇着吧。"猫瓦眼底流露出一种不确切的恍惚感,又走开了。

"我们这是死了吧!"嘲风有些恍然大悟!他回想起是怎么落到此般境地的,便气不打一处来,吼了起来,"阿四呢?你要去死,何苦拉着我们同去!"

没人搭腔。阿四不见了。

片刻后,"哥,你没死,咱们都没死。"猫瓦淡淡地不带一丝感情地说着,走了过来,对嘲风做了个无辜的表情,接着说,"没死才是最古怪的……"

• 换了人间

当时空穿梭回白垩纪时期的苏鲁木哈克，后世茫茫的戈壁、漫漫的荒滩已还原成浩瀚的湖泊，而在更西边的地方，则是一片汪洋大海，叫塔里木海，形状就像一个朝西开口的大喇叭。

此刻的苏鲁木哈克，湖面浩瀚而平静，像一面碧绿色的镜子，映着朵朵浮动的白云。它肃穆地掩映在茂密的林地之中，水天一色，浑然一体。湖中耸立着一些岛屿，岛儿不大，但郁郁葱葱，岛边缘的植被已经茂盛到过于拥挤，以致不少树根都闯出泥土，剑拔弩张地戳向空中。

湖畔边的一些水鸟正在活动，叽叽喳喳的好不热闹，看上去像鸻鹬。只见一些鹬鸟将长喙插入泥中，靠喙对食物的感觉来觅食；另外一些鸻鸟更活跃些，它们快速奔跑后再来一个急停，专门吃那些在滩涂表面上还来不及躲入泥沙深处或浅水中的小型螺类、蟹类、蠕虫，等等。

猫瓦一句"没死才是最古怪的"，使嘲风无心欣赏眼前这个生机盎然的绚丽世界。从时空的旋涡中缓过劲儿后，他跑到了沥青矿上，此时的矿山也大不一样，压根儿就没有开采过的痕迹，所有沥青岩都黑乎乎地插在岩石中，无论他用什么办法去重现当初的情景，侧身走过、正常路过、倒着走过，甚至壮起胆来弄了点火星，沥青岩也没有现出丝毫异状。

"我感觉我们像是被吸进了岩石似的，刚刚又去试了试，却没什么反应。"嘲风喃喃自语，他弄不清楚为什么打个火便换了个世界，但阿四又在哪里？可怜的阿四就这么没了吗……对了！还有那些兵士！阿四一定是找千总来救我们了。嘲风此时万般无奈又夹着无名火，"为啥这矿山差不多，却凭空多了这么多艳绿的物件！"

艳绿！嘲风眼前突然闪现出异兽琉璃的身影，以及他和猫瓦偶遇至今的种种巧合。如果换一个角度，比如这都是设计好的棋局呢？"这就解释得通了！"嘲风一愣，不禁脱口而出，心头的无名火烟消云散，本来不安的心突然就踏实了。待得片刻，他心中雀跃起来，感受着异世界的微风轻扬，对即将开始的冒险充满了期许。

"哥！"

无人应声。

猫瓦想着再宽慰下嘲风，稍微急了起来："哥哥！"

"猫瓦。"半晌，不远处的灌木丛里传出了声音，猫瓦绕了过去，看见嘲风正盘腿坐在树前。他的眼光远眺到地平线之外，似乎在找什么东西，没有着落点，却一脸入定的模样。他抬头看着猫瓦这副模样，忍不住好笑。

"我还是第一次看到有人在这绿如琉璃的戈壁滩还急匆匆的样子，难道黄沙漫道才适合你？"嘲风伸手将身旁的包裹丢了过去。

猫瓦听到琉璃两字，心里一跳，浑身不自觉颤抖了一下，伸手慢了一拍，愣是在包裹快落地时才抓住，一时不知道怎么答话，只是强忍着内心的骇异。

"当下，我们是不是应该想想怎么活下去……"嘲风也不看她，无事般地说了这么一句。

那沉稳的神色，与刚刚那个六神无主的少爷判若两人。

猫瓦为他的胆量吃惊不已，反而思索自己的行为是不是哪里失态了。额头隐隐发热之余，她发自内心地佩服他："这认来的哥哥，果然不是寻常角色。"

平复心绪后，猫瓦不紧不慢地把爹爹留下的小刀绑在刚刚砍下来的一根木棍上。"嗯，没错，我们先清点一下武器、干粮和物件，然后找点东西吃。"她无暇细想，只怕露出马脚反而纠缠不清。

两人把东西一凑，尚有鲁格自动枪两把、马刀一把、火镰一个、银票一沓、熬粥小砂锅一口、大地鱼干几块，虾皮、海蜇皮、脆花生、薄脆各一小袋，各种调料少许、小菜刀一把、小雨伞一把……"阿四这是摆摊啊！他背着这些玩意儿怎么走，怪不得走丢了！"猫瓦说完才觉得不妥，未免太不顾少爷的心境。嘲风却只一笑，淡然道："是乱七八糟，想必是想给我做粥。"嘲风一副平日里纵容她顽皮胡闹、瞎说八道的神情。

猫瓦心里更没底，自己找了台阶下："现在锅具倒也派得上用场。"

"子弹一定要节约，指不定什么时候才能补给得到。"嘲风说道，"能用刀就用刀吧，我们先弄点东西来吃。"

话音未落，猫瓦突然一声尖叫，空中一道黑影掠下！

• 蔽日飞龙

嘲风猛一回头，只见天际一道迅疾的黑影闪现。

"啊呀呀呀……"

一只怪鸟尖叫着扑下来，它的嘴巴酷似一把翘起的钢锥，绕着血色条纹的尖喙上布满刮痕，嘴中短粗的牙齿显得面目极狰狞；眼窝里俨然是两个墨点，杀气十足；头顶还有一个波浪状的脊冠，在阳光下显得有点透明，现在也因为激动而变红。只见它张开了恐怖的大嘴，钢锥呈现着血一样的鲜艳色泽，直向猫瓦冲来。

"低头！"嘲风蓦地大喊一声，他来不及多想，拔出马刀，一个箭步冲上去，刀口向上，朝怪鸟劈出一道弧光。

那怪鸟见猎物有变，意识到了危险，旋即把翼膜向两侧张开，翼小骨同时支撑起前膜，很快把俯冲的速度减了下来，"啊啊……"叫了几声，从另一侧飞走了。

袭击到撤退的时间短得令人诧异，等两人回过神来，空中只剩下一个暗影。

但它的叫声吸引来了更多怪鸟，原本在湖面上某个岛屿盘旋飞舞的怪鸟，又分出好几只，一齐俯冲过来，它们都长得差不多，只是翼展更大一些，也更加肆无忌惮。

见怪鸟再次来袭，嘲风举枪就射，子弹在轰鸣中飞出枪膛，射穿了一只怪鸟的翅膀。猫瓦也反应过来，她捡起长刀，半蹲在嘲风的前面，一跃而起，利落地挥动长刀，连人带刀向空中的怪鸟切了过去！

她看到子弹从怪鸟的翅膀穿过，瞬间从另一面飞出，而那家伙竟转动脑袋，四处张望，寻找子弹是从哪儿飞来的。这想必是史前动物第一次遭遇亿年后的子弹袭击，比起子弹，这些枪支发出的巨响更让它们震撼。

"中了！"嘲风喊了一声，冲在最前的怪鸟被击中翅膀后，飞行的动作越发不顺。猫瓦看准时机，一刀贯穿了它的躯体，怪鸟在空中用力扑腾了两下，一头栽倒下来。

巨响并没有吓跑怪鸟，反而惊起了一岛栖息的倦鸟，它们一大片一大片地从礁石处、悬崖边一蹿而起，哗啦啦、扑棱棱地飞到空中盘旋着，和着拍打翅膀的声音和叽叽喳喳的叫声，好不热闹。

嘲风和猫瓦诧异地看着这惊人的一幕，慑人的恐惧在脑海中挥之不去。眼前的怪鸟何止百只，远处沙丘后面好似卷起乌云，那是数十万只！数十万只怪鸟似乎闻到了血腥气，向嘲风站立之地疾速飞来。猫瓦杵在地上，半晌没反应过来，等回过神来，对嘲风大喊一声："钻林子里！"话音未落，她转身就跑。嘲风瞬间想通了道理，跟着猫瓦往林中没命地奔去。

天意弄人，刚刚掉落的长刀就戳在通道上，嘲风"扑通"狠狠地摔了下来。

片刻之间，一股土腥气袭来，那些闪着金属光泽的脚爪已经迫不及待地对着嘲风直抓过来，快得来不及闪退。嘲风在地上翻滚着，企图让怪鸟无处发力，无奈怪鸟数量太多，速度惊人。那些先行扑杀嘲风的怪鸟，错失目标后还不及起飞，就被后来者活活压入地面，成了同类的爪下冤魂。

怪鸟争先恐后地扑向嘲风，嘲风只觉眼前日月无光，鱼腥味、血腥味扑鼻，耳边是一阵嘈杂的扑翼声。突然，他背后一凉，整个人竟然被怪鸟的大爪钩起，腾空而上，往大湖的方向飞去。

嘲风双唇紧闭，咬紧牙关，咽下那一声咒骂，劣势之下，他反而空前冷静，思路也清晰起来。怪鸟钩着一人始终飞不上云霄，仅在四五丈的半空中浮沉，如果能找到一个软沙丘或一汪湖泊，舍命挣扎或许还有逃生的机会。

只可惜天未遂人愿，嘲风尝试着扭了扭胯部，马上意识到自己低估了危险。这些怪鸟本来就没什么集群协同能力，在空中四处乱拽，自己纵使有气力，也如同铁拳打在棉花上一样。情急之下，他在身上一顿乱摸，然而绝望地意识到自己的佩刀、手枪都在腾空前后掉落在地，只有捆在腰上的阿四的行囊还紧紧跟着他，可那些鱼干、虾皮、脆花生……

"想必要成为怪鸟分食自己身体时的调料包。"嘲风的嘴角掠过一丝苦笑，"我命丧于此，也未免太……"

"等等！调料包？"嘲风灵光乍现，忽然省觉。

他胸膛里怦怦直跳，轻轻伸手，生怕惊扰了怪鸟，探入行囊，紧紧抓住了一大瓶胡椒粉。他余光瞥去，赫然看见湖水拍打岸边，击起朵朵白浪，遂把心一横，拔了瓶塞，将整瓶胡椒粉一点儿不剩地撒向怪鸟群中。黑灰色的雾霭"唰"地笼罩住那些狰狞的面孔，怪鸟屏息不及，将胡椒粉吸入口鼻，脚爪下意识地护住面门，痛苦地翻滚着，哪里还顾得上爪下的猎物，整个身体往上缩去，快快腾空远去……

"哥！哥？呀！你快穿上！"

猫瓦穿过丛林，一路追赶到此，却看到嘲风躺在湖滩上仅用树叶遮盖住隐私之处，近乎赤裸地在林子边上晒着衣物。

少女对这种事最是敏感，小脸羞红，捂住双眼，心头一阵狂跳："你还不快穿上，我再不理你啦！"

嘲风闻言赶紧起身披上衣物，他没料到猫瓦这么快便寻了上来。

兄妹二人，一前一后，尴尬地坐到一起。

嘲风的胸口不再扑通扑通地狂跳，方才空中的生死相搏，危机感之强烈，此生从未有过。而他平时的搞怪机灵，对事物去芜存菁、快速洞察的能力让他在生死关头终经汰选，硬生生挡下了这史前杀机。

猫瓦见他捡回一条性命，粉面也是一阵煞白，准备坐地歇息，谁知这本能的一蹲，小脑瓜直往后仰，直愣愣地撞上嘲风的胸口。嘲风忙将猫瓦扶起，看她周身无伤，双颊绯红，吐出的气息逐渐平稳。嘲风也放下心来。

可那到底是什么怪鸟？嘲风的好奇心很快盖过了疲惫。他找回马刀，往前面的灌木丛寻去。从空中掉落的几只怪鸟此时还没有完全断气，嘲风走了十余丈，很快就发现了它们。

"这可真是个大家伙！"嘲风暗自感叹，眼前的怪鸟两翼相连有近一丈五宽，单单脑袋就长达十五寸，要是被这玩意儿戳到，恐怕小命不保。嘲风心里一阵后怕，走上前去一刀插进怪鸟的胸腔，怪鸟蹬了两下脚，咽气了。

还是有点不对劲儿，嘲风从开枪就觉得有点古怪，他端详着怪鸟的尸体迟疑了半晌，恍然大悟："对啊！羽毛呢？"只见眼前的动物全身只有细细的绒毛，耷拉在地上的翅膀长着蝙蝠一样的翼膜，从被击穿的地方看，相当地薄。

"这是什么地方，怎么会有如此巨大的蝙蝠？原本以为传闻中的吸血蝙蝠已经够可怕了，现在还冒出这样的玩意儿。"片刻，嘲风突然觉得有点沮丧，"只怕也吃不得。"他原以为这掉落的大鸟或许能解决目前的饥饿。

等等，这蝙蝠的脑袋，似曾相识，越看越熟稔，嘲风自顾自道："这形状十分眼熟，我从前定是在哪里见过。"

嘲风正想得出神，却听见猫瓦的肚子传来"咕"的一声，才想起今日两人几乎粒米未进。

两人相视一笑，拖着长刀很快又来长着厚重鳞片的鱼儿，在林地边生起了篝火。火焰熊熊燃烧，照亮了他们的脸颊。

嘲风把鱼肉用小刀剔下来，胡乱地塞到嘴巴里，他不喜欢这样粗糙的烹制手法。胡乱吃了几口之后，他把一根枯枝送进篝火里，小小的火苗沿着枯枝蔓延了起来。

夜深了，月光洒落，湖畔映得分外清明，虫儿如弦般低鸣。

身旁篝火熊熊，嘲风擦着枪，眉头紧锁，消失的阿四、遍地的绿色、从容的猫瓦、凶猛的怪鸟，处处昭示着此地的诡异，未来满满的变数并没有让他感到亢奋，只有淡淡的伤感。

他不知道，此时一道巨硕的黑影正受到鱼腥味的诱惑，在不远处潜伏着、等待着……

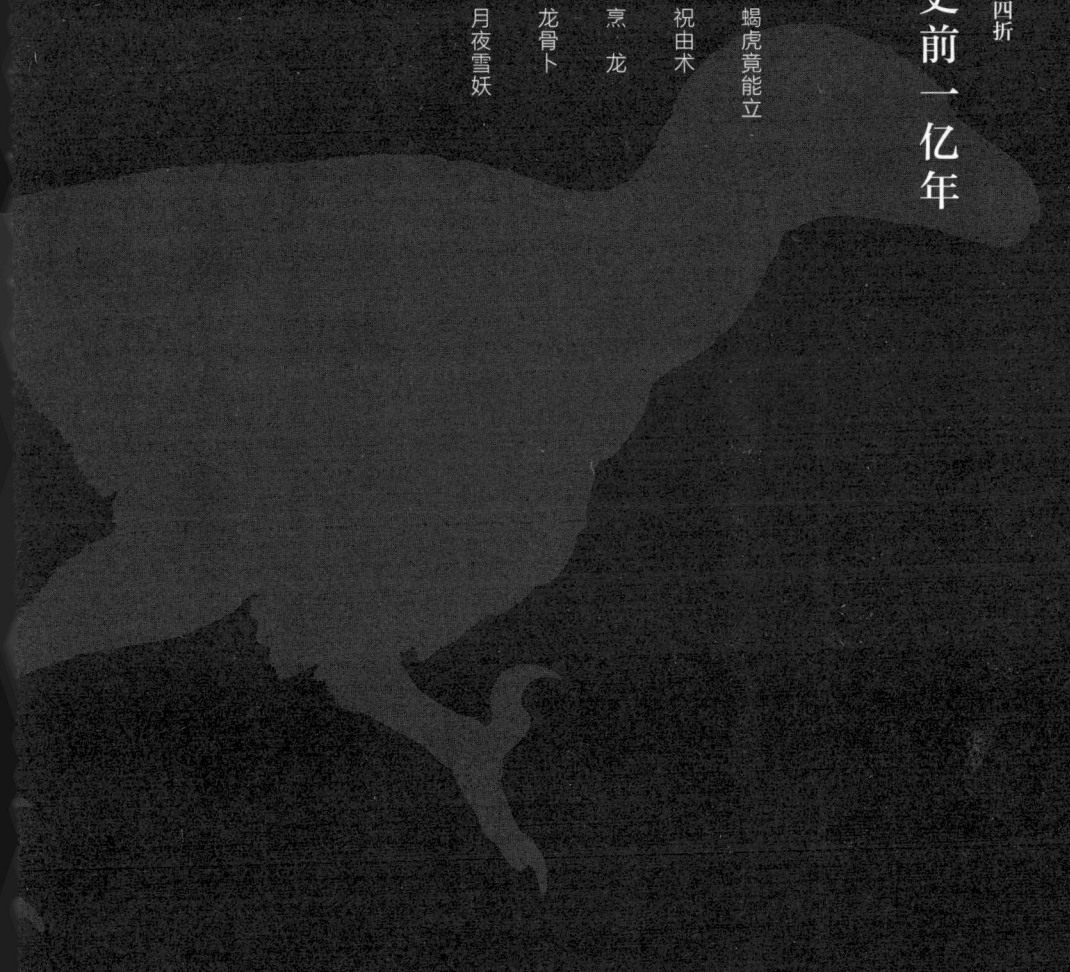

第四折

史前一亿年

· 蝎虎竟能立

当日头出得湖畔，史前第一日在静谧中开始了，这静谧中有一股青草的芳香。

"吼……"一声炸雷般的叫声在远处陡然响起，接着又听到一些动物如受惊的兔子般火急火燎地跑，脚步声杂乱而失措。"砰！砰！砰！砰！"的脚步声震动着大地，正不断地靠近他们。

嘲风舔了舔嘴唇，眼皮颤动几下，睁开了眼睛，两人四目相对。

一时间都说不出话来。

"你看……"嘲风指了指后方，嘴唇微颤，声音分不清是激动还是害怕。

猫瓦回过头去，也听到了林子那边传来的沉重的脚步声。

嘲风站起身来，一时间双眼瞪得比铜铃还大："这……这是什么怪物？我们怎么……"突然又一时无语，一脸不可置信的表情看着百丈开外的那些巨兽。

林地边缘传来噼里啪啦的植物断裂声，二十余只巨兽正从林地穿出，往嘲风所在的湖畔走来。它们大小不一，领头的那只长达四五丈，有着长长的脖子和尾巴，四肢像大象般粗壮，身上满是大而厚重的鳞片，背上的许多部位已经破裂和扭曲，侧面也有很多伤疤，似乎是被捕食者袭击而留下的印记。大脚踩踏之处，巨兽沉重的身躯在地上留下了较深的足迹，落叶、残枝，甚至还有一些来不及躲避的昆虫也被踩了进去。

原本茂盛的林地被这群巨兽活生生地踏出了一条通道，阳光从约三十丈高的子孙树树冠上照射下来，为兽群投下了浓重的影子，几只小些的巨兽身上的鳞片在阳光下熠熠闪光。兽群很快就发现了不远处的两个奇怪的小东西，而小东西旁边的怪鸟尸体的血腥味令它们有些许不安，但巨兽的注意力很快被湖畔苏铁新抽出来的嫩芽吸引过去了，其中一只迫不及待地张嘴大吃。

领头的巨兽似乎有些不满队形混乱，随即发出了长且有力的吼叫声，好像要示威似的，叫声震得旁边子孙树的叶子纷纷掉落。

看着这些足足有五六匹马长的巨兽，嘲风半晌也没缓过劲儿来。他使劲儿眨了眨眼睛，巨大的视觉冲击力把他牢牢钉在地上，手胡乱地在腰间摸枪。

猫瓦按住了嘲风，轻声说道："看，它们在吃草……"

嘲风凝思片刻，眉头渐渐解开，神情若有所悟。

他沉默了好几分钟。

"莫非是蝎虎？"嘲风冒出了一句，惊吓之余，他对那巨兽产生了浓烈的兴趣。

"蝎虎是什么？"猫瓦抬头看他。

"那是纪晓岚大人被乾隆爷发配西域后所记录的一件异事。"嘲风排除杂念，回忆起书里的记载，简要地说起这件事。

这是一件真事，作为新疆军务的总兵官，乌鲁木齐提督俞金鳌有着很高的名望，他将亲身经历告诉了纪晓岚，纪则将其记录在《阅微草堂笔记》之《滦阳消夏录三》："尝夜行辟展戈壁中……遥见一物，似人非人，其高几一丈，追之甚急。弯弧中其胸，踣而复起。再射之始仆。就视，乃一大蝎虎。竟能人立而行，异哉。"

故事发生在辟展的戈壁中。辟展是维吾尔语里的"马兰草"。在唐代，这里是有名的柳中城、蒲昌城，其地点就在清之鄯善县城东附近，濒临库姆塔格沙漠。

这一天夜里，俞金鳌率领部队行军至辟展城郊外的戈壁中，突然远远地看见一只巨兽，它似人非人，高达一丈。俞金鳌惊奇不已，便令军队猛追上去，弯弓射箭，正好射中怪物的胸口。怪物中箭摔倒，但是估计没伤到要害，继续飞奔而逃。直到俞金鳌又冲着它射了一箭，才摔倒不动了，走近一看，竟然是一只巨大的蝎虎。

"那蝎虎到底是什么？"猫瓦听得一愣一愣的，不明所以，这个名词她从来没听说过。

"窗间守宫称蝎虎，这蝎虎就是壁虎、蜥蜴之类的。"嘲风解释道。

"那提督射死的那只直立行走的大蝎虎，"猫瓦眨了眨眼睛，"岂不是跟我们刚刚看到的很像？"

嘲风点点头。

"哈哈哈……"嘲风突然低声笑起来，那笑声像是压抑了好久，又带着几分逞强，"你看，那俞金鳌只用两箭就杀死了大蝎虎，我们又为何要怕它！"他举起了手中的自动枪晃了晃。

"方才打落的怪鸟，和此前古玩店买来的龙骨一模一样。"嘲风抑制住自己的情绪，接着说，"而这些巨大的蝎虎兽，唯一对得上号的就是风靡美利坚的传奇、骨头大战①的主角——龙，或恐龙了。"

---

① 骨头大战是发生在 19 世纪末美国的一场两位古生物学家之间争相发掘恐龙化石的著名事件。1858 年，美国发现第一具近乎完整的鸭嘴龙骨架之后，在全国范围内掀起了一场恐龙热潮。骨头大战就爆发在这次热潮中。大战的双方是费城自然科学院的柯普（E.D.Cope）和耶鲁皮博迪自然史博物馆的马什（O.C.Marsh），二人在近三十年间（1872-1897）花费大量人力物力、不择手段地在美国发掘化石，最终，二人共发现并命名了 142 种新的恐龙，使恐龙风潮席卷全球。

可恐龙不是已经在比燧人伏羲还古早的时代就灭绝了吗？不是只剩下龙骨了吗？但除了恐龙，这些巨大的蝎虎兽会是什么？似乎没有其他解释。

"也就是说，我们回到了龙的年代？"嘲风接着说，手微微颤抖着。

猫瓦一凛，心想：果真是聪明人，与聪明人说话最好了，一点儿也不费力。

嘲风远望水泊，一阵沉默，一个更加不祥的预感涌上了心头，他喃喃问道："那这地界还有别人吗？"他意识到这是更严峻的问题。

猫瓦一时不知该如何回答，但不答又显得太过奇怪，只好说：

"灭绝的龙都活了过来，别的还有什么不可能的呢？"

嘲风也没想出个所以然来。

猫瓦此时却感到莫名地安心，此前各种头痛的问题仿佛被嘲风的自言自语——熨平。

正在两人有一搭没一搭地说话时，一声仿佛能贯透耳膜、伤至胸腔的啸吼传来。啸声震动山谷，云浪翻涌，吹得两人如赤裸般瑟缩颤抖。随即地面轰隆隆震动起来，远处的巨龙群率先混乱起来。

只见一只硕大无比的龙，奔跑着疾速而来，背上顶着一片船帆状的棘，在烈日下闪着诡异的色彩。嘲风经过此前的劫难，反应力迅速提高，他目光如炬，拔枪便射。

子弹呼啸而出，飞过猫瓦的头顶，其中一发正中帆龙脑壳顶部的陈痂。帆龙甩了甩头，露出满口石笋般的尖牙，这种程度的伤害甚至没能激怒它，它稍微减速，但很快又全速奔来，随时准备发出雷霆万钧的一击。

猫瓦心中一凛，额间沁出冷汗。帆龙那双眼不像猛虎那样绽放着冷冽的精芒，而是像大鳄鱼一样的毫无生气的死鱼眼，在她过往的十来年间，这一幕只曾在最深处的梦魇中掠过。

糟……糟糕! 要逃已经来不及了。她霍然转身,想抓起斜插在地上的长刀,作最后一击。就在她转身的刹那,那帆龙已经大步逼到她的身后,口中一阵浓烈的鱼腥味如游蛇般钻入猫瓦的鼻腔,她脑中一片混乱,还没回神,帆龙的大头一晃即至,残存的肌肉记忆令她斜着娇躯,柔若无骨地顺势一卧,躲过了致命的第一击。

暴躁刚猛的帆龙缩回脖子,又往前一步,企图掉转前身回马一枪,紧接着"啪"的一声脆响,原本在猫瓦身后的嘲风抄起了长刀,以全身的力量硬生生地将刀尖捅向帆龙的眼珠,刃上如挟风雷,却无奈帆龙鳞片糙硬,刀尖插进它的头骨中,刀刃承受不了这么大的力道,拦腰断开。

暗红色的血顺着断刃汩汩涌出,覆住了帆龙的半只右眼。它眼冒金星,颤抖着闷声嘶叫,踩碎硬土,旋即站稳,带血的大脑袋迎着敌方一甩,撞开了来不及躲避的嘲风,硬鳞尖棘如钉如箭,重重地撞在他的胸口,撕裂了他胸前的衣衫。帆龙昂首咆哮,大尾巴一摆,划出耀目的白光。这道影子已经盖住了猫瓦的大半个身体,声势之猛让猫瓦闪躲不及。挟着一声破空声响,她身子一紧,被龙尾硬生生地抽飞了出去,霎时只觉眼前有满天星斗坠下,扑通一声,掉进湖中。

但猫瓦拥有野兽般的灵敏反应,那一击快过闪电,但她仍然在被巨尾击中的瞬间护住要害,免去血脉筋腱被割破的风险。这一头,嘲风境况不妙,被龙的大头轰飞,口喷鲜血,胸口犹如烈火燃烧,旋即又气息奄奄,连起身爬走的力气也无。

刹那之间,帆龙稳住了阵势,步步紧逼,眼前倒地的青年,终于成为垂死的猎物。

• 祝由术

帆龙那张有着精致鳞甲、宛若修罗的凶煞之脸就在眼前。

嘲风的脸色煞白，嘴角淌下一抹殷红的血，疼得他直不起身，想往后挪又使不上力，勉强拔出腰上的手枪，可连击发子弹的力气都没有。

倾危之际，"轰……啪……"一棵棵苏铁被拦腰踢出沙土，一团黑影从不远处急速奔来，眨眼便至，是一只通体栗棕、高大如山的巨龙。帆龙显然被对方的阵势唬住了。

巨龙呼啸一声，与地上的嘲风对望了一眼后，迅速用后腿站了起来，用尾巴支撑住躯体。前肢内侧脚趾上一只巨大而弯曲的爪子像闸刀一样倏地发动攻势，犹如漫天刀影从四面八方向帆龙罩来，带有雷霆万钧之势。不明所以的帆龙有些发愣，情急之下试图逃跑，无奈眼前的断刀阻挡了部分视线，冷不防巨龙的闸刀爪一沉，径直向它大腿处抓来！

如利刃解牛般，帆龙大腿处的皮肤与肌肉被利落地剐开，骨头也断了。与巨龙相比，帆龙的力量虽然也巨大，但它的骨骼和巨龙那沉重的肢骨相比就轻太多了。帆龙后脚跪折，庞大的身躯"砰"的一声侧倒在地，扬起漫天的尘土，它连滚了几圈想挣扎着站起来，却因乏力而未果，只剩下愤怒而痛苦的嘶叫。巨龙一步又一步地向前走近着，慢慢抬起前肢，轰然踏下，这一脚踩断了帆龙的脊椎。帆龙断气之时双眼犹睁，竟不能瞑目。

这一幕发生得太快，嘲风甚至还没来得及看清巨龙高扬的脑袋。嘲风短短一日遭遇了太多生平首见的怪物，现在惊讶得有些麻木。

"能动吗？"一个修长的身影倏地杀出，绷紧的声线难掩焦急。

这是谁？这又是怎么一回事？嘲风抓着手枪的右手不自觉挡住眼前晃眼的阳光，心绪还没从眼前这场无比震撼的巨龙大战中缓过来。

"是葵来救我了吗？她终究没有丢下我……"

并不是。眼前的姑娘下颌尖细，略显消瘦，鼻梁挺直，满头极细的小辫，拢起齐束于脑后，一身叫不出名儿的兽皮过膝大衣也掩藏不住她俏丽的身形，腰间扎着一串奇怪的稻草龙，好似过着饥驱叩门的日子，但眸光异常晶亮。

见嘲风毫无动静，一双不敢置信的大眼一动不动，她急得单薄的胸膛不住起伏："难道来晚了？"接着一把揪住他的衣襟左右晃了晃，露出手腕上钴蓝色的狼首纹饰。

嘲风挣扎着拨开她的手腕，逞强想站起来，只一动弹，登时疼得哀叫起来："要……要断啦！呜呜呜……好疼……"见此人还能动弹，她松了一口气，赶紧松手让嘲风轻轻躺下。而后她直起身来，挡在巨龙和嘲风之间，径直走上前去。"小心啊……"嘲风惊魂未定，刚刚来不及救猫瓦，正满心内疚，眼前这好意搭救自己的陌生姑娘就要以娇小身体迎战那高得看不清脑袋的巨龙！

见嘲风着急的模样，她温婉一笑，也没搭理他，靴尖儿踏草滑开，飞身跃至巨龙的跟前。巨龙尚牢牢地盯着帆龙的尸首，前腿呈弓状，大爪上还挂着天敌的血肉，那混合了断木的血腥味让人胸口生疼。姑娘全不理会这些，轻轻抱着巨龙的另一条腿，喃喃地自说自话。

片刻，巨龙竟像驯熟的小狗般听话，后退几步，便缓缓离去了。

"这可料不到……"嘲风惊呆了，喃喃自语。

此时，远处传来一阵喧嚣，灌木丛中冲出大队人马，服色与姑娘相仿，足足有数十人。队伍前头有六七名壮士，披着精细的鸟兽毳毛，左斜襟，翻领编发，端弓持刀斧，簇拥着一位戴着皮帽的老者。

众人快步赶来，无人顾及地上的伤者和姑娘，纷纷拔出刀斧，对着倒地的帆龙奔了过去。年轻点的男子在地面挖坑，力大者则用砍来的圆木搭起一个架子，有人用锋利的斧头呈"V"字形切开猎物的颈动脉，温热的血喷射而出，一个硕大的皮袋将这腔热血一滴不剩地装了起来。

顾不上看这壮观的解龙场景，嘲风挣扎着往湖的方向爬去。姑娘一脚踩住嘲风的衣襟，轻指着不远处，只见几个年龄相仿的同伴已经扶着猫瓦走上岸来。相比嘲风，猫瓦倒还能自己行走，只是双脚有些发颤，双手死死地抓住湿答答的衣裳。

嘲风放下心来，还没坐起，就被一个壮士抄起膝弯，扛上肩头。这动作着实凶猛，他脑血倒灌，眼前一黑，晕厥过去。

无论如何，总算是鬼使神差地逃过一劫。

● 烹　龙

部落驻地深处，一处略显昏暗的石穴之中。

"咔啦"一声脆响，涅子从噩梦中惊醒，她浑身酸痛，仿佛梦里的那些追逐、刀光、砍劈又在身体里上演了一遍。她抬起头来，猫瓦一对上她的眼神，心忽然一紧，她看过这种眼神，泪如血蜡，余灰燃尽，灰白得令人心怜。

"涅子姑娘，叨扰了，讨口水喝。"嘲风低声道。

距离时空交错之日已经过了四天，在涅子和猫瓦的悉心照料下，嘲风康复得很快。此时，他性格中逞强的一面又显现了出来，铆上劲儿想下地活动活动筋骨，不小心打碎了瓦罐。瓦罐碎裂声在洞穴四壁回音的作用下格外响亮，震得嘲风的耳朵嗡嗡作响。

"公子醒了吗？"涅子很快恢复了常态，吐了吐舌尖，掠发赧然，"哎哟，倒是我自个儿睡着了。"她哈哈一笑，一抹额头的汗，卷起袖子露出细润藕臂，毫不忸怩。

眼前这两位奇装异服的人儿，让涅子好奇不已，当初偶遇的时候，她便想会不会也是受番人所害的部落，急忙出手相救。她曾问过一次猫瓦，可对方却故意不答，顾左右而言他。

嘲风的身子虽然虚弱，食欲却恢复得很快，看着洞外涅子的族人们还在分头处理着帆龙的肉和骨头，他们虽然住在山侧的岩洞里，但还是能闻到熏烤肉的香气。他心里早已按捺不住，坚持要去部落里瞎逛。

涅子心里觉得好笑，又不是断了你的食物，看着也不是食量大之人，真有这么饥肠辘辘吗？

这么大的龙，对部落来说是一顿极难得的盛宴。

涅子扶着嘲风到了厨房，那是一个大毡帐，毡帘外挂着大大小小的腿肉和肋条，看样子，在接下来的一个月内，大家都不用为肉类的来源担忧了。

毡帐内，几位厨工正在给叶护制作午餐。厨头见大巫师领了生人进来，奇装异服的，想必非富即贵，遂咧开大嘴，扬声笑道："贵客，大巫师可从来没进过这腌臜之地，今儿怎么来了呀？"周围的奴役们一阵低声笑语。

厨头解下油腻的皮兜擦手，猛地抽出五尺来长的软刀，力道传输到刀锋处，软刀瞬间绷紧，化为一道流光。

神力！嘲风暗赞，可这是要做啥？

厨头看出客人脸上的疑惑，咧嘴道："贼厮们，烧板子！"话音未落，只见他那长长的软刀如游蛇般掠下，深深扎进一条巨大的龙小腿，那龙腿肉太过筋道，长刀一扎进去便被吸得紧紧的。

周遭的奴役抽了口凉气，纷纷闭嘴，手里不敢停，鼓风加炭，把两片六尺长的薄石片烧得发亮。黑色的是火山石，粉红的是岩盐板，往上面刷一层龙脂，一股奇异的鲜味弥漫在帐内。

厨头低喝道："游！"熊腰蓄力，猿臂用力一掀，长刀在厚实的龙皮和皮下极薄的油脂层之间找到了自己的位置，其柔软的本质顿时派上了用场。龙皮一掀而开，而黄灿灿的龙油还覆盖在鼓嘟嘟的龙肉上，像一个黄金大元宝般夺目。

这精湛的刀工看得嘲风屏住呼吸，伸颈踮脚，唯恐漏看了大师的出手。

厨头砍得兴起，利用软刀的柔性剥皮之后，他往刀上输送了更大的力气，手臂上青筋蜿蜒，虬起肌肉，长刀硬挺，横切下一条精肉，"唰"的一声，甩了开去，恰好贴在冒着热气的黑石片上，白烟冲天蹿起，湿烫的肉气不住喷出，龙肉顿时泛白。

奴役正要上去翻面，被厨头喝了一声："咻！"他用刀尖远远戳住肉条，轻移到紧邻的粉色岩盐板上。好盐板！这龙肉顿时收了烟，粗犷的盐气混着滑润的油脂，肉香弥漫，充塞毡帐。嘲风不自觉地翕动鼻翼，奴役用木碟接过这条不住颤动的龙肉，递到嘲风面前。

只见龙脂微黄，凝如奶酪，肉质则白润如玉，被肉汁膏紧锁着。嘲风再也忍不住，将其轻送入口，只是前牙方迎来，还挨不着后牙的时候，那肉汁便在口中绽放，浓郁香滑细嫩……

"真是一顿令人心安的佳肴！"嘲风忍不住对涅子叹道，脸上的光芒持续了片刻，才轻轻褪去。

"公子大病初愈，这些扎实肉食，不宜多吃。"涅子见这吃相，哭笑不得。

此后好几天，嘲风有事没事便往厨房跑，看着厨头炙肉、腌肉，用各式手艺把难以长期储存的肝、肾、脾、肺和心脏烧得喷香。然而他有伤在身，被猫瓦盯得紧紧的，看着美食却无法品尝，好不沮丧。

但他的天赋被调动了出来，厨头炙肉的精髓，过目难忘。

在这个不小的部落里，只有涅子执意住在狭小的洞里。

洞内明显要凉快许多，就像一个天然的冰窖一样，洞壁上挂着干枯的生肉条，一个不知名的龙的下巴，一块帆龙的前肢肉，看上去很新鲜，那是对她的奖赏。

猫瓦盘坐在草垫上，手里的小刀上插着一小块龙肝，木碗里还有一小片蜂巢，棕黄色的蜂蜜惹得小飞虫打转。吃惯了南国的精细料理，面对这些生冷的食物实在有些难以下咽。好在休养了几天后，她已恢复到生龙活虎的状态。

数个黄夜过后，部落被这只矫健的夜猫看了个遍。可真是相当无趣，猫瓦无神地看着洞壁，自言自语。除了眼前有些瘦弱的涅子，这就是一个相当原始的、采集食物勉强谋生的游牧部落。数日前被帆龙甩落古湖之后，她惊讶地目睹了涅子用了什么神奇的法子，就让一只长四丈余的巨龙俯首听命，豁出性命去救一个对它而言完全陌生且无所谓的生命。这不可能。

她正愣着出神，洞外黑影闪过。有人！

一直有根弦紧绷着的猫瓦一跃而起，抄起木棍飞身追出。这不是普通人，洞外虽不乏好奇的孩童或妇人探头探脑，但黑影的速度很快，武学根基多深不好说，至少是有着丰富狩猎经验的好手。

没想到，这一追击，猫瓦吃了大亏。一出洞口，她便被一大包软绵绵的东西绊倒，膝盖跪在包裹上，腥臭的东西溅了半身。

猫瓦不怕刀光剑影，但最见不得这些污物，一下子又气又急，浓睫低垂，微微颤抖，罕见地露出不知所措的神情，嘴里吱哇乱叫一气。

"猫瓦！怎么了？"涅子闻声赶来，扶住了猫瓦的胳膊。

只见地上是一大包恶心的肠子。

这是干吗？恶作剧？威胁？这是谁的肠子啊？这么粗大，是巨龙的吗？猫瓦脑子里闪过无数个念头。

涅子一眼就明白过来，哑然失笑："妹妹你莫怕，这可是好东西。"说罢就往洞里拖。

"这腥臭的下水怎么是好东西？"猫瓦躲避不及，急道，"不要拖到洞里，到时候如何睡得下？！"

涅子也不理她，把这大包下水拖到洞口，装在木盆里，简单漂洗后就将小肠放在大锅里炒干。见涅子不像是开玩笑的模样，猫瓦心不甘情不愿地闭上嘴，躲得远远地看着。

涅子炒了许久，一锅绿色的怪东西上下翻腾，一股奇异的香气渐渐飘了出来。她又加入了一些龙肚、龙肝，炒干后捞出小肠切碎，开始加入山泉水。片刻水开，又撒上不知名的草籽香料，就端了一大碗向嘲风走去。

嘲风早已饥肠辘辘，看着这碗绿糊糊，道了谢，喝了下去。

猫瓦见状，急得上前一步，心想，这东西哪能喝？

来不及开口，嘲风已咕咚咕咚喝了几口。"味道挺奇怪，就是有点苦。"嘲风吧唧吧唧嘴，嘀咕了一声。

哥喝下去了……一旁的猫瓦看得目瞪口呆，听他嘀咕，又扑哧一笑，慌忙掩口。

见猫瓦这模样，涅子觉得有些委屈，还是耐着性子，娓娓解释道："这是小草龙脏汤，小草龙吃百草，百草就是药，经过龙的胃分解后的百草，极易被人体吸收的，我们部落都是靠小草龙脏汤治病的，效果特别好。"

"原来如此。"猫瓦若有所悟，眼神却很坚决，谢绝了涅子的好意。

• 龙骨卜

夕阳只剩山边的一抹余映，山峦乌影叠深，奔腾的溪水也即将冷透。

部落里已燃起熊熊篝火，桨叶木被烧得哗啵作响。这里正要举行一个庄严的祭祀。

整个部落的几百口人面向西北方的可汗圣山坐成几排，一边唱诵一边狂击龙皮制成的小圆鼓。可汗圣山是部落最初的定居点，十余年前一场大火后只剩下几块杀人石。

山下的平地上，七个孩童迈着同样的步子，捧着大大小小的卵石，一改平时的顽皮，神色严肃。卵石有点奇怪，不像是营地附近的灰色山石，而是发红、发蓝，五彩斑斓的，煞是好看。流传到涅子这一代，这些卵石已有数百年历史。它们是祖上猎杀的第一只巨龙胃里的石头，唤作"贾答石"。

孩童把四十颗石子围成了一个圆圈，涅子穿戴齐整，站到了圈内。

石圈左右分别竖立着两根长杆，杆长四五丈，顶端各挂一束飞羽，杆下端各拴着两只小半月龙。龙作为祭品，飞羽是雕鹰的象征，象征着它们能够飞到苍宇，缩短人与悠悠腾格里的距离。

今日的涅子看着像是换了一个人，她头戴大绒发套，上面绣着浅色狼首，发辫收进发套，用一对大琥珀珠子连起来，再用金钗串好。颅门上固定着纯白底色的套座，上面绣有一轮黑日图案。两边的珠串顺着双鬓垂下串进坎肩，坎肩上绣满了奔狼奔龙等吉祥图案，彰显着她大巫师的身份，看起来别有一番威仪。

要让一个仅花信之年的姑娘赢得部落的尊敬，能够令行禁止，涅子需要做很多很多的事。自数年前任大巫师以来，整个部落的祭祀、问卜、医治、祈福等事都落到她的身上。她闲暇时就在洞内修行，从未佩戴过一件首饰，没穿过任何花色的袍子，不曾出游享乐。虽亲切近人，但几乎没人听她说过一句多余的玩笑话，除了一丝不苟地履行巫师的职务，只谈草药、祝由之术。这种心无旁骛的执着，终于为她树立起精明善治的大巫师形象，再无人质疑她的威严。

此刻刚过戌时，对涅子来说，守夜犬出没的时分便是开始神界之旅的最好时机。

一个虎背熊腰的猎手，从树下拖来一只小半月龙，捏住龙颈，踩住尾巴，尖刀一划，掏出心来，鲜血涌出血管。猎手将龙血倒在一字排开的七个木碗里，再从龙皮袋中倒出果酒。涅子双手接过，用鲜笋尖儿似的玉指轻轻蘸上酒，向空中弹洒几滴，朝三个方向祭献神灵，接着洒向地面，最后轻点在自己的额头。余下六碗，则接连灌入喉咙。

"这姑娘海量呀！"趴在不远处乱石堆中的嘲风忍不住叹道。

嘲风服了几次涅子的药膳，情况大为好转，也随之不安分起来。虽然涅子再三交代祭祀仪式外人不能参加，但不说还好，说了反而让嘲风好奇心大起。

身旁的猫瓦无奈一笑，心想万一出事，以自己的功夫拍拍屁股走人，怕是谁也拦不住。可加上这个伤病初愈的拖油瓶，自己可没安生日子过。

还有一件小事，也令嘲风想不通。他心中疑惑，猫瓦的面色为何比以前更加苍白？

猎手们按照祭仪煮杀小半月龙，龙儿被卸成五大块，在一口硕大的锅中炖煮，大捆的药草丢进铁锅之中，一下子驱散了周遭飞舞着的大群蚊蚋。不大一会儿，龙肉和药草的浓郁气味就从远处飘了过来。

"狼的天空，龙的土地，赐我神助。伟大的腾格里苍龙之神，敬请降临此处。"涅子高举双臂，诵念道。

随着有节奏的鼓声，众人围绕着两根长杆行走，圈中的涅子抽出腰间的皮鞭，状若起舞，吟诵的节奏也越来越急。修长窈窕的墨色身影被焰火映红，皮鞭鞭梢发出巨响，空气仿佛撕裂了似的，那架势，像是驱赶着万龙疾驰。

她突然瘫软下来，两名黑衣少女将她搀住，涅子紧接着发出一声凄厉的长叫，双手在炙热的空气里胡乱地抓着。

她几近癫狂！

嘲风看呆了，竟直愣愣地站起来，所幸猫瓦一把按住了他。

猫瓦冷笑一声，以为这少爷还是根基浅，这种跳大神的把戏有什么好惊奇的？就在她准备在嘲风耳边嘀咕一句时，一股凉意从脚底往上蹿，经过咽喉蔓延到头皮上，她霎时两眼翻白，张嘴一阵干呕，模样极是骇人。

猫瓦强忍住呕吐的冲动，死死地抓住地上的杂草，愣是忍住没发出任何声音。当她下意识地看着被她抓住的草皮时，猛然发现自己的感觉出了问题。

距离感在急速地扭曲，手中的草皮正在一层一层地剥开。她尝试着晃一晃自己的身体，感觉左右也出了问题，定了定神，草皮还是那样的草皮，可又过了一小会儿，层层叠叠的剥离感又像浓雾一样，把自己包裹起来。

当浓雾散去，猫瓦发现自己还在琼花之上，身旁是衣衫不整的莺莺，还有流里流气的松把总，松把总那散发着烟味儿的大嘴近在咫尺，而自己的肚兜松垮，胸口就要袒露出来。她拼命想站起来，却感觉全身松软，一点儿力气都没有。

她艰难地抬起头，想让嘲风救自己一把。"哥……"嘴巴张开了，话音还没吐出，便看到嘲风倒在门边，他的忠仆冷冷地看着这一幕。

猫瓦旁边的嘲风早就不对劲了，他侧躺着，脸上分不清是口水还是泪水，嘴唇不断颤抖着，像在说着什么，眼神空洞得可怕，流露出一种冰冷的孤独感。

嘲风闻着那阵奇妙的肉香味，醒过来的时候发现自己站在鬼打墙的拐角处，两个时空的裂隙之中。四周异常安静，只听到轻微的声音，是自己一起一伏的心跳声，而且愈来愈慢，每一秒都变得十分漫长。

他静静地想着，从西关坠龙、买龙齿到枪支、白银、琉璃，一幕一幕，好像定格的画面，从邮票大小逐渐放大，图像逐渐清晰起来，变得越来越真实，仿佛触手可及。最后一幕竟然是阿四，阿四为了捡什么物件，被吸进裂缝中，可他的手紧紧地扒住岩石，面容扭曲，带着恐惧和不甘，眼睁睁看着身下的石板路像叠瓦一片一片坠崖似的不断剥落，最终被一个无底的裂缝所吞噬。

嘲风想走过去拉他一把，可脚才迈出一步，阿四就跟着退后一丈。又进一步，阿四又退一丈，一股神奇的力量推着他往前走去，身旁的景物却快速回滚。嘲风还没回过神来，一条疾速如滚雷的猛龙撕裂了他身旁的景物，从虚无中忽然出现，却毫无撕咬的打算，口中正叼着一个小巧玲珑的物件。嘲风定睛一看，大吃一惊，那哪是物件？分明是猫瓦。他急得"呼哈"一吼，说来也怪，那猛龙就像得到命令般，一摆头将猫瓦掷下，嘲风横着一扑，接住猫瓦在地上打了几个滚。

嘲风还没松一口气，自己先尴尬起来，怀中的猫瓦一身夜行服被龙牙上的锯齿撕裂多处，亵衣系带上细密的针脚、乳脂般的腻白肌肤就在自己的掌下，嘲风轻唤"妹……妹妹……"，竟难以成句。

　　猫瓦还没从身陷龙口的恐惧中摆脱出来，身体不断地战栗着，像一尾即将枯涸在岸上的鱼儿，大口大口地喘着粗气，一时难以平复。她一抬头望见嘲风那模样，羞恼之意从美丽的瞳眸中扩散开来，想挣脱出来，却半身酥软，力有未逮，干脆张口便咬。嘲风也不躲，眼睁睁看着怀中的娇躯，纵使费了偌大心力，也难以从濒临失控的想象中逃脱出来，他双臂紧搂，脸红心跳。猫瓦急得无所适从，双颌愈加使劲儿。嘲风猛然回过神来，忙回头望去，阿四呢？

　　"我又找不到阿四了！"

　　炉火烧尽，风向逆转，药草炖肉的味道很快散去……

　　嘲风和猫瓦从迷乱中渐渐醒了过来，两人在地上挣扎得衣衫不整，双手紧紧地捏在一起，清醒后都尴尬不已。猫瓦的红脸蛋薄怒含嗔，正要抽手，却发现远处涅子那狂乱的舞蹈慢慢停了下来。

　　她丢下皮鞭，挺起身来，定定地望向圣山，面色十分冷漠。

　　人群顿时噤声，鼓点中断，众人诚惶诚恐地弯下了腰。

　　小半月龙的肩胛骨被一对孪生孩童送到涅子的手里，涅子嘴里念着咒语，将其丢进一盆燃烧着的艾草状的植物中。薄薄的肩胛骨耐不住枯草的猛火，火星四溅，一会儿就发出破裂的声音。

　　涅子以迅雷不及掩耳之势从火中取骨，又回到石圈内。

　　叶护阿厄斯从身后的人群中走出，满怀期待地凝视着涅子手中的骨头。

　　"凶兆！"涅子说着踏前一步，晶亮的双眸直勾勾地盯着他，一字一句地说，"骨干阳面裂纹短且乱，阴面长且直，阴阳全为凶兆！"

• 月夜雪妖

听了涅子的话，阿厄斯目瞪口呆，半晌说不出话来。

阴阳皆为凶兆，这种情况在他的记忆中从未有过。

他对涅子一揖，面上难掩失望，摆了摆手，淡淡地对众人说道："不吉，明天的狩猎就押后吧。"

众人正要散去，亲兵军头铁弗轻轻地走到了涅子的身旁。

涅子没有动，两人就这么并肩站着，透过艾草的薄烟望向圣山。

铁弗人如其名，黝黑似铁，头剃得光秃秃的，身上一袭棕绿色龙皮袍子，如山一般沉默。

"今日？"

"是的。"涅子顿了顿，"谢谢铁弗叔叔，这么多年过去了，如今只有你记得。"

铁弗点了点头，他缓缓抽出腰间的小刀，慢慢地举了起来，贴着自己的脸颊，轻轻一划，刀刃没入皮肉，寂然无声，鲜血流出，他下半边脸都变成了红色。他咬牙切齿地说道："可恶的番人！诃黎大哥和嫂子，恕铁弗无能！"

劗面！涅子一愣，闭目转头，眼角掠过一道光，一行泪水滑落面颊。她单膝跪倒，抽出靴帮的匕首，锋利的刀刃斜着向上，脸上皮肉瞬间被割破，血流了下来。

"啊！"见涅子和一个男子贴身站着，一会儿便满脸是血，猫瓦蓦地一声轻叫出来。

嘲风也是吃惊掩口。

"有细作！"

巡逻哨队受到了惊扰，发出了尖锐的哨声。

一阵密如擂鼓的脚步声逼近，十几名披坚执锐的哨兵和阿厄斯的亲兵团从两个方向奔来，将嘲风二人团团围住。为首的秃头汉子不由分说，便动了手，马刀对着嘲风横扫过来。

猫瓦撑地一跃而起，另一只手抽出靴筒里的匕首，"哐当"一声，一拦一钩，震开马刀，把刀锋引向秃头汉的手腕。说时迟那时快，在匕首割破秃头汉子外袍的瞬间，一把长柄小刃的雕花战斧当头砸下。一团黑影如蝙蝠般从天而降，是一个身穿及膝翻领皮外套、外挂精甲的少年，他足未沾地，手中战斧已朝着猫瓦的肩膀砍去。来不及思考，猫瓦只能将刀刃反掠而回，"铿"的一声，火星四溅，她顶住了战斧，雄浑的劲力贯臂透体。短兵相接之后，猫瓦后退一步。战斧少年也止住了攻势，身形一晃，落到光头的身后，吐了口长气。

好个围魏救赵，嘲风一声惊呼，暗赞道。

秃头汉子吃了一亏，目光森冷，刀刃上逼，又奔着嘲风而来。嘲风迫不得已地后退，面露痛苦之色，口中念叨着："有话好说，有话好说。"又一手拉住了猫瓦的手臂，不让其发作。

"你们这些废物！"一声炸雷响起，铁弗提着战锤，发足狂奔而来。还未正眼看一眼"细作"，对着亲兵队就是一顿斥责，"就这样两个黄毛细作，你们也要花这半天工夫，当真浪费肉粮。"嘲风没料到他居然先骂自己人，愣了一愣。

铁弗瞟了一眼嘲风，声如焦雷暴绽："什么人？居然敢潜入本部！是谁派来的？"

嘲风心中转过无数个念头，却不知从何说起。

铁弗也懒得再问，下令道："拖回去，严刑拷打，再问是谁家的奸细！"

"且慢。"

一人抚着皮鞭，手托坎肩，自圈外而来，众兵士纷纷让开，是涅子。

"千叮咛，万嘱咐，祭祀乃部落的大事，叫你们莫要跟来，看来又白说一通。"涅子轻轻拨开秃头汉子的马刀，转过身来，"铁弗大哥，他们是我在古湖救下的兄妹俩。"

"不是细作？"铁弗一脸狐疑，近日来，已有三人无故失踪，阿厄斯和铁弗派人加强巡逻，满山搜索，却一无所获。古湖兄妹俩出现在这当口也让他觉得蹊跷。

"兵士失踪时，他们都有伤在身，行动艰难，几乎没离开过我的住所。"涅子娓娓道来。最末一个"所"字尚未落下，忽见兵士一阵骚动，大喊着："妖怪！""妖女！""雪妖！"

脚步声、弓弦弹动声、金铁碰撞声此起彼落，兵士们不自觉地往后退，都带着难以置信的惊恐表情。嘲风自己的惊讶只怕还在他人之上。

眼前的猫瓦像换了个人似的。她一侧的衣服不慎被地上的草刺挂住，露出了线条圆润的肩膀和细直的长腿，但众人的诧异并非因为她的暴露，而是因为她在月光下的肤色，玉肌光亮，如皎月照雪夜，玲珑剔透，直晃人眼，实在白得非同常人。见此情形，猫瓦不由得一僵，一跤坐倒，又羞又急，双颊唰地涨红，一想都是那少年不好，转头恶狠狠地瞟他，单薄的身躯微微发抖。

"你到底是什么人？"铁弗声大如雷，喝道，"是不是番人的妖尼？！"

众人听到番人一词，都悲愤交加，咬牙切齿，十余年前的梦魇浮现在脑中，盘旋不去，他们的手紧紧地按住刀柄。

猫瓦的衣袂在风中飘扬，猎猎作响。涅子的面上掠过一抹异色，无比震惊，暗忖：雪女！射摩预言竟然是真的！心里默默念叨这句从小背了成千上万次的口传预言：突厥之先曰射摩……部落大猎，海子有金男雪女入围，狂龙欲取之，尔若救成，因缘起矣，部落兴，或杀之，即缘绝矣，部落灭……

涅子来不及多想，眼看场面就要失控，她给嘲风使眼色。嘲风面上一红，随即醒悟，赶紧将外套除下，把猫瓦裹了起来，低声道："别吭声，回去再说。"

话音未落，涅子的脸色陡变，剑眉一竖，皮鞭指着兄妹俩，冷声喝道："大胆狂徒！这两厮故意隐瞒武功，定是潜入本部的奸细！来人，将他们拿下！"

众兵士见状，朝兄妹俩蜂拥过来，用几条粗绳锁着肩腰，将他们押走。

嘲风一脸错愕。

第五折

钩爪龙之劫

- 乌苏天牢
- 番　兵
- 万乘之主
- 北山龙骑兵
- 史高斗恶龙

• 乌苏天牢

乌苏腾格里部落天牢。

入夜，天气阴寒冷峭。

天牢取材于自然，部落利用了山顶一个深深的岩洞，用生铁锻打成厚重的栏杆，门口戳着两个持刀握矛的精壮兵士。

荒废多时的天牢地面是龟裂的灰石，嘲风和猫瓦各占据着一个墙角，两人神情诡异。猫瓦裹着嘲风的袍子，包得紧紧的，一脸拒绝交流的神情。嘲风的思绪还困在猫瓦的肤色和涅子的眼神中出不来，那其中仿佛藏匿着如山如海的信息。

自己会被困在这里多久呢？同样不得而知。嘲风理了理被兵士弄皱的衣襟袖口，挪到铁栏前，木头哔啵的声响骤然清晰起来。

牢外，兵士正在烤火，披着龙皮袍的兵士一声不吭地拨拉着木棍，变戏法儿似的从树影里摸出一个陶壶，仰头便饮。略瘦的一个从怀里掏出一条干巴巴的里脊肉，用小刀切开了，塞到嘴里慢慢地嚼着。

嘲风见他俩吃得津津有味，不自觉地吞了吞口水，却引来一顿骂。

"妈巴羔子！看什么看，滚回去！"

瘦子凶巴巴地回头来，瞪着嘲风，又加了句："死番狗。"

龙皮袍兵士突然拽着瘦子，一双满是红丝的大眼盯着前方动也不动，压低声音说道："阿拔！看！石头上是只白色的狂龙吗？"

斗狂龙，几乎是部落平日里唯一的消遣。这种小龙比鸡稍大一圈，体型非常小，但健壮结实，肌肉匀称紧凑，颈、胸、尾几乎成一直线，爪粗大、坚硬锋利，翼羽拍打有力。狂龙黑色的居多，当两雄相遇时，或为争食，或为夺偶，相互打斗，不顾生死，直至最后一口气。

"哎！腾格、格里神啊！是、是、是！"瘦子激动得结巴起来，"仆、仆、仆、仆骨，抓住它！"

眼前这只狂龙通体雪白，相当罕见，两名兵士完全被吸引过去，蹑手蹑脚地抓狂龙去了。

狂龙分外机敏，见有人靠近，不慌不忙地走开，自信、慵懒却又蓄满劲力，像是故意似的，走走停停，引两人渐行渐远。

洞外的动静渐弱，天牢的深处，传出了轻轻的脚步声。

嘲风的背后一阵凉意，惊起一身白毛汗，这洞中还有谁？猫瓦不知道何时已经站起身来，靠着石壁，抓住一块刚抠下来的碎石，身体绷得紧紧的。

"公子，猫瓦。"熟悉的嗓音响起，两人舒了一口气，"跟我走，卫兵很快回来了。"涅子压低声音。原来，看兄妹俩触了众怒，涅子灵机一动，把他们送入天牢反而是当时最安全的选择。

事不宜迟，嘲风和猫瓦卸下枷锁，没发出任何声响，随着涅子走进天牢深处。

天牢深处越发阴冷，且越来越窄，地面湿滑不堪。嘲风闭气收腹，过了一处极窄的石缝，眼前稍微宽敞起来。涅子抹去一脸的水汽，以火折点亮了预留的火把，当火把被点亮时，兄妹俩周身一震，置身于这个洞穴中，仿佛被数百只龙居高临下地包围着。

只见石壁上画满了大型龙族的图案，如帆龙、乌苏巨龙、毛茸茸的爪龙、巨型的狂龙，还有一些叫不出名字的龙。颜色以褚红、橘黄为主，栩栩如生，充满活力。

"这些都是我们先辈猎过的龙。"涅子指着一只张着嘴的帆龙道，"这就是弄伤你们的那种。"说着说着，突然安静下来，好像跌进了回忆之中……

从画中可以看出绘画者具有非凡的艺术才能，但洞穴壁画的创作显然是为了某种更为实际的用途。这些岩画并非画在山洞的前端，而是在人迹罕至的山洞深处，最黑暗、最危险的地方。而且这些画往往相互重叠，显然，画家在绘制它们时，并没想到要把自己的作品保存下来。

看着沉默的涅子，嘲风思索着，这些腾格里部落的先人画家跑到山洞深处，把他们狩猎的动物尽可能逼真地绘制出来，说不定是出于这样一种执念：他们想要使自己得到某种魔力。或许这就是涅子奇异能力的来源？

可这不便问起。

接下来，三人一路都久久无语，漆黑的小道蜿蜒曲折，片刻后竟到了后山。原来此山内的洞穴都是溶洞，彼此相通。嘲风暗忖。

穿过茂密的灌木丛，一行人悄声拐进涅子的居所，涅子拿起早已准备好的行头，塞给嘲风，低声道："公子，下了山，一路往东南，便可……"

"便可找到番人？还是怎么样？"

洞内暗处，一道阴冷尚还稚嫩的声音响起。

"姐，你为何要救细作？"诃黎胥全身披挂，提着战斧站了起来，黑水银般的眸中燃烧着炽烈的怒火。

门口传来阵阵杂音，卫队已经将此地团团围住了。只是慑于巫师的威严，众人都不敢进洞。

"胥。"涅子脸上掠过一丝诧异和失望，她没料到卫队会这么快发现她带走了人犯，但她很快平复了心绪，道，"他们不是番人的细作，你误会他们了，其实……"

"如果是呢？如果是呢？"胥子打断了姐姐的解释，情绪十分激动，尖声道，"细作如此诡异，什么都不肯说！就这么放走，铁帅绝不同意！要是他们暴露了我们的居所，引来番人，那又赖谁！"指着嘲风，胥子颤声又补上一句，"你忘记阿爸阿妈是怎么死的吗？"

话没说完，涅子右手扬起，"啪！"猛甩了他一个耳光！

胥子被扇得一个趔趄，捂着半张脸目瞪口呆。

"你！"涅子泣不成声，"你胡说什么？你又知道什么？！那时候你才是个婴儿，要不是因为我们，阿妈说不定能躲过去！"

这是第几次打她视作全部希望的弟弟？好像是第一次。

涅子咬着牙一字一顿地说道：

"我做什么都是为了阿爸阿妈的天灵，为了部落！"

胥子没见过姐姐如此暴怒的样子，沉重的威严压迫得人难以喘息，洞里仿佛再也呼吸不到空气，他的脸唰地涨得通红，哑声嘶吼："他们到底是什么人？何德何能，值得你屡次甘犯险境？就比我们还重要吗？"

这一吼，吼得细石轻颤，他越过涅子，伸手拉住嘲风，大喊道："今日你们不说清楚，别想迈出这洞穴！"

• 番 兵

　　嘲风的手被胥子捏得咯咯轻响，阵阵生疼，他左手摸向后腰的自动枪，正要发作，门口的亲兵卫队突然传来一阵不合时宜的嬉笑，气氛顿时尴尬起来。

　　众人不自觉地回头，只见仆骨和阿拔，疯疯癫癫地从山腰跑回跟前，叉着腰，挺着脖子，昂首而来。这两人化身狂龙，相对而立，粗细两颈靠在一起，口中却发愤呼号，单脚跷着，扬起就踹，场面令人忍俊不禁。见亲兵如此疯癫，胥子的脸色涨红，浑身颤抖，正要破口大骂，但闻一阵陌生且激昂的鼓点穿过云霄，接着是一声尖锐的鸣镝声，单薄且透出惊慌之意，引得众人一阵激灵。

　　——出事了！

　　洞内外的人都心里一紧，有强敌攻入部落，将帅、父母、妻儿何在？心里顿感不妙，一时都没有着落。

　　胥子回过头来，死死盯住嘲风，像是想用刀把细作这两个字刻在他的脸上，但鸣镝声容不得他节外生枝。"后队改前队，分左右两队，火速下山，准备迎敌！"号令一出，众人神情一凛，集结起来迅速向东西两侧行进。"你们仨，看住洞口，谁都不许出来！等我回来再审这细作！"胥子言简意赅，接连下令。

部落的亲兵队此刻还斗志昂扬，想着尽快驱逐入侵者。但当他们奔至山脚之时，一种从未有过的恐惧和绝望瞬间笼罩了心头。

是番人精锐！

顺着亲兵队走到洞外，嘲风的心头一颤，热血涌上心头，微冷的双目炯炯有神，这是他生平第一次看到打仗的真实场景。他太入神了，没想到很快就要自身不保，也丝毫没注意到身旁涅子眼中的绝望。

这些被唤作番人的入侵者，头戴球尖头盔，持矛握盾，骑着浑身涂满辛饶弥沃如来纹饰的钩爪龙，轻捷地在这丘陵之间穿行。当头的这只钩爪龙更加高大，它脚上巨大的趾爪被套上了更尖锐的金属护套，护套呈双层，外包铜、内藏金，后半部分则牢牢套在脚跟处，镂空的外皮露出内部金质的不断旋转的左旋白法螺。

众人从来没看到过数量这么大的钩爪龙群，趾爪上的金属护套刺痛着众人的双眼，面帘后硕大的眼睛和它们的主人一样，冷冷地注视着整个部落。刹那间，龙群像潮水一样席卷而来，冲击着部落的大小毡帐。每只骑有兵士的钩爪龙身后，还跟着一两只空载的龙，如影相随，只等头龙累了可以接力冲击。这些训练有素的掠夺者以红绢缠头，身披半月形披风，足着钩尖革履，一手执长矛，一手执圆盾，驱赶、抓捕着四散的族人。

更让人绝望的并不是压境的大军，而是毫无抵抗的卫队。部落外围的三道暗哨三道明哨加上游动哨，形同虚设。兵士们不是呆坐在地上，就是做着各种奇怪的姿势，有痛哭的、有烤肉的、有跳舞的，全都像着了魔！

在山脚防线的正中央，番人高呼着庆贺，他们砍下了铁弗那目眦尽裂的首级，悬于矛尖。

"铁叔!"

这一声叫喊,饱含着绝望、屈辱和痛苦!

胥子从山上狂奔而下,途中目睹了这一惨烈的全过程。他的心智完全被悲痛蒙蔽,少年狂气发作,不要命似的猛冲上前,一人一斧硬扛数十骑,疯狂凶狠的气势一瞬间竟压倒了敌前锋。见头领如此勇猛,胥子身后的卫队回过神来,也跟着呼啸而下。

吃了亏的番人纷纷退开,避开锋芒,然后猛地朝这群下山突击的小队人马射出龙羽箭。凌厉箭雨忽至,胥子和亲兵们猝不及防,片刻便折损多人,刚刚死去的亲兵还保留着挥刀冲锋的姿势。

"呲!"一个冰冷尖锐的东西突然扎进了胥子的后背,一股冲击力将他压倒在地,背后的肌肉因此剧烈收缩,僵硬的感觉从咽喉蔓延至全身。胥子倔强地用力深吸一口气,马刀撑地,再次张嘴,可这次喷涌而出的不是杀气腾腾的呐喊,而是一股黏稠的鲜血!他艰难地回头查看,一截颤巍巍的箭羽!

"铁叔,我来陪你了……"

"弟弟!"

万事休矣!涅子跌倒在地,嘲风赶紧伸手去扶,只觉得大巫师的娇躯尚在,魂儿却没了。

热血退去,嘲风该担心自己的性命了。

从后山包抄而来的番人骑兵早已赶到了涅子的居所前。这是一队精锐骑兵,冲击在前的骑兵头戴球尖头盔,手里挥舞着乌朵,一块块圆石丸在巨大的离心力作用下,自二十丈开外飞啸而至,洞口戒备的亲兵旋即倒地,口吐鲜血。

奉着急杀军令,骑兵毫不减速,一头便冲进山洞。进去不到数丈,但听闻数声震耳巨响,两个骑兵的胸口被利器穿过,栽倒在地。钩爪龙失去了主人,意欲突击，但无奈洞内狭窄，只能徘徊不前。

突击失败了。

尔后赶来一人，器宇不凡，戴五尖凤盔，其坐骑也要稍大一圈，装扮华丽，众人环绕着，打着将旗。

"噶乌玛，怎么回事？"

"报！墀都将军，这巫婆洞，有好生厉害的暗器，已经折了好几个弟兄，攻不进去。"前头的番人头目在龙上一鞠，报告道。

"废物。"墀都淡淡地回应。

"下龙，持盾攻入！"噶乌玛恶狠狠瞪着兵士。

依旧无果，暗器毫无阻力地穿透了木质的盾牌，在番人的胸膛开了个天窗。

众人踌躇不前，颇为忌惮，攻势为之一挫。

在将军面前这般表现，噶乌玛的面色青得怕人，他抢上前去，单手拽起尸体上的披甲，往自己的身上套了一层，主动带队攻入。

墀都轻哼一声，脸色怫然不悦，但此战的目的已经达到，此前最担心的巫师并没有带来任何麻烦。山底，番人正驱赶着迟缓的巨龙，拖来硕大的木笼。疯疯癫癫的士兵、妇孺和财物通通被推进大笼，他们大获全胜，满载而归。

没必要再浪费时间了，墀都想着，拽住焦躁的坐骑，一鞭子抽在噶乌玛的背上，撂下一句"废奴，烧！"便绝尘而去。

"涅子！"嘲风将她从洞口拖进来之后，便一直试图唤醒她的神志。

可涅子一直缩在石壁角落，山下的惨状让那些恐怖的童年记忆一下子鲜活起来，弟弟的死更令她心头一片空白，手足无措。

万幸的是，由于脑海深处留下的母亲在毡帐前遇难的记忆，她一直坚持居住在山洞中。山洞的特殊环境让钩爪龙难以快速深入，由此避开了最恐怖的威胁。而嘲风的自动枪也派上了大用场，这种特殊的"暗器"让番人踟蹰不前。

但眼下火势迅速蔓延开来，风一吹，火焰腾空而起！石墙外充作篱笆的干枯树枝烧成一排火墙，越来越多的浓烟灌进洞穴深处，熏得三人直流泪。

猫瓦把两人推到湿润的洞穴深处，用沾湿的旧衣物捂住口鼻。

"再熏下去必死无疑，"嘲风边咳边说，"冲出去吧，多少是条生路。"

"涅子！"猫瓦摇了摇涅子，"涅子！涅子你能走吗？"

她的眼神空洞，但推开了猫瓦的手，自个儿站了起来，摇摇晃晃，在浓烟中摸索出贾答石，转身将它们放入泉水中，嘴里念念有词，朝水面吹了三口气，往水里啐了三回，再用手在水中搅了三次。

刹那间，洞外飓风猛吹，将更多浓烟赶进洞来，火舌舔上了皮衣，瞬间蹿出火苗，发出刺鼻的焦味。

"快快，快阻止她！"嘲风全身被浓烟包围，一手用湿棉被拍打着脚上的火苗，另一只手搜寻着猫瓦，"她怕是要寻短见！"

• 万乘之主

    大风灌入，洞内温度陡升，炙热的火烘烤着洞内的三人，加上呛人的浓烟，所有人眼泪鼻涕齐流。猫瓦听到嘲风的话语，顿感不妙，无奈也看不到涅子的位置，只能挥手凭空去抓。

    洞外的番人兵士望着烈焰腾腾，哈哈大笑道："烧吧，烧吧，烧死这些该死的突厥狼崽子！"继而又恶狠狠地诅咒道，"让他们的灵魂和黑烟一起升入腾格里！"

    话音未落，雷雨云一团团地出现在天空，雷声四起，顷刻间，一场突如其来的瓢泼大雨劈头盖脸地横扫了整个大地，倾盆的雨水熄灭了大火，又带着硕大的冰雹从天而降，砸得番人兵士哇哇乱叫，坐骑的羽毛被雨淋湿，也烦躁起来。见大队人马已经撤走，兵士也无心再纠缠，狼狈不堪地跑走了。

    "真是场及时雨……"洞内的火势很快变弱，虽然被火烤得浑身发烫，但终究得救，嘲风心想着，这是老天的旨意，天不绝我谭家！

    大雨洗刷着地表的血污，冒着气泡的黑红色水流汇成小溪，哽咽着流向湍急的河谷，触目惊心。洞内的空气逐渐回充，皮毛烤焦的气味似乎带着强大的

张口就来，"看你的毛色，还真更像那些个唐狗！"

"说得是啊！"附和的是阿拔，他满心悲愤道，"万乘之主，万乘之主，当初将我们赶到这苦寒之地的，不也是那些唐人吗？！"话音刚落，身旁的众人也纷纷点头。

"不得无礼。"涅子摆了摆手，神色出奇凝重，双臂微微束紧，半晌才开口道，"公子凭什么认为，那天可汗远在千里之外，就肯为我们讨回公道？"

原来，数百年前，突厥的势力一度延伸到陇西，而后不知是何原因，又渐渐被装备精良的唐军赶到这天山一带，此后虽有几次反复，但最终还是尊唐人统领为天可汗，约定再不越界。此后吐蕃崛起，屡次侵扰，导致突厥部落一蹶不振。近百年间，竟与唐人完全断绝往来，商贸的中断使得物资匮乏，加上人丁日稀，部落每况愈下。

嘲风并不知晓结果会怎样，可事已至此，回到唐人身旁似乎是明智的选择，自己无论如何也要促成。想到这儿，他侃侃而谈："那万乘之主，夷狄之君，是华夏正统，且我们尊其为天可汗，哪有不管之理？"嘲风顿了顿，加重了语气，"再说，那些番狗与唐人征战多年，想必已是不和。而我们刚刚与敌之精锐正面接触，这些情报，对唐人想必是极有用的。"他口中说的都是揣测，神情却跃跃欲试。

"少说两句。"在那一瞬间，猫瓦似乎预料到什么，轻轻走到嘲风的身后，拽着他的衣角，"这其中凶险你到底想过没有？"

涅子依旧沉默着，近百年来断了联系，唐人也不知道是何状况，说不定也对番人示弱，那求援就毫无用处，也许还会被拿去献俘。且这一程两千里路，要耗去好多时日。

嘲风没理会猫瓦，拱手为礼，接着说道："当日在湖畔，蒙您搭救，又好生照料，如今部落有难，我谭某又如何能一走了之？谭某愿前往求援。"

仆骨等人闻言一凛，真是初生牛犊不怕虎，千里之行凶险无比，诸事一环扣一环，如其中有一项未妥善处理，后果都不堪设想。

猫瓦咬着玉唇，狠狠瞪了嘲风一眼，气呼呼地撩衣坐下。

涅子平静地望着意气风发的嘲风，深深一揖，缓缓开口。

"谭公子，你的来历我从未问起，但多日相处，心下已有猜测，你或出身高贵，或是将门虎子、王爵之后，遇事之后，雄心迸发，盼望于年华正好时行侠仗义，做一番轰轰烈烈的事业。但在这世上，比这些更重要的，是要热爱自己的生命，我不忍见你父母于垂暮之年，为思子而落泪，如此，我救你便毫无意义。你还是带着妹妹，自何处来，便往何处去吧。"涅子细腻的嗓音中，似有无限的感慨和伤心。

"我的来处，是很远很远的地方。"嘲风望向远方，缓缓说道，"家父时常教导我，与人为善，知恩图报，若我就此离去，心中定要久久愧疚。"他勉强一笑，"再说，我也不知如何归去了。"

"公子大义，只是为了这一线希望，要兄妹俩以身犯险，要是有什么差池……"

闻涅子此言已经松口，嘲风心内大喜，笑道："就算只有一线希望，也是好的。"

• 北山龙骑兵

古祁连山，深谷林莽蔽日，林外一轮圆日挤出地平线。

一只住在树根下的小兽和往常一样早起，率先打破了清晨的宁静。但此时它感到一阵不安，今日有些奇怪，平日按时出现在洞口的阳光消失不见。这份不安伴随着轰轰作响的震动声而加剧。直到自家的洞穴逐渐往下掉土，小兽再也按捺不住，鼓起勇气把脑袋探出地面，只见平时熟悉的景物被什么东西摧枯拉朽一扫而空，取而代之的是一眼望不到边际的"大树"，而且这些"大树"正在行走，已经逼近到了眼前，小兽此时已经六神无主，撒开细弱的四肢，在"大树"可怕的阴影下逃开了……

这到底是什么情况？

树梢的蜥蜴此时已看出端倪。当阳光照到它冰凉的躯体上，并逐渐赋予它重启身体的能量之后，眼前的一幕却将它活生生镇住了。伴随着圆日的跃起，地平线上出现了一队了无尽头的硕牙龙群。它们来自极北处的罗刹，为了在漫长的冬季得到足够的水和食物，每年这时候，硕牙龙族群便往南迁徙，寻求新的草场。这一路上，龙群每天都要跋涉近百里，忍受着阳光的暴晒，穿过布满荆棘的恶地，躲避随时可能出现的陆地上的掠食者，还要横渡遍布水下杀手的湍急河流。

龙群最前面的先头部队是壮硕的成年龙，它们年轻、警惕，富有战斗力，随时准备应对不同的威胁。这些体长约三丈、肩高近一丈的硕牙龙迈着沉重的步伐，低垂着头，嘴里的热气不断地喷打在自己的胸前，在朝阳下化作朵朵白气。

嘲风一脸无聊，一会儿抠着硕牙龙背上子弹大小的五角形鳞片玩，一会儿又盯着看它左右摆动的嗉囊。天天看着这些庞然大物拼命赶路，玩命进食，自己却什么都做不了。

众人出行已有月余。

为了避开吐蕃斥候和肉食龙的袭扰，他们昼伏夜出，穿行在山脉谷地中。直至遭遇了大规模的龙群，嘲风灵机一动，叫众人赶制了宽大的藤篮，驮在硕牙龙的两侧，大伙儿也乐得轻松。

进入林地深处，硕牙龙群聪明地避开缠绕的树根，弯弯曲曲地向着未知的南方前进。

"今天这路实在太颠。"嘲风抱怨着，他从坐在上面的一刹那开始，双手就不得不紧紧握着篮子，还要时不时避开扫打到脸上的枝叶，以及那些不知道从哪儿冒出来缠住面门的蛛丝。

听到嘲风抱怨，龙背上盘腿坐着的猫瓦倏地睁眼，没好气地瞪他一眼，兀自絮絮叨叨："非但一点儿功夫不会，大林子也没扎过是吗？以为去唐城像下馆子吃饭那么简单是吧？"她一直反对蹚这趟浑水。

"你又没去过，怎么知道很难？"嘲风倒是从容，还笑着调侃几句，"莫非你去过？"

猫瓦不由一凛，这家伙好敏锐的心思！她面上却装得镇定，淡漠道："这天地万物斗转星移，飞禽走兽奥妙无穷，我只是懒得同你说！"

嘲风心中老大没趣。

"小猫姑娘。"涅子突然开了腔，这些天她甚少说话，接连使祝由术控制硕牙龙让她心力交瘁，"谭公子的行为，只得一个字，知道是什么吗？"

"当然知道，是'蠢'吧！"猫瓦翻了翻眼皮。

"是'义'，不为自己、不求回报，不在意自己力量弱小，只要是该做的事，拼了命也想完成。"在她心里，弟弟就是这样的少年，而嘲风的仗义相助，多少令她感到意外，也使得她做了一个犯了大忌讳的决定——一部之主，竟离开部落，千里南下向敌友未明的唐人求助。

"哥，你看，大家都看出了你力量渺小。"猫瓦故意歪曲抬杠。

"大巫师。"嘲风不搭理她，想起了另一个好奇已久的问题，"你能以异术让龙儿听话，自然了得，而那些番人，或其他部落，他们是如何让龙儿任其驱使的？"

"这我知道！"话一出口，阿拔意识到自己僭越了，低头偷偷瞄了瞄大巫师。

涅子见状笑了笑，报以鼓励的眼神。阿拔犹豫了一会儿，才接着说道："除了天赋异禀的有缘之人，寻常人要让龙儿听话，变成打仗的坐骑或耕作的牲畜，便只能在某种龙儿中精挑细选，选出较聪明、通人性或温顺的，代代繁养……"

"大巫师，前路有蹊跷。"前边探路的仆骨突然压低声音来报，做了个"趴下"的手势。

卸篮、跳下龙背，众人动作利落，多日的操练派上了用场。阿拔扶着嘲风的模样，就像是战场上背靠背的兄弟。

仆骨的马刀已经拔出来一半，正伏在一块长满青苔的大石头后面，神情紧张，握着刀把的手绷得发白，隐约露出青筋。

"什么动静？"涅子等人弯腰奔去，声线紧绷，难掩焦急。

"好像是唐军的北山龙！"仆骨对涅子使了个眼色，示意她不可妄动。

"笃——笃——笃——"一支令人惊艳的龙骑兵正从远处奔来，为首的黑色战旗迎风招展，红色的旗旌尤为醒目，旗面上是红色的大字"唐"。

龙儿是北山龙，长约一丈五，身体饱满而紧致，大眼小头，脖子纤细而修长，一条长长的尾巴在身后保持平衡。它们的大腿很短，却支撑着所有的腿部肌肉，修长的小腿和脚趾完全由肌腱来带动，这种构造让双腿非常轻便灵活，极其适合疾速奔跑。此时，它们的趾爪安上了铁皮制的爪套，小腿打上了绑腿，络头上的大当卢护着龙脑袋的正面，比较脆弱的龙颈脖处也套上了锁子甲。

"壮哉！"嘲风看得入迷，喃喃道，"威武，真乃逐虎驱狼之师。"他看着那些骑手威风凛凛地骑着北山龙疾速前进，忍不住夸奖道，旋即又注意到那些精妙的龙鞍，不同于自己见过的马鞍，龙鞍作了很大的改良。北山龙的臀部一般比较宽，鞍褥也随之扩大，它使骑兵的身体重量更加均衡地分布在龙背上，避免造成过于集中的压迫，从而缓解了龙背部的负担，使坐骑的寿命大大延长。北山龙是双腿奔跑，龙背更加颠簸，因此前后鞍桥更加凸起。龙鞍前部可以放一些特定装备，缰绳的角环也变得复杂，平时还要用来悬挂横刀、干粮等。此外，龙鞍两侧还搭配有龙镫，这又使骑兵获得了极大的支撑力和平衡力，龙镫在战场发挥的作用更是决定性的。

嘲风越看越激动，猫瓦按着他的背，生怕他看得入迷又站了起来。

为首的将帅面容略显瘦削，带有一股骄悍之气，而身后的三十六骑，眼神同样决绝刚毅。他们十年来勤操苦练，过着刀口舔血、剑尖搏命的日子。无论主帅的令旗指向何处，纵然是龙潭虎穴，也照闯不误。

　　他们突然用力一夹龙腹，鞭子狠狠抽在龙臀上，胯下坐骑顿时如出海的蛟龙一般，直直地向涅子一行人的藏身之处狂奔而来！

• 史高斗恶龙

"哐啷"一响，横刀应声出鞘，寒光映目的刹那间，嘲风但觉颈背汗毛直立，一股冷锐肃杀之气迎面而来，但他随即意识到，唐人不是冲着他们来的。

在轰隆隆的硕牙龙群声中，他刚刚察觉到，己方一行五人，正处在一个万分凶险的旋涡当中。三十六骑自正南奔来，罡风袭来；西方林莽深处有异响，杀气浓郁；北方有血腥气扑面而来，一怪人挺立在群龙之间。

这是怎样一个怪异的场景？

林莽繁茂，虽然太阳猛照，但四周并不透亮，一只强抑着焦躁的猛龙仗着保护色，正在等待最佳的时机。仔细打量，这猛龙好生古怪，如果把长而坚挺的尾巴也包括进去的话，身长约两丈，整体似蝎虎，两足直立，脑袋高傲地翘起，嘴巴微微张开着，上下颌暗白色的牙齿参差不齐，唾液从嘴角往下滴，一路流到手部末端那三根锋利且弯曲的指爪上，中间的指爪最长，此时正低调地耷拉着。腿被植被挡住了，但大腿处几块鼓起的肌肉，彰显着此龙的奔跑速度绝对不慢。

只有七八丈远的距离，猛龙直勾勾地盯着那个怪人，双方互相对视着，也不知僵持了多久，那龙突然打开了手臂的羽毛，露出了五彩斑斓的大眼状纹路，它跃上一棵躺倒的断木，张开大嘴发出"吱"的一声嘶哑的喊叫。这个举动把怪人吓了一大跳，下意识地往后退了一步。

怪人鼻梁挺直、下颌方正，满脸络腮胡，风尘仆仆，像是游荡过几千里的恶地，枯草蓬头，已如乞丐般肮脏。是野人、番人，还是浪人？他出众的气质，与那身霜风征尘竟如此相配，仿佛打从生下来便是如此。而且那人背的东西也怪极，足有半人多高，轮廓像是面打开的折扇，扇小骨均匀地分开，只是外头有粗布层层包裹，实在看不出是什么。

此时一种奇怪的感觉越来越强烈，嘲风忍不住转头看着猫瓦。

话还没出口，只见猫瓦的神色静得怕人，与嘲风对视半晌才出声：

"这怎么可能？"

嘲风只觉心中一凛，这段生死存亡的生活令他对危险的降临有一种下意识的预知能力。

果不其然，那猛龙看到怪人后退，突地发出"哗——"的一声咆哮，树林间一阵沙沙风摇，它巨大的身躯缓缓行来，身后的长尾不住轻扫，纵使满身伤痕，却自有一股沉静内敛之气，犹如林中王者。它满嘴都是血淋淋的，显然距上顿大餐没过多久，一股肉食动物独有的腥臭味扑面而来。

怪人倒也撑住了场面，从腰后解下黄色的酒鬼葫芦，痛饮一口，另一只手抓住背后的粗布，顺势一抛，露出五杆乌黑的毛瑟步枪，正中的一把枪头绑着匕首，刀刃锋利冰凉，在阳光下闪着刺目的寒光。短暂的沉默之后，他瞄准了猛龙灰白色的咽喉，慢慢地举起了步枪。

没想到这一举动却挑起了猛龙的兴致，原本它还犹豫着这陌生的动物到底该如何下口，现在这怪人举起了步枪，侧着看像一只没有尾巴的北山龙，简直是小菜一碟！

猛龙踏着惊天动地的脚步奔来，"砰"的一声，怪人快速搂了火，五发子弹接连呼啸而出，齐整地扎进猛龙颈部的皮肤。遇袭的猛龙疼痛难忍，瞬间暴怒了！它张开血盆大口，伸长锋利的爪子，加速扑来。

被对方雄浑无敌的重量所压制，怪人措手不及，他小退数步，把长枪往脚下一抛，欲抽出腰刀，但猛龙冲击得太快，嘴里酸腐的唾沫已经溅到怪人的脸上。

怪人急中生智，"呼"的一下拽下围巾，猛地往左侧一丢，自己跃向右侧，打了个滚，借力把腰刀抽了出来。猛龙被鲜艳的围巾吸引，错失了目标，见扑他不着，气急败坏地嘶吼一声，像是晴天里起个霹雳，震得那林木、山丘齐齐颤抖。猛龙的长尾顺着声势横扫过来，但听"喀嚓"一响，正中怪人的背上，那人身子微晃，一杆步枪竟生生断成两半。

怪人心里疼惜不已，虎吼一声，追上几步，刀光一闪，干净利落地砍向猛龙的尾巴，好力道！用力之大，几乎将龙尾完全割断！那白生生的尾骨已经露出了半截。猛龙剧痛钻心，仰天长嚎，宛若疯兽，转头猛咬怪人，拽倒林木一片。

"啪"的一声，怪人猝不及防，右肩被龙爪插入，重重摔倒在地。那龙爪如矛头般尖锐，怪人肩部几近洞穿，血脉断裂，血液涌出。怪人重重"哼"了一声，左手双指扬起，直直插入伤口，将血脉按住。猛龙见猎物倒地，弹起身躯，气势如虹，想重重地砸在怪人身上，一举结束猎杀。

怪人明白自己已经到了生死攸关之际，在那一瞬，反而异常冷静，在猛龙跳起的当下，他撑地借力，倒提腰刀，大喝一声，只见一道白光闪过，空中发出一种坼裂声。那猛龙"扑通"一声，双腿跪地，试图挣扎而起，无果后无助地嘶叫，发出极为暴烈刺耳的声音，但气息已经不足再战。

嘲风这才看到，猛龙的小腿被利刃切得干脆利落，筋腱尽断，鲜血开始不断涌出，浇红了一大片地面。怪人直起身来，举起腰刀，对准猛龙的胸口就要刺下。

"嗤——"高亢而尖锐的破空声突然在半空中炸起，为首的唐军骑士身形骤然闪现，紧跟着电光般地一闪，一根锋利的长矛如出海猛龙般从后方急速地射了过来。几乎在猛龙即将合嘴的瞬间，长矛如利刃入豆腐般，准确地戳进了它的腭部，贯穿小脑。

猛龙的动作僵住了半秒，嘴巴已经合不拢了，但巨大的惯性让它依然往前撞去，怪人想躲开已是来不及，被猛龙的身体狠狠地撞了一下，飞出一丈开外。

唐人一脸的轻蔑与不屑，骑着北山龙慢慢来到怪人的面前，为首的举止飘洒，器宇轩昂，一看就不是泛泛之辈。他们没有披挂札甲，头上绑着红色抹额，身后之人腰间系有一个装满箭的胡禄囊，还背着三根明晃晃的长矛，刚刚扎透龙身的就是这些武器。

一个兵士缓缓抽出挂于龙身上的横刀，雪白的刀刃顿时折出耀眼的莹白色光芒。

"你……"嘲风大吃一惊，以为他要对怪人不利，但这话还没出口，就被猫瓦捂住了嘴巴。来人若无其事地挥刀，反手插入已经蜷在地上抽搐的猛龙的颈脖处，"噗"的一声，龙血飙出几丈远。"呜——"龙哀鸣着，在地上抽动了几下，失去了生气。

那兵士把刀收起来，踢了伏地的怪人一脚，见怪人还在喘气，拿横刀一指，喝道："你这红毛奴，报上名来！"

他连问三声，怪人试图站起身来，嘴里嘟囔着："死狗！"

领头的一听，火冒三丈。"狗红毛奴，居然骂人死狗！"他单手握缰，恶狠狠道，"备索！拿下！"左右骑士齐声响应，声若洪钟，纷纷从鞍头上解下套索，策龙围了过去，将怪人一劈倒地，连同地上的枪支，七手八脚绑了下去。

又来一壮硕的骑士，将怪人抛上龙鞍，众骑兵掉头狂奔而去。

第六折

玲珑一城

• 龙　蛋

　　"死狗？"

　　"史高！"

　　"琼花上的史高？"

　　嘲风与猫瓦面面相觑："那闹事的洋人？"

　　两人半晌都说不出话来。这怎么可能？世上竟然有如此凑巧之事？

　　涅子没理会脸色皆变的兄妹俩，强烈的好奇心驱使她径直走向怪人与猛龙冲突的现场。

　　"尊贵的腾格里啊，这是真的吗？"阿拔蹑手蹑脚地跟了过去，"瓦当龙！天哪！活的瓦当龙！"

　　"还真有这种龙，"仆骨也紧跟着走上前去，"以前只听我阿妈说过。"

　　这是一条极为罕见的龙，差不多有一辆马车长，身上有长长的红色条纹，四肢粗如象腿，后腿比前腿更长一些，背部曲线高高拱起，上面插着一排瓦片般的骨板，骨板上又有怪模怪样的犹如大眼的花纹，最奇异的还是它的尾巴，长长的尾巴末端有四根尖锐的骨刺。但这条龙现在毫无神采，眼睛耷拉着，烂泥般躺倒。

"这瓦当龙快不行了。"涅子神情阴沉，感同身受道。

眼前的场景甚是血腥，四散的红色条纹其实是血迹，此时一堆苍蝇正绕着伤口嗡嗡打转，那些发绿的复眼写满对血液的渴望。瓦当龙的脖子、前肢和肚子上都有咬伤，其中脖子的伤深可见骨，颈部总动脉被扎破，大量鲜血从这个伤口流失，猩红的血液从身体底下渗出来，慢慢流进水坑里。伴随着大出血，瓦当龙已经奄奄一息，即将逝去。

更触目惊心的是，瓦当龙尾巴下还压着另一只猛龙。猛龙已经死去，瞪着无神的双眼，紫色的脸侧放着，露出半截浅蓝色的舌头。它的死因一目了然，肩上有两个深深的血窟窿，伤口形状与瓦当龙血染的红尾刺相吻合，这尾刺长近两尺，无论从哪个部位插入身体都是致命的伤害。

"两败俱伤，同归于尽。"嘲风凝视着这一幕，弱肉强食，放之四海而皆准，这龙世界也一样。

涅子伸手按了按瓦当龙脖子上的动脉，一个拳头大的血口还在往外渗血，脉搏已经微弱。

"公子爷，您瞧这个！这个伤口应该是这只猛龙的爪子造成的。"仆骨仔细观察伤口后说道，"但怎么是这个形状？"

"在动脉上？我还以为这个爪子应该像镰刀一样使用。"阿拔忍不住说，用小刀钩起猛龙的爪子比画着。

嘲风凝视着这只大爪，又想起这与他此前在古玩店买的龙骨何其相似，只不过那时并不知道其真正的功用。"这结构倒是精妙至极，你看这大爪子的边缘并不锋利，应该很难切开龙身上厚厚的皮肉，但特别适合穿刺。"他兴奋起来，恨不得立刻变成龙搏斗起来，"它应该是跳起来扑到瓦当龙身上，再用它的大爪子刺入猎物软弱的部位，最脆弱的地方想必就是脖子。"

"是了，威风起来什么都不怕。"猫瓦翻了翻白眼，话有所指。

涅子看着瓦当龙那湿润的大眼睛，低声道："好可怜的龙儿。"她想起这眸子曾经也黑亮过，如今却这么无助地等待死亡，不由得同情起来。

她伸手轻轻碰了一下瓦当龙的脑袋，它的嘴喙还很新，年龄并不大，说不定刚刚成年不久。意外的是，这只瓦当龙似乎感应到了涅子的善心，竟然慢腾腾地伸出柔软的舌头，在涅子的手上轻轻地舔了一下。

涅子心中不忍，拿出一只菅草龙，按在瓦当龙的额上，口中念念有词。瓦当龙的眼神慢慢从涅子的身上移开，逐渐变得空洞、发直，原本微微颤抖的身体似乎听到了什么命令似的，瞬时停止颤抖了。

瓦当龙魂归腾格里了。

嘲风看到涅子的反应，突然想起她不久前目睹了家人和部落的浩劫，如今又面对瓦当龙的死亡，想必又触景伤情，正要上前安慰她，没想到涅子后退了几步，惊喜地看着瓦当龙身后不远的地方。嘲风顺着她的视线看过去，竟然是六个龙蛋和一些碎蛋壳！

"原来这瓦当龙是为了保护自己的蛋，才与来敌生死搏斗的。"涅子见状又感伤起来。

这是嘲风第一次看到真正的龙蛋，忍不住端详了半天，好大！好大！这些龙蛋比鸡鸭蛋大上十倍，却更加细长，就像一根被砍断的粗粗的秋黄瓜似的。其表皮亦不像鸡鸭蛋那么光洁、质地白净，而是布满了长条状的颗粒，颜色灰黑，若不是涅子眼尖，估计自己也会忽略过去。

仆骨解下背囊，将这几个龙蛋小心翼翼地包上。"等到了水草丰美之地，再把它们放下吧。"他自言自语道。

慑于掠食者的威胁，阿拔和仆骨打起十二分的精神，提着刀棒继续往前走。

嘲风逞强，接过大伙身上的其他物件，挂在自己的身上，活像一个担货郎。

水源是动物经常光顾的地方，五人尽可能地避开水域，前路虽然没有了密林，但蕨丛越来越密，走起来非常不舒服。蕨丛下生活着不少小动物，从昆虫到小蜥蜴不一而足。众人的落脚惊吓到这些原住民，它们纷纷逃入隐蔽在蕨丛下面的洞口，或干脆快速蹿上几丈高的灌木。

众人一直感觉有什么动物在鬼鬼祟祟地尾随着他们。猫瓦慢慢退到队末，仔细留意着身后的动静。但这蕨丛委实太过茂密，纵是下面真有动物潜来，也让人难以发觉是毒蛇猛兽，还是什么更加古怪的玩意儿。猫瓦越来越担心，她让领头的阿拔加快速度，尽可能迈开大步向前走，盼望尽快到达前方的开阔地带。

可这身后之物，好像在逗着猫瓦。猫瓦走快，它也跟着加速追来，猫瓦停下，它也停下来！

"就是有什么东西躲在蕨丛！"仆骨被惹火了，突然一个转身，拿着马刀就往蕨丛里戳，可戳到的除了碎叶子就是黑泥。

"仆骨，别动！我上去看看。"猫瓦的声音从身后传来。她跃上一棵笔直的子孙树，猫儿似的掠到一根大枝丫上，支撑着她重量的树枝"咿呀"几声便不再晃动。

这身手镇住了场面，"哥，它在你背后！"猫瓦瞪着滚圆晶亮的眼睛看着嘲风的身后。

"我倒要看看是什么！"仆骨说着，拿刀就包抄过去。

"你别伤着它！"涅子见状叫了起来。

嘲风杵在原地，任仆骨在身后仔细地搜索，这史前世界，还有许多未知。

然而，哪里有什么小动物？除了蕨草，便是枯枝。

可那声音犹存耳畔。

仆骨火了，一股恶气无处发泄，可这声音，的确是在嘲风的背上，他退后一步，轻轻地指着方向。众人一下子明晰了状况，倒吸一口气，慢慢围拢过来。

嘲风惊得起了一身鸡皮疙瘩，当身上的零碎物件停止晃动时，确实感觉到有什么活物正在自己的背囊里扭动，偶尔喳喳作响，似乎有尖牙伸出。十有八九是蛇。这想法让他有些开心，感觉很好吃的样子……

涅子轻轻绕到嘲风的身后，拿出一只菅草龙准备施咒。但这法术要见了活物才使得，隔着布囊便无用，所以她此刻也只能防备着。涅子抬了抬眼角，示意手脚较轻的阿拔过来，轻轻解下嘲风身上的背囊，仆骨挺着刀棒，怕施咒不及，还有后招。

背囊上的绑带一松，那活物解除了束缚，也受到了惊吓，"咻"的一声滚了出来，见大巫师未动符咒，仆骨手起刀落，就要结果这物。

"啪！"阿拔猛然伸手，一把抓住了仆骨的手腕，大声说道："看清楚！"

"啊哈！"仆骨定睛一看，这活物是什么？

众人不禁莞尔。原来是一只刚刚出壳的小恐龙，头上还顶着几片碎蛋皮，如果捋直了尾巴，也就比手枪长一点儿。

它环顾四周，眸光闪了闪，慢慢地往嘲风的身上靠，嘲风身上沾染的龙蛋味道，让它感到安心。"敢情把我当妈妈了。"嘲风也乐了，他也是第一次见到龙宝宝。它毛茸茸的，有着黑白斑纹，在地上不断翻滚，显得活力十足，那双小动物特有的大眼睛湿润漆黑，脚上的钩爪显然还没有发育完全，末端还有些软软的。

钩爪？

众人一愣，尽皆色变，异口同声："瓦当龙呢？"

涅子的俏脸一沉："这是那猛龙的崽子，可不是瓦当龙的蛋！"

嘲风有些失望，伸手抓住龙崽："那事实怕是要反过来了，那两只猛龙为公母，瓦当龙不知道为何闯了进来，猛龙先是护巢，生死相搏，而后又遇到了那西洋鬼子，也是倒霉到家了。"

涅子若有所思，打量着这小不点，片刻才道："公子的意思是……"

"这只先出壳的，让我养几天玩儿，那些蛋就找个地方放生了吧。"嘲风说着，这话的语气不像商量。他从背囊里找出肉干，放到嘴里嚼软了，吐出来放在手心，那小龙崽真就跑了过来，啄了啄肉末，歪着头一口叼了起来，微凉的身体依偎在嘲风的手侧，好像找到了依靠似的，小尾巴轻轻摇着，不断地拍在嘲风的胳膊上。

"给它起个名儿吧！"猫瓦笑道，见它毛茸茸的，非常可爱，忽起玩心。

"叫 Puppy 吧，美利坚语里的小狗。"嘲风笑道，他有一只狗儿就叫这个名字。

"泼皮？"涅子被逗得扑哧一笑。

众人一愣，半晌才微微恍过神来，还是第一次看到大巫师这样笑，她笑容里的天真和纯粹令人目炫，如百合绽放、雪地生春。

仆骨心想：原来大巫师笑起来这么好看。他连忙别过头去，不敢多瞧。

• 追踪术

　　就在嘲风一行五人开始往关内的方向前进时，距离他们东南方数百里的古祁连如海密林中，押着史高的三十六骠骑正全力赶往唐城。

　　古祁连山脉位于青藏高原东北缘，连接着河西走廊，东西长近两千里。出山脉的西北部，一路直达古准噶尔湖，西南方穿过狭长的河湖带，便为广袤的柴达木，东南方是水草丰美的古兰州湖，东北则是巨大的潮水湖。

　　当正午的阳光洒下来，空气中有潮湿的腐叶味道，周围很安静，只听得见自己的呼吸声。在这种温暖潮湿的气候下，林木极为茂盛，成千上万种植物用无数深浅渐变的绿色丰富着你的视野。低处是各种大小的蕨类植物，像地毯一样铺满了地面；中间的空间则被藤蔓支配，它们从大树根部的阴影里出发，顺着巨大的树干向上攀爬，然后拼命卷向邻树，把整个丛林填充得密不透风。森林深处偶尔传来一两声龙啸鸟鸣，但是循着声音望去，看不到任何动物的身影。

　　可就在这密不透风的森林里，却有一条隐藏得极好的道路，它弯弯曲曲，一端通往一处残破要塞——当地唐人称之为断城，另一端，则连通着唐城的主城。

　　守在断城城楼的士卒此时正昏昏欲睡，城门也大咧咧敞开着。此处一百年来不见刀光，经济落后，人丁稀少，就连守城的士卒也都年老不堪。

　　三十六骠骑渐渐逼近断城，龙不卸力。

　　史高被绑在一只硕壮的北山龙上，由一骑手牵引着。当骠骑离断城城门尚有数十丈时，疾如骤雨的奔龙声打破了地面的平静，惊醒了打瞌睡的守门士兵，他们猛地操起了横刀。但这数十丈的距离对狂奔的北山龙而言，不过两三秒工夫，龙队丝毫没有停顿的意思，领头的只是探手入怀，摸出一物，闪电般用力掷到地上，接着便从守卫身边一冲而过，抛下身后还没来得及问出"来者何人"的可怜守卫。

　　守卫听着密集的奔龙声在耳边突然清晰又迅速远去，回过神的时候，脸色大变，下意识地就要破口大骂，却看到城门口掷有一面令旗，牢牢地插在地面上。守卫拔出一看，上面画着三个铜香囊，这是崔特进的火急通行令！怪不得这些骑兵如此心急火燎。

　　"难道有军情？"士卒甲自言自语。

　　"但怎么往北面去？"另外一人探头来看令旗，他也是第一次看到实物，以前只在图例上看到过。

　　"这北面从我们爷爷辈起，就没有战事了吧？"

　　"可不是，也就是渔人们偶尔去。"

　　"我说，我们昨晚是不是忘记关城门了？"士卒甲终于想起与自己有关的事件。最近几个月开始，经常有运送石料的黄河龙来往，城门开关耗时耗力，也就被有意无意地忽略过去了。

　　"城门……"士卒乙的额头渗出了汗珠。

　　"我们主动去领罪吧。"

"呃……"

古祁连，林莽深处，鲜嫩花草在晨雾里托着露珠。

众人跟随着唐人骑兵的足迹一路西进，已有数日。嘲风对追踪龙迹大感兴趣，睁大眼睛四处搜索，但走到了此地，就再也找不到北山龙的足迹了。他有些沮丧，想尽了各种办法，甚至把布兜里的泼皮也放了出来，让它在地面来回嗅嗅。

小泼皮来到地面，高兴地来回撒欢，抖着毛发，追着虫子。

"哥，泼皮不是狗，它是找不到路的。"猫瓦瞧见了，知道了他的主意，忍俊不禁。

"狗？那是什么？"仆骨抖了抖身上的露水，走过来。

"这个区域的足迹突然变得非常凌乱。"嘲风感觉失了准头，正在挠头，"我找不到那些北山龙的足迹了，这里好像被一大群什么龙犁过了似的。"

"看着像黄河龙的脚印。"阿拔凑了过来，抬头看着仆骨，笑了笑道，"仆骨，你的东西我来挑吧，我们这会儿需要你的本领了。"

仆骨罕见地有些腼腆，继而哈哈一笑，算是答应了。

在嘲风等人好奇的眼光中，仆骨开始扫视地面，向大家读出他所看到的一切。

"这儿有过一只尖嘴兽。半个时辰前，有只尖嘴兽就坐在这儿，后来它朝着杉树跑去，因为有只小黄河龙发现了它，并向它走来。这只小黄河龙的前脚被肉食龙咬过，还没有完全恢复，走路时身体向一边倾斜。它的重量约五万斤。我们刚刚走出来的那棵子孙树旁，住了一条乌蛇，它打算在杉树旁伏击尖嘴兽，还在地上龙脚印的水坑里喝了水。"

听他一席话，众人瞠目结舌，连涅子也失去了一贯的沉着。

"你怎么知道这些的？你不是一直跟我们在一起吗？"她回过头盯着他。

"一切都写在地面上。我只是读出来而已。"仆骨口中谦逊，神色却十分欢喜。

"多说一些。"涅子温和地说道。她从来不知道部落中还有这种人才。

仆骨受到了鼓励，更有自信了，他指了指一条小道："那些唐人，是从这个方向过去的。"

"证明给我看，仆骨。"

仆骨指着杉树底部混乱的足迹。

嘲风仔细观察后说道："这为什么不是其他三个脚趾的龙的足迹？毕竟这类恐龙并不少，脚印看起来都差不多。"

"谭公子说得没错，它们确实很相似，但这个足迹有些不同。这些北山龙的爪子都戴有爪套，但由于长距离奔袭，爪套磨损得很厉害，爪子外露，所以这些爪印坑里的泥沙有了分层。"仆骨说着，追着这列足迹，快步走向远方。回头看，众人仍弯着腰在仔细看那些足迹。"快来吧。"他大喊道。

嘲风暗叹一口气，心想：这种追踪术确实厉害，破解地面上的一切变化，简直匪夷所思，得好好学学才是。

• 诳唐军

众人一直跟着仆骨，在密林中追寻着唐人的踪迹。有些小道，大家都啧啧称奇，如此狭隘，只能容下一龙挤过。

翻过一处丘陵，领头的仆骨指着不远处，突然喊了一声："糟糕！上了这些唐人的大当！"然后愕然闭口，瘫坐着不住喘息。

众人的神经又紧绷起来，紧急散开，拔出刀枪，作接敌状。

仆骨转过身来，缓缓地摆了摆手："各位大人，对不住，小人不是有意……"

阿拔倾耳听了片刻，露出困惑的表情，小心翼翼地提刀凑近，端详了半天，回头对涅子说："我的腾格里，这可真邪了门了，龙是这些龙，可人呢？"

顺着他的手指，大家凑前一看，这场景实在诡异，只见三十余只套着龙鞍的北山龙正在一眼山泉处优哉游哉地啃着水草，唐兵不见一人，前路怪石嶙峋，疑是走进了断头路。

眼前之事煞是难辨，仆骨百思不得其解，习惯使然，便向大巫师寻求答案。

涅子含矍不语，凝神片刻，才轻声道："这倒也不是阴谋，很可能唐人将自己的副驾驱散到其他地方，让跟踪的人产生误判，自己跑到了别的小道上。"

"虽然跟丢了，但从唐军已经不需要交替更换坐骑这点上看，城池就在周遭了。"嘲风略加思索，登时醒悟。

涅子点头称许，暗忖：好个机敏的青年。

当新月初升，众人在密林中找了一处略为开阔的地面，取出干粮准备歇息。"阿拔，生火，我们烤烤火。"涅子轻声说道。这些日子来，为了隐藏行踪，众人总是吃冷食，避免生火引起对方察觉。

"可要是引来唐人或番人？"阿拔虽掏出了火石，却很是担心，小心翼翼地问。

"哈哈。"仆骨笑道，"闪开！哪这么多废话！"他一把夺过阿拔的火石，用火镰噼里啪啦打起火来，火星落在枯叶里，一点就着。仆骨夸张的笑声随着燃烧的声响远远传出。阿拔一脸茫然。泼皮则兴奋得到处乱窜。

众人烤着干粮，多日来难得的热食暖人心脾。

半个时辰后，月光透亮，就连水洼中回映的一线月华都有些刺眼。

远处"啪嚓"一声细响，似有人踩断树枝，涅子抬眼，见一抹熟悉的身影出现在林地彼端，是嘲风。

"你——"涅子正要开口，见嘲风的表情阴冷，提着包裹的手轻轻颤抖，颈边闪过一抹金属钝光，上面横着一把刀，被人推着走了出来。

出事了！仆骨吹了个响哨，几人头发上指，目眦尽裂，取起兵器，聚拢起来，刚刚松弛的心又紧绷起来。猫瓦伸着脖子看不清来人的形影，想着反之亦然，悄悄反握住腰后的匕首，倒着走上数步，隐匿在夜色之中。

"狗奴！吾乃翊卫队正云旦措，前面是哪一路人马？速速报上名来。"林莽中传来一粗豪嗓音，一名相貌端正的青年骑兵越过嘲风，向前几步，铿锵一声，长刃出鞘，刀尖指着嘲风，"若是和这奴所说不同，你们一会儿便尸骨无存，衣冠冢都不配有！"

一阵咒骂声中，林子里突然出现了一小队骑兵，他们骑着北山龙，装扮却比此前的骠骑更齐整一些，为首的兵士背上插着队旗，绣着龙首。兵士身后是十余辆车，赶车的和拉货的都穿着百姓服饰，与龙儿一道气喘吁吁，显然是赶了长途，远道而来。

涅子心里暗暗叫苦，原想着找些路过的百姓人家，询问出路，混进城去，怎想又被军爷给撞上了，更糟的是，公子还被抓去了。

"军爷，队正。"嘲风抢先开了腔，他已经看清了这押送货物的唐军，人虽不少，但多是苦力和车夫，武装的兵士还不到十人，即便到了最不济的状况，也可以一战。但这个自称云旦措的队正，还太年轻，想必不是自己的对手。

"队正您问了也是白问。"嘲风见云旦措不搭腔，自顾自说了起来，"他们听不懂您的话啊。"

云旦措一时语塞，他倒也没想到这点。

嘲风心里暗笑，面上诚恳极了，娓娓说道："我乃客商，时不时往返西北，带密林里的突厥部落的毛皮，换些唐人的精致玩意儿回去。可这次为了抄近道迷了路，还挡了军爷的道，真是蠢透了……"

云旦措冷哼一声，骑龙慢慢走到涅子等人跟前，噼里啪啦一顿又骂又问，只见仆骨等人一脸呆愣，毫不做作，只能信了嘲风，轻轻地摆了摆手，示意军士放开嘲风。

他凝神片刻，皱眉道："你们这身衣裳，倒也像是关外人氏，既然如此，为保周全，如贵团愿解除武装，我将护送尔等进城。"

嘲风闻言大喜，快步来到涅子的跟前，对着不知道什么时候潜回众人身后的猫瓦，用广府话快速吩咐了几句。猫瓦又掠回篝火边上告知了诸位。

众人将刀弓都聚在一起，交给了唐军。嘲风缓缓道："那此后就劳烦云队正了。"

为了尽可能节约时间，云旦措一行人每天除了两餐和短暂的休息，一直在赶路。令嘲风感兴趣的，还是这些唐人骑兵强悍的野外生存能力，但骑兵们不认为这有什么好夸耀的。毕竟在这个年代，不论关内关外，到处都是人迹罕至之处，野生动物特别多，植食龙的天敌除了传统的肉食龙，更平添了人类。后者的威胁更加可怕，在武器的配合下，几乎没有失手的时候。

每当临近饭点，队伍速度减慢，数名骑兵就加速往前，绝尘而去，不到几刻钟，总能带回各式野味。在这途中，嘲风他们还目睹了一次近距离的猎杀。这是第三天的清晨，大伙儿减慢了速度，正昏昏欲睡，突然，侧翼的骑兵猛然停下，最边上有人喊着，那边有马鬃龙。原本盯着嘲风的壮硕大汉听了，从身旁驮行李的北山龙身上抽出一根梢弓。梢弓原本是禁卫军狩猎专用的一种短弓，利于近距离射击，如今已无烦琐的礼数限制。嘲风还注意到，壮汉抽出的是一枚雹箭，以骨为镞，由硬而重的骨片磨制成箭头。如今在此见到，怕是铁制品不足的缘故，嘲风暗忖。

这位壮汉啐了口痰，弯弓搭箭，对着不远处的一坨棕灰色的动物射去。"嗖"的一声，破空之声短暂而凌厉。马上便有人呼叫："射着了！"不一会儿，有三个人前去，拖回了一只马鬃龙。它看上去并不大，长约一丈，前肢比后肢细小得多，嘴巴前面有喙，此时它的嘴巴张得大大的，露出了密密麻麻的菱形牙齿，想必是为了咬下针叶树上坚硬的叶子。雹箭正中马鬃龙头部和脖子的接合处，一箭致命。

"好箭法！"嘲风忍不住赞叹道。

"这种龙儿不难打，但多半要多射几支箭。"旁边士兵忍不住搭了腔。不等嘲风细问，另一位士兵便接道："这是因为它们的背部、尾部，甚至脖子上都有密密麻麻的小骨头，侧面肉又厚，弓箭在这些地方都发不上力。只有极少的几个位置，才能一箭毙命。"

"你们几个嚼什么舌根！"云旦措掉头过来斥责，语气虽严厉，却透出一丝骄傲。

见猎物得手，云旦措下令埋锅造饭。军士们分开行动，一些人准备北山龙的草料，两三人干净利落地剖开马鬃龙，硕大的脏器丢了一地，大腿和肋排部位的大块肉被沿着肌理剐了下来。此时旁边的另一拨人已经劈柴生火，架起大锅，烧好滚水。

过了一小会儿，阵阵扑鼻的肉香便向四周散发开来，大伙儿擦着嘴角，哈喇子都快要流下来了。大家围坐在一起，拿小刀把龙肉叉了出来，每人分了大块，再用小刀切着吃。主食则是成捆的胡饼，其实也就是馕，一种圆形的、极耐储存的面饼，最初是西域家庭的日常主食，后来慢慢传入中原。由于其久存不坏、易于携带的特点，如今被当成了军粮。

嘲风甚少吃这种食物，尝了一小口，薄而略脆，倒也咸香。而用山泉水煮出来的马鬃龙肉，一刀切下去，白生生的，一点肥膘都没有，一点儿都不像往日里吃的牲畜肉。嘲风虽不是第一次吃龙肉，但仍显得有些小心，边吃边咂摸滋味。不一会儿，嘲风先说了："这马鬃龙肉不如新疆的羊肉，太瘦，嚼起来虽然韧劲儿十足，但还没闻着香。"

"有点像鳄鱼肉，但老得多。"嘲风细细品来，又觉得香味不足，但还能接受。

"不像圈养的马鬃龙，这种野生的经常走动着，浑身肌肉结实，没肥膘自然不香了。"云旦措解释着，突然他愣了两秒，"羊？羊？你吃过啊？"云旦措骤然发问才反应过来，这是一种传说中的动物的名称，"白羊、黑羊、山羊？羊肉什么颜色？什么味道的？膻味，有膻味对不对？什么是膻味？"

嘲风听了这一连串好奇心十足的发问，觉得欢乐，豪爽一笑。他旋即怕猫瓦按捺不住笑意，余光瞥去，小妹果然憋得辛苦，赶紧体贴地替她拍背顺气。

云旦措察觉异样，也不好意思地笑了。对云旦措和众亲兵来说，羊这种家畜，是来自一千年前的传说。最早来此地的唐朝人一边捕食龙，一边追忆着美味的唐朝佳肴，后辈一代传一代，添油加醋之下，羊已经被神化成无比美味的料理。随着时空的错位，羊肉与龙肉的地位也颠倒了。云旦措如今遇到了吃过羊肉的大活人，叫他如何不激动，暗忖着一定要想个法子去一趟突厥，看一看活生生的羊，那才叫好。虽有太多的问题要问，却碍于天朝大国的脸面，只得闭上嘴，命令大家吃饱后继续赶路："行至此处已经走了一大半路程，再走两天就到城里了。"

"城里？"嘲风微微一愣，这种密林之地如何建造城市？

"你不是要去香囊城吗？"

云旦措留下这几个字，骑龙绝尘而去。

• 林莽垂香囊

次日五更未到，云旦措便将嘲风等人引入城来。

这短短数日行程，嘲风闲时便与云旦措说话。他侃侃而谈，把脑子里和唐人有关的奇闻逸事挑拣着说，让这唐军小将钦佩不已。其间，嘲风有意无意地旁敲侧击，套出了唐人对突厥的看法，心里算是有了底。

入城的刹那，不管嘲风在脑海中演练过多少次要装得多么熟门熟路，可在这绝美大城面前，依然露出了无比诧异的神色，随即羞愧不已。

"许久没来了吧？甭说你，我常年进进出出，每次都觉得陶醉呢！"云旦措哈哈一笑，他察觉到了嘲风面上的变化，反而来安慰他。

在这遮天蔽日的森林里，竟然有一座城镇！

这座城镇已经有数百年历史，唐朝住民已经在此繁衍生息了二十余代，漫长的光阴让他们的聪明才智得以完全发挥，不论以哪个朝代、哪个族群的眼光来看，这都是一座极为有趣的城镇。

各式屋子统一建造在高十余丈的大树上，远离地面的住所不但避开了蚊虫蛇蝎的侵扰，更杜绝了大型肉食龙偷袭的可能性。这些奇怪的建筑让嘲风的好奇心大起，好一座毫不"脚踏实地"的城镇！

城镇的布局也很有特色，最外围的是一系列防御工事，靠内为民居，最核心的是一个作为议事厅用的龙望殿。龙望殿以木取材，木构撑天，极具东方神韵，虽造于数百年前，却完好无损，岿然屹立。大殿横卧在古树的树杈上，这是一棵粗壮而伟岸的红杉，起码有上千年的树龄，树干需二十名壮汉张开手臂才能抱住，当初为了平整出树杈来建造大殿，就足足花费了一年的时间。

斗拱之伟大，出檐之深远，龙望殿气魄宏伟，唐风十足。大殿面阔七间，进深四间，装有厚重的板门，屋顶为单檐五脊庑殿顶。屋脊的梁架为三角形结构，由叉手木构件斜撑相抵承脊檩。大殿的内外柱上共使用了五种斗拱，向外挑出一丈余，好似父辈有力的臂膀，保护着弱小的幼儿，百余年来，房屋的木基免去了多少风雨的侵蚀。在居民的眼中，有力的斗拱、巨大的屋檐、平缓的屋顶，这些看上去偏于简单的构造正象征着大唐的胸襟博大、豪情万丈。

"要进入这龙望殿可不容易。"云旦措看嘲风看得出神，轻声道，"必须经过两道守卫，然后通过环绕着古树的旋转楼梯登门。平日里，龙望殿的大部分房间都是空着的，只有等到有大事需要决断时，各方的头面人物才会聚集在此。就像这个时候，恐怕只有史官、守卫等人清闲地待着。"

"龙望殿！"领头的骑兵此时一声低吼，暗示众骑小心谨慎，心怀尊敬。

嘲风闻言，跟着压低了脑袋。

"进了城，我引着货物去官仓，老兄你自行别过，有缘再会！"云旦措轻轻地说道。

嘲风千恩万谢，心思完全被这个奇妙的城市吸引了。

龙望殿固然壮丽，这里的民居也煞是有趣，是一个个圆球状的树屋。这些球体大小不等，但多数都有一两丈的直径。树屋取材极为方便，轮式骨架加上横桁，最后蒙上皮草，铺上木板就是一个小家庭的住所。每个树屋都开有方正的窗户，一些蒙皮也可展开、闭合，以此确保空气对流。圆形树屋的下层被当成储物的空间，放置着食物、杂物，等等。为了抵御偶尔的暴风雨，树屋用大量的藤蔓做成网状的支撑系统。进入树屋的通道则是通过环绕树干的旋转楼梯，有的邻近的树屋之间还搭上了木桥。

圆球树屋最初的灵感来自唐朝的镂空香囊，这种球状香囊在唐代颇为流行，由于巧妙地运用了两个平衡环，使得香囊无论怎样翻转，都能保持平衡，香丸和燃炭不被倾倒，香气则透过镂空的外壳飘散出来。当然，圆球树屋并不能随意地颠覆，但也正因为形似，此城被称为"香囊城"。

天刚刚发亮，城里就热闹起来。

嘲风感叹不已，这史前世界，终于感受到了久违的喧嚣。

他有所不知的是，这一天恰逢冬至。

冬至是二十四节气之一，在唐朝就已是一个重要的节日。在这一天，朝廷放假，民间互赠饮食、穿新衣、贺节，一切和元旦相似。在龙时代，古祁连山根本就没有冬季，但这个美好的节日依然被保留了下来。

此地的住民正在热热闹闹地庆祝冬至，谁也没在意身旁瞠目结舌的嘲风一行人。

眼前，几只约十丈长的大夏龙正被牧龙人驱赶着，慢悠悠地来到树下，它们需要非常小心，才能使直径三尺多的大足与地面上的行人保持一定的距离。

一具长一丈半、宽半丈的龙鞍，被两道粗实的皮带绑在龙背上。由于不是作战用的龙，这些龙鞍显得比较简单，最前面一个圆形的坐垫是牧龙人的位置，他发出各种吆喝声，让训练有素的巨龙做出各种动作。龙鞍的四周用木片包围，内侧有多个把手，以便在颠簸的时候可以帮助乘者保持平衡，中间平铺着木板，作为放置货物的空间。随着节日的到来，龙鞍也被打扮一新，木片的外侧被漆上了喜庆的红色，挂上了一圈铜铃，还点缀着杏黄色的流苏。

"哎，好龙儿——起——"这吆喝回味绵长、高亢诙谐，挑逗似的飘进了大夏龙的耳朵里。巨龙接受了指令，慢慢压下尾巴，后腿积蓄了力量，用力站了起来，猛地抵达了七丈左右的高度，四丈长的脖子慢慢靠近树干。这会儿它们正被当作升降器来使用，咬着装着彩布的篮子，送往各个树屋。树上的人不慌不忙地用钩子把篮子钩过来，取出彩布，缠绕在枝丫上。

圆球树屋里的住民们此时正装扮着屋子，准备食物。男人们爬上爬下，扫除蒙皮外的灰尘与杂物，或挂上各种节日的小玩意儿，那多半都是从落羽城小贩处得来的羽毛球，花花绿绿的，煞是好看。妇人们则忙着制作腊肉，由于没有冬天，肉无法冷藏，腌熏风干是最佳的储存方法。她们把宰杀好的鲜硕牙龙肉加上盐、白酒、食茱萸、花椒、胡椒等物进行腌制，然后烧好柴灶，灶上备着挂架，将腌制好的肉挂在灶口的挂架上，利用灶内的青烟熏制。

此时更是孩子们的天堂时光，平时需要上的学堂、练的骑射统统可以抛下，女孩子们缠着父母，非要买一只小鹦鹉龙做宠物。出壳十几天的小鹦鹉龙长不到一尺，性格温顺，只要按时喂养叶子就可以了。尽管有的家长担心小鹦鹉龙的咬力——那龟嘴状的喙能轻易咬断捆在一起的四五根筷子，但拥有一只小鹦鹉龙是当下女孩间最时髦的事情。

午时，无论大人小孩，都放下手里的活计，纷纷赶到城镇中央的广场。嘲风等人也顺着人流，兴致勃勃地往龙望殿走去。

原来，今天是比试射礼的大日子，城内的头面人物都按规定出席了。

远远地就可以望见昨夜新竖立起来的旗纛此时正高高飞扬，旗子绘以古朴底纹，饰以彩羽，上书"射礼"。

真是一个绝好的机会，嘲风暗自雀跃。确实，没有比一场如此及时的盛会更好的机会来摸清这个大城的执鞭者了。

而龙望殿下的老者们，个个都像殿内大官的心腹，对唐城大事、人事更替、大族恩怨等侃侃而谈，说得头头是道。

很快，嘲风便得知，城镇的主事人是崔代孟，位特进。特进是正二品官职，权力地位等同于丞相，在香囊城并不世袭，而是由上一任特进举荐德高望重、善于治理的人来继任。到了崔代孟这一代，已经是第五十七代。他的祖上正是最初来到此地的安西都护府录事参军，因此，他对这座城镇有着很深的感情。

崔代孟缓缓地走上龙望殿，点头示意，一旁守候的乐师便会意地敲响了巨大的铜钟，打起了铿锵有力的龙皮鼓。骠骑带回的怪人此时还没有审讯，崔代孟心里忐忑不安，一点儿庆典的欢喜都没有。但面对庆典现场，这些情绪还是被小心地掩盖起来。

悠扬的钟声继续响起，城中的第二号人物右仆射达奚烈文领着吏部卢、户部郑、礼部王、刑部颜、工部柳五位侍郎，逐一站在崔代孟的两侧，民众与兵士纷纷施礼。

唐朝延续隋朝的三省六部制，三省为中书省、门下省和尚书省，六部为吏部、户部、礼部、兵部、刑部、工部，形成一套组织严密的中央官制。而对于来到史前时代的唐朝遗民而言，三省被废，只剩六部管理着日常事务。

钟声渐弱，继而响起了龙皮大鼓声，这鼓声唤来了镇军大将军李俊龙，作为香囊城的最高军事统帅，李俊龙承袭了军人世家的传统，八岁便拜师学武，十年后练得一身硬功夫，尤精马槊，且力大无穷，被士卒们爱称为"龙槊将军"。

李俊龙正骑在一只彪悍的雄关龙上，这只霸气十足的龙儿嘴巴大咧咧地张开，透过树冠倾泻而下的阳光恰好照射在它牙齿的倒钩上，折射出慑人的寒光。

在鼓点声中，他身后列出了两行装备齐整的步卒，手里拿着清一色的白杆枪，腰间佩带横刀，扯着嗓门大喊了三声："威武！威武！威武！"

"今年的射礼，由我任司射。"李俊龙道，"有司何在？"

嘲风朝涅子点了点头，涅子会意，一行人隐在人群中，很快散去。

• 千年叠像

入夜，龙望殿的侧殿，崔代孟站在窗旁，右手正慢慢转动着两颗玛瑙玉球，若有所思地望着窗外大大小小的圆形树屋。

"十五载了……"他自言自语，这十五年来，他一直苦心经营着这座城市，大到维系皇家正统、民政军务，小到邻里纠纷，他都事无巨细、面面俱到。

他始终难以忘记前任特进郑远病榻前的临别一幕。

十五年前的中秋前夕，已经病入膏肓的郑远连夜召他觐见。他慌忙赶到，奔至病榻前。郑远已等候多时，他屏退左右，简单说了几句慰勉的话，便切入正题道："代孟弟，自从唐人三分，已经三百余年，香囊城如今粗具规模，民政武备都令人欣慰，且有古秦岭与古祁连两道山脉为屏障，想必南方汉人十年八年也摸不进来。咳咳咳咳……"郑远说着咳个不停，脸色越发苍白。

"那此后又该如何？"崔代孟明白这很可能是他们最后一次谈话，应该把所有的疑惑都问清楚。郑远掌控城市长达数十年，他的经验和直觉，是极其宝贵的财富，接班前两年里他都像海绵一样吸收着郑远教给他的知识。

"我要说的这件事情，既是危机，也是转机。"郑远喝了一口白果水，接着说，

"你一定要听好，这是历任特进口口相传的极为机密的大事。"

"我一定牢记在心。"崔代孟不自觉紧张起来。

"从商朝人、南方的汉人，到我们的先祖，来到龙地的时间间隔都恰恰是一千年。"

"千年叠像是真的？"崔代孟吃了一惊。这自古以来便是禁忌话题之一，甚至提都不许提，此前有人利用此事结社造势，被前任特进下令满门抄斩。

"嗯，那是当然，真的才要一直作为禁忌。"

郑远对崔代孟的反应不甚满意，这种事情不应该一想就通吗？

"不但间隔一千年，大致的时间地点也是相似的，都在冬日，都在安西准噶尔大湖的一处湖畔。"郑远这一句话，听上去轻巧，但早期唐人为了弄清原委，付出了沉重的代价。

"如果是千年一次，那岂不是即将临近？"崔代孟突然意识到这种重大的变故会发生在自己的任期内，心里忐忑不安起来。

"对，就在十五年后的千禧三年，不过你不用太过忧虑，我们早有打算。"郑远指了指匡床的一处地方，"你打开这里。"

这匡床乍一看没什么特别的机关，等崔代孟伸手过去，轻轻一按，发现郑远所指之处略有松动，一使劲儿，弹出一个暗门，暗门不大，里面只有一卷浣花溪麻纸。崔代孟打开一看，竟然是一张地图，其中仔细标明了从香囊城到千年叠像点的路径，中途的水源地也都逐一作了标识。

"千禧三年，如无意外，你届时只需按此图拿人。"郑远在"拿"字上加重了语气。

"届时岂不是刀光剑影？而香囊城后方空虚……"那时候，崔代孟心里对战事并无实际概念。

"非也，"郑远打断了崔代孟的话，"只需精兵一支，趁来人恍惚不知所措之时，便可拿下。此后能带回最好，如遇汉人相夺，宁杀之。"

"汉人也知道？"崔代孟的心里又是一阵发凉。数百年来，由于实力不如汉人，唐人总是想尽办法避免与汉人的正面冲突。

"我们尚不清楚，只怕万一。来人并不可怕，如能得到，反而大有裨益。"郑远又咳了起来，半晌才缓过劲儿来，"我们在此，小国寡民，虽然安稳，但外界想必已经翻天覆地，或朝代更替，或有能工巧匠、奇人异士造就了文明的进步，即便得到一人，也能大大开阔视野。"

崔代孟重重地点了点头。

看到崔代孟点头，郑远似乎安心了些："这里有两个锦囊，你届时若还有疑虑，找到千年叠像点的人后，打开第一个，万一香囊城破，打开最后一个。"

崔代孟接过锦囊，想着跟随郑远多年，直到这交接之时，竟还有这么多秘密，看来这位子还真不好坐。他越这么想，心里越发没底，忍不住又问道："郑特进，这军务民政，可还有嘱咐？"

"民政可依靠诸大姓宗族，规矩不可废。军务是重中之重，府兵制不可废，打造兵器铠甲、豢养龙群、日常操练，务必用心！想必日后与汉军终有一战！"说到此处，只见郑远猛然一阵剧烈的咳嗽，他用手帕捂住嘴，咳嗽之后猛喘了几口粗气，手帕上面竟是猩红的血！

郑远坚忍勤政，为国事操劳多年，以致积劳成疾，此时他有如此反应，定是想起汉人人多势众、兵马强盛，终究是大患。崔代孟心中一颤，心里满溢着深深的感动，他不觉跪下，噙着眼泪说："郑特进，您就放心吧，这大唐千年基业，我在即在，我亡亦在！"

郑远点了点头，语重心长道："重担在肩，你要有忍常人所不能忍、具常人所不能具的大智慧，凡事不可自乱阵脚，方是国家之福。"顿了顿，郑远换了轻松一些的口吻继续说道，"贤弟啊，你可曾留意今夜之天象？"

"是，司天台来报，有道是天狗食月，耗星破军、杀星贪狼齐聚，亮如昆吾石；地空、地劫星异动；天相、天梁、天同星却日益黯淡，大凶之兆啊！恐怕不久后天下将大乱。"崔代孟轻松不起来。

"老夫亦观之。"郑远闭着眼睛缓缓地说道，"天象确如此，但也应见那将星七杀虽不足与耗星相克，却恰与紫微同宫，辅之助之，并驱于中原，鹿死谁手尚未知也……"

"禀特进，右仆射求见。"侍卫小步恭敬来报。

• 发机飞火

　　侍卫的禀报打断了崔代孟的回忆，待他回过神来时，眼眶忽然间有些泛红。

　　"快请。"他说。现在是关键时刻了，郑远的第一个锦囊上写的就是"诱之、留之、用之、归化之"。

　　崔代孟转身走回大厅。达奚烈文在里面候着，他祖上是鲜卑族，故复姓达奚，是崔代孟的心腹幕僚，挂了右仆射一职。如今，崔代孟年事已高，下一任的特进之位，极有可能在他与李俊龙之间产生。在这段关键时期，他表现得更加殷勤和谨慎。

　　此次奉命捉拿千年叠像人等，他密令独光庭拿下人后务必先送他处，让自己能在大将军之前审问，夺得先机。独光庭三十六骠骑赍夜进城，直奔他处，路上果然还是遇到了大将军手下的巡城队，眼看怪人就要被掠走，幸而手下人机灵，才没坏事。

　　见特进出来，达奚拉回思绪，双手抱拳，规规矩矩作了个揖，道："见过崔特进。"

　　"免了吧。"崔代孟走了十几步，坐在胡床上，谦和地望着达奚微笑，招呼他免礼。崔代孟手上那对玛瑙玉球始终圆熟地滚动着，这种持重的宰辅风度，曾经令达奚倾慕不已。

"独校尉抓来的那蛮人，虽然招供了，但恐无大用。"达奚烈文一脸疲惫。

"都交代了？"大唐光化三年之后的一千年，华夏大地到底发生了什么？崔代孟表面镇定，但心怦怦直跳，怎么也镇定不下来。

"交代了，那红毛蛮人叫史高，来自光化三年之后的一千年，他唤作公元一九〇〇。华夏地面叫作大清国，人人留有长辫。"

"大清？"崔代孟皱起浓眉。

"是，大清，蛮人不知我大唐，但家乡处处有唐人街。"

"挑简要的说来。"

"是。蛮人来自美利坚国。公元一五〇〇年前后，一蛮人唤作哥伦布，发现一新的大陆。尔后百年间，白垩岛国盎格鲁人的穷苦之人和信教之人抵达新大陆屯耕，粗具规模后爆发倾茶事件，反了白垩岛国的英王，与土著开战，又广蓄黑人奴隶，最终独立为一国唤作美利坚，太祖为华盛顿，此后又因黑奴一事，南北同室操戈，最终北军大胜，大一统。"达奚逐一道来。

"美丽坚？花生豚？"这些乱糟糟的信息听之无益，崔代孟摆了摆手叫达奚停了下来，他关心的是大唐国运和后世的进步技艺，现在前者已经落了空。

"军械呢？如何处置？"此前据暗哨所报，他所观察的蛮人似乎有一种电光石火之间射出飞弹的铁器，崔代孟得报后非常重视。

"都收缴了，共六件，已经交给军器监，工部柳侍郎收了去。看似数百年前禁用的发机飞火，但威力奇大，监作操作时不慎击发，飞弹足足击穿了五层楼板，还伤了人。"所谓的发机飞火，即为火箭，在一支箭的箭头部位装上火药和易燃物，点燃后用弓射向敌方，引燃敌人的营帐、建筑及军械设施等。但自定居之地转进密林之后，为免火患，当时的特进便禁用了此种武器。

"哦？如此威力，比之弓弩强大百倍，能否制造？"崔代孟眼睛一亮。

"属下无能，这兵器相当精密，军器监的监官，弩坊署的署令、署丞、监作，齐聚一起研究了数日，但都一筹莫展。"军器监至今也没弄清这些蛮人之物，达奚非常失望。

崔代孟也难掩失望，苦笑耸肩："这也怨不得那些工匠，这千年光阴发展起来的进步技术，岂是这短短数日所能参透的？"

达奚似乎松了口气，忽又想起一事："是了，这蛮人该如何处置？"

"暂且收押起来，无我手令，谁都不能与其交谈，如果——"

语音未落，侍卫来报："禀特进，有一行人在西门外，号称是突厥沙依坦克尔西部使团，请求觐见。"他顿了顿，"另，兵部长史转来翊卫队正呈报，也事关突厥，在此一并呈上。"

言毕，侍卫从怀中取出一封密件，双手呈上。达奚从容接过，揭了火牌，轻声念出："林中遇突厥客商共五人，除谭氏外，不通唐语，秉好生之德，送至城内客栈处，特报大将军备。"

"沙依坦克尔西部的使团？突厥客商？"崔代孟突然瞪大了眼睛，心绪起伏不定，暗忖：这个时间和地点，不可能这么巧。他片刻后才平静心绪，微微一笑，显然心情大好。

"好生准备，你亲自去迎接这些使者吧，以最高的礼仪。"

• 大唐国宾

嘲风一行人趁着射礼的喧嚣，又出城来。

路上，嘲风将自己对唐城的观感和盘托出，认为唐人会善待突厥人是十有八九的事儿。他见过那些掌权之辈后，认为入城后需要钱帛在手，好敬谢打点。涅子对嘲风的周全和机敏叹服不已，露出宽慰的笑容，频频颔首。当晚，两人派阿拔递交了国书，又将通关文牒、皮毛礼物备好，翌日清晨便在西城外静静等候着。

涅子对他如此信赖，嘲风突然觉得内心有些歉疚不安，自己并不是真心实意地帮她复国或报仇，只想在这世上找一处妥善的安身之地罢了。

不过，嘲风的这些小念头很快就被眼前的城郭驱散了。为防日后不测，他拉着仆骨颇有兴致地研究香囊城的外墙。香囊城的外墙很怪，与其说是城墙，还不如说是精心编织的篱笆墙。

"公子，这城墙，我可是很了解。"仆骨其实也是听来的，在许久前的争斗中，突厥使节曾经刺探过这座城池。

"那唐人充分利用了密林的优势，用粗壮的圆木插满同一直线上的天然林木间的空隙，每两排圆木之间装满了大块的岩石，空隙则用河沙灌满。如此围了三层，造就了一面厚重而坚固的城墙，并很好地隐匿在森林中。城墙不太规则地围绕着香囊城，只留下东西南北四个城门供出入。"仆骨徐徐道来。

"那些拒马呢？"嘲风极认真地听着，字字句句都记在心里。

"木制拒马有半丈高，可以移动，是抵御大型恐龙冲击的重要设施。约三丈高的城墙上铺有厚木板，守城兵士除了弓箭、横刀、陌刀、马槊、方盾等常规个人武器之外，还屯有滚石、檑木，甚至还装上了用来抵御巨龙的特制马槊，搭载于滑车之上。"

仆骨说着，神秘地眨了眨眼睛："这城墙上还有一个秘密。"

"哦？"嘲风相当配合地问道，"是什么？"

"这一招很绝，在那些高达七八丈的城墙树上，还隐藏着一个个圆形的木球，其中布置有神射手，他们居高临下，在战时，专挑威胁大的目标下手，平时则担任着瞭望的职责。"仆骨快乐地说。

如嘲风所料，卯时刚过，香囊城西门大开，一队盛装的唐骑兵，昂首摆尾鱼贯而出。猫瓦眼尖，认出来队伍为首的是捉拿史高的校尉，身后跟着几位队正，云旦措便在其中。嘲风和云旦措四眼相对，打了个照面，以拳掩口，咳了两声，随后便是一副各为其主的神情。

在仗仗的指引下，涅子走在队首，略显柔弱但气度雍容，目中精芒隐现，丝毫无惧。

"有朋自远方来，不亦乐乎！老夫对你们是日盼夜盼，望眼欲穿啊！"

此时一个声音蓦然响起，洪亮而有穿透力，毫无苍老、衰弱之感，是右仆射达奚烈文。鸿胪寺卿正候在城中轴大马路上，身后除了数十个护卫的兵士，还有五部侍郎、诸主事，以及城中有名望的头面人物。其中一些人脸色不太自然，对未知的忧虑显然压过了好奇心。

涅子见状，有点儿受宠若惊，她昨日已见过唐城的繁荣，诧异于满城的树屋和奇装异服，但真没想到会受到如此高规格的接待，心里不禁对嘲风又多了几分感谢。她缓步走上前去，深深弯腰作了一揖，纤指捂胸，款款说道："从天生大突厥沙依坦克尔西阿厄斯叶护问大唐天可汗好，林莽之中承蒙云队正相助，才有今日的会见。"嘲风等人见此，照猫画虎地施礼。

"我乃此城的右仆射，敝姓达奚，我身边分别是卢、郑、王、颜、柳五位侍郎，管理着吏部、户部、礼部、刑部、工部。统领兵马的李将军此时正在城外巡视，改日再拜会。"达奚烈文缓缓道来，逐一介绍了身边的几位侍郎。每介绍一人，涅子等人都一一施礼。

达奚烈文接着说："将士粗鲁，你们一路奔波，一定吃了不少苦头，老夫这里代赔不是。幸好是平安抵达，请稍作歇息之后随老夫入席，为你们接风洗尘。"达奚烈文言毕，击掌三声。

只见林道两旁的枝丫上，顿时张开了各色的彩旗。大树下、树屋中，早已抖擞起精神的乐工齐齐奏起了《龙之晨祝》，这其中有管乐器的横笛、尺八、箫、竽、筚篥、笙、龙笛；弦乐器的阮咸、筝、箜篌、琵琶；打击乐器的编钟、方响、羯鼓、太鼓、钲鼓，等等。到了高潮处，城中广场上的龙乐工踩好节点，引导着两头巨大的大夏龙仰天长啸，雄壮的"轰呼……轰呼……"声震耳欲聋，惊得数里外的鸟儿也从池塘上掠起。

尽管事先已经贴出"民众回避"的告示，但百姓们依然偷偷地来到道路两侧围观。他们对突厥人充满了好奇，在一旁指指点点、评头论足。

就在乐曲奏响前，不远处的密林中，一名军士正竖起耳朵听着达奚烈文的击掌声。"一，二，三。"他轻轻数毕，回头便报，"回禀将军，三声。"

"退兵，回营。"李俊龙下令，语气冷静而坚毅。

命令下达后，蕨丛中发出一阵沙沙响声，数百道人影闪现。起身的众将士都松了一口气，他们扯掉缠绕在兵器上的枝叶，取下坐骑头上的钳龙衔枚，这些原本为了隐蔽迎敌的伪装，如今都成为累赘了。

几乎在调派兵马的同时，灶屋也奉命忙碌了起来。征服人心的方式有很多，刀架脖子上只是其中一种，而美酒、佳肴、美人齐备的十足温柔乡才是蚀骨良策，要不然怎么会有乐不思蜀的典故？

为了备好此次国宴，礼部下的膳部郎中萧孝渊甚至亲临灶屋，接管灶屋的日常运作，安排猎人渔夫出发狩猎，女婢则去取四时蔬果。要说这香囊城头号懂吃之人，必数上任特进郑远，郑特进极爱吃，还撰写过《龙地食经》五十章。身为钟鸣鼎食之家，郑特进对家中的厨房极为重视，称之为"饪珍堂"，"珍"者，山珍海味也。萧孝渊就出身于郑特进的灶屋，由于烹调技艺精湛，受到郑的另眼相看，郑有心调教，他一点就通，手艺更加不凡。郑特进去世后，萧甚至凭借一宴之功，征服了新任崔特进的胃，便得封官之宠，荣升膳部郎中，掌控陵庙祭祀所用的祭器、牲口及酒膳，朝会、宴享所需的酒水、果实等。

荣升膳部郎中之后，萧孝渊的潜能被完全激发出来，通过对大唐美食烹饪方式的吸收与改良，结合修行所得的种种经验，如原料修治、滋味调配、火候文武，处理各种史前美食无不得心应手。

在达奚烈文的引领下，嘲风等人向龙望殿走去。大家颇有兴致地看着沿途的民宅建筑，穿行于古树、亭台、楼阁之间，悠远静谧的感觉扑面而来。

龙望殿门前的金吾士见贵客前来，都抖擞精神，挺直了腰板，束缚好胯下的坐骑，用力抓紧了手上的朴头枪。他们身披明光铠，素缨拂，狻猊旗飘，好个神气的龙骑兵。明光铠的来源与胸前和背后的圆护有关，这种圆护大多以铜铁等金属制成，并且打磨得极光滑，颇似镜子。在战场上穿明光铠，由于太阳的照射，会发出耀眼的"明光"，故以此为名。

金吾士的坐骑也很有意思，它唤作肃州龙，体长两丈余。体型非常独特，就像一只褪毛的巨型鸡。小小的脑袋和细长的脖子像植食龙，可是前肢那锋利的大爪又像凶猛的肉食龙，肚子臃肿肥大，后肢特别强健，适合奔跑，身上还覆有毛茸茸的羽毛，堪称龙中的"四不像"。

肃州龙正是因为具有硕壮的身体和巨大的指爪，且性子也极适合被训练，才被专门饲养起来，为香囊城的金吾士所用，其中毛色特别好的，则兼任仪仗。嘲风等人第一次看到这种龙，心里好奇得不得了，偷偷伸手摸了摸肃州龙胸口的绒毛，肃州龙也体会到来人的善意，圆圆的小眼睛一直追着嘲风看。

• 龙地接风宴

涅子、嘲风等人从环绕着古树的旋转楼梯登上龙望殿。殿口除了金吾士，还有身穿交领齐胸襦裙的女子，但见裙长曳地，裙色迷人眼，有深红、杏黄、深紫、月青、草绿、郁金……真乃红裙妒杀石榴花。

但这些颜色看起来又与嘲风平日所见的色彩不太一样，因这是从蛮荒龙时代的植物上提炼出来的。个别女子还在襦裙外面套了半臂，长度恰在坎肩与长袖之间，看起来姿态娉婷。

唐女们艳丽丰腴，罗衫轻掩双乳，香肩柔润诱人，阿拔和仆骨未曾见过这等国色天香，顿时看迷了眼睛，不觉惊愣住了。"咳咳！"嘲风瞅了瞅仆骨，轻咳两声，催他迈步。

殿内早已安置好一张张矮矮的长条案，一老者坐于正中软榻上，身后六名金吾士虬髯鹰目，容貌威武。能有这般排场，此人自然是崔特进崔代孟了。

崔代孟拈着唇上白须，抚摩着铁木扶手，微微一笑道："欢迎突厥使团，诸位请入席吧。"大家一番寒暄，盘腿而坐，身后有小童胡跪伺候。

"诸位，今贵客远道而来，吾感无限荣光，请共举杯，我先干为敬。"言毕，崔代孟举起了琥珀碗，他不善饮，只比画了一下。

达奚等文武官员端起碗来，遥敬崔特进，一饮而尽。这酒一入喉，就连很少饮酒的嘲风，也觉通身一震，其味如甘露，醇厚芳香，一切描绘都显得贫乏无力。

崔代孟满意地看着宾客的反应，赞许地向萧孝渊点了点头。这酒是来自城外小村，有着"小灞陵"美称的灞陵酒，用上等银杏果为原料，经传统窖藏而成。酒体醇香绵甜，并具有轻微的银杏风味，一经问世，便取代了此前的蕨根酒，迅速风靡于民间。此番为了款待贵客，更是取出了最陈之酿，岂有不美之理。

"我的腾格里，这真是好酒啊！"仆骨半晌才回过神来，但感官还沦陷在美酒之中难以自拔。

"好酒需配英雄，各位千里迢迢、历经艰险来到此地，实在不易啊！今日须尽欢！来，再饮！"崔代孟一边劝酒，一边示意萧孝渊上菜。

此番接风宴，萧孝渊奉行的是尚书左仆射韦巨源为敬奉中宗而举办的烧尾宴食单。烧尾宴其实是唐代的一种习俗，每逢士子登科、荣进及迁除，其好友同僚便齐来恭贺，盛置酒馔款待之。"烧尾"的得名，有种说法是新羊入群，群羊欺生，屡犯新羊，只有将新羊尾巴烧掉，新羊才能融入群羊之中。

宴席先抬上看菜，也就是工艺菜，主要用来装饰和观赏，这是中国古已有之的习俗。萧孝渊用银杏叶、蕨菜，结合蒸面做成一群惟妙惟肖的龙、鸟、飞龙，聚于一岛之上，共五十余件，曰"蓬莱龙岛"。其中龙有多种，大大小小，或捕猎或饮水，好不热闹，鸟与飞龙则用细线悬挂于半空中，作翱翔状。

紧接着上桌的食物共三十六种，取材除了常见的鱼、贝、鸟、植食龙，还有难以捕抓的飞龙、肉食龙，等等。真是山珍海味，水陆杂陈。冷盘、热炒、烧烤等手艺绝佳，汤羹、甜品、面点一应俱全。

第一道菜是"驼蹄羹"，历史上有"陈思王制驼蹄为羹，一瓯值千金，号为七宝羹"的典故，此地虽没有骆驼，但有最能负重的黄河龙，取其蹄筋，用姜、胡椒、蕨菜芽调味，佐以蘑菇丝，汁浓如乳，入口清香，回味不尽。

接下来上"光明虾炙"，原料为环足大虾，需从东北方的落羽城购买，用水车运来。制作时，去掉环足大虾前三对有钳的步足，再经油爆，表面油光润滑，虾壳透明薄亮，尾肢生动诱人，拼盘造型宛如一盏点燃的宫灯。

再上"水炼犊"，原本是清炖整只小牛，此地则是清炖整只小阳关龙，阳关龙成年后长约三丈，选来清炖的都是三尺左右的小龙。龙肉去腥后炙尽火力，用慢火煨熟，直到将带调料的汤汁全部收干，把肉炖烂为止。

后上"浑羊殁忽"，原来的做法是将鹅洗净，取出五脏，填上调和好五味的肉、糯米饭，然后宰羊，剥皮去内脏，再将鹅装入羊腹中，上火烤制，熟后取鹅食用。如今没有鹅也无羊，但烧烤技术在手，于是此菜被改良为繁殖季节的肥美肃州鸟，装入圈养的硕牙龙腹中。

此外还有"葱醋龙飞"，把飞龙胸肉蒸熟后调以葱、醋，是一种别有风味的吃法；"清凉碎"，用上好的龙肉做成汤羹，冷却后切碎凉食，类似肉冻；"同心生结脯"，专考厨师刀工，需将生龙肉切成薄片，打一个同心结，风干后，成为肉脯；"吴兴连带"是用生鱼腌制的凉菜；"升平炙"是用大夏龙舌配雄关龙舌拌食；"金银夹花平截"是把来自南方海域的红树蟹之蟹黄、蟹肉剔出来，夹在蒸卷里面，然后切成相等小段。

最后的主食是"长生粥"，原本是一种枣肉末糊，如今改良为银杏果，用果肉混合麦面，倒也滑润可口，滋补强身。"长生粥"的做法虽然很普通，但因取其长生不老之意，在信奉道教的唐代是很有名的一道主食。

嘲风这种好吃之人，如何架得住这连绵不断的美食攻势？见这食材如此丰富，嘲风心里感叹，大唐在吃上真是毫无禁忌，大清广府人也要自惭形秽啊。

萧孝渊见嘲风大快朵颐，看了一眼崔特进，特进笑着颔首。

"谭来使，"萧孝渊顿了顿，"宴已至尾声，不知道有何见教？与贵地饮食风俗是近是远？"最后这句，萧之自信，眼看就要溢出来了。

"承蒙郎中关心，知味不易，说味更难。"嘲风答得不卑不亢，"本地餐食，我原本以为是鲜，或是保持食材的原味，但都不是，贵朝讲究的是尊重食材和常维常新。"

"何解？"萧孝渊顿时来了兴致，能与会吃之人探讨食材，是件美妙之事。

"所谓尊重食材，是竭尽全力去体现食材的本味，游鱼飞禽等万物都有本味，体现其本味，才是真正的尊重；其二是尽可能地利用食材，不同成长阶段、不同状态下的食材，都有其最合适的烹饪手法，像幼禽、中禽、老禽，分别以烧、炆、炖，来体现出其嫩、其醇与其香。"

嘲风顿了顿，再道："常维常新，则更进一层，永不满足于现在的这一口，而是期待下一次的味道，这股挖空心思的劲头儿，非常重要。如一普通硬鳞大鱼，用何种水为底？是用白味粟米底来涮，还是用网篦来蒸？就是这般道理。老子的《道德经》曾曰：治大国，若烹小鲜。做菜做事，恰到好处是最难，而天下之事，一通百通！"

嘲风想也不想，一口气说完。

萧孝渊听完无比震撼，一时竟说不出话来，片刻之后，才忍不住连连点头，喃喃道："未曾想到，在此宴得遇知音。"

崔特进越听越入神，嘲风言毕，他眸中射出精光，暗忖：人不可貌相，此人在来使之下，但绝不简单。

突厥案前，阿拔、仆骨懒得听嘲风理论，一品得有好酒，便顾不上吃菜，再加上身旁美人劝进，很快眼前就变得一片蒙眬，胃中一阵痉挛，齐齐喝多了。

只有涅子最节制，因她内心涌起莫名的不安，这般礼遇恐非同寻常，这葫芦里卖的是什么药？难道唐人也面临着吐蕃的袭扰而寻求结盟？但沙依坦克尔西部落规模不大，也不至于此。抑或是看重自己的能力，还是队伍中来路不明的两人？唐人断然不可能知道射摩预言，是自己忽略了什么吗？

• 潜　影

　　众人稍一抬眼便见崔代孟笑意盈盈，频频举杯，却之不恭，到底喝多了。这大殿中十分凉爽，周遭街市的熙攘嘈杂仿佛都被隔绝在外，酒酣耳热之际，耳边响起了轻轻的鸟啾虫鸣声，倒也舒心。

　　热闹非凡的接风宴终于到了尾声，最后安抚众人肠胃的是一盅白粥。那粥熬得香浓甜滑，晶莹的米粒颗颗分明，又无不通透。这是家乡最寻常的饭食，多时未见，如今在龙地重逢，嘲风有些不敢相信自己的眼睛，也不顾粥热烫嘴，吃得美滋滋的。

　　酒足饭饱后，鸿胪寺卿前来引众人回鸿胪寺歇息。

　　在下楼途中，不远处的动静引起了嘲风的注意，他有意无意地往那树屋一瞥，发现树屋里不设地板，仅有七八根树桩，底部铺着一层铁蒺藜，树桩上小小的草垫被污垢沁成油黄色。只见一个如鬼怪般恐怖的红毛人正蹲在其中一根树桩上，拼命吃着宴会的残羹冷炙，险些将舌头也吞下去了。旁边的看守看着好玩，一边拿剩菜逗他，一边招呼同僚来看："瞧他吃成什么样，现在才知道什么叫饿死鬼上身！"

嘲风愣了一下，忽然明白过来，那红毛人正是史高，居然落得如此境地。

刑部颜侍郎见状，眉梢一挑，转身对身旁的主簿低声道："这些丢人的狗奴，丧我大唐的脸，传令下去，掌嘴五十。"嘲风听在耳中，又恐这些狱卒受了刑罚去找史高出气，话刚要出口，被身后的猫瓦拽住了皮袍。

阿拔和仆骨打着酒嗝，面颊涨红如血，嘴里嘟囔着故乡的语言，扶着栏杆，路都走不稳当。鸿胪寺卿将众人送至鸿胪寺，妥善安排主使涅子等人分房住下。小泼皮则被安顿在嘲风房内，侍女还贴心地为它铺了厚厚一层草垫。

月如钩，龙望殿侧殿内。

崔代孟连夜召见右仆射达奚烈文、镇军大将军李俊龙以及其他五部侍郎。这是一次异乎寻常的会议，为做到绝对保密，达奚还特意调来下府折冲都尉牛武义的陌刀队，在树屋周遭戒备，日常巡视的亲兵数量则维持不变。

自拿住红毛怪人后，崔代孟就一直在思考，如何走下一步的棋。达奚烈文、李俊龙等人前后向崔代孟提出了一个问题：如何摸清此次千年叠像来的人马数量？无人相信就只来了这么一个怪人。

"数月前，派去沙依坦克尔西的几批密探迄今毫无音信，是横遭不测，还是迷了路途？"一向急躁的李俊龙非常恼火，"他们都是精挑细选出来的好健儿，怎可能团灭？"

此外，如何获取更多的发机飞火？怪人携带的发机飞火铁定不是本朝本土之物，几条尚不足为患，倘若来个数十数百条，对战局的影响是至关重要的。

这些问题都是崔代孟苦苦思索的，但他考虑更多的是这个突然出现在城内的沙依坦克尔西突厥使团，以及南边蠢蠢欲动的宿敌。

"据密探所报，突厥使团言语之间，似乎是来求援的，他们尊称本朝为天可汗，定是有求于我朝。"达奚烈文想起了一个细节。

崔代孟在心里暗赞，这点自己确是遗漏了，但他的脸上没有流露出任何情绪，他严肃地向四周望了一眼，缓缓说道："诸位，十五年前，我从郑特进手中接过这份重担至今，就只有一个想法，那便是厚积而薄发，休养生息，广存粮秣，精练兵，以求将来与南人再战时，能保得一方平安，相持待援。我想，这个初衷，诸位都没有忘记吧！"

"哪里忘得了！"户部郑侍郎说。

"日日思之，念念不忘。"达奚烈文插话。

"诸位都知道，千年叠像是本朝极大的秘密，郑特进直到临终前才和盘托出，但我如此信赖诸位，也请诸位一同分担。"说完这几句话后，崔代孟换了一种激昂的语气，"但如今，这红毛人的到来，则是到了酝酿大变之时了！"

"特进的意思是来到龙地的不止是红毛一人？"李俊龙已从崔代孟的话中揣测到什么，他试探着问道。

"对！"崔代孟以赞赏的目光看了李俊龙一眼，"俊龙说得很好，看来你平日对此已有思考。为将者，踏营攻寨算路程尚在其次，重要的是胸有全局、规划宏远，这才是大将之才。俊龙在这点上，确实略胜一筹。"

崔代孟顺势表扬李俊龙几句后，在屏风上挂出一幅地图，手指香囊城至沙依坦克尔西一线："俊龙，你细审红毛人，弄清此路细节，再次派出斥候到叠像地点，此次务必成功。"

"好！"李俊龙坚定地说道，"特进放心，我一定让那红毛奴把话吐得干干净净。"

"气概可嘉，但不可伤其性命。"崔代孟说，"此人说不定还有他用。"

"对于整个方略，诸位还有什么高见？"崔代孟环视四周，众人或凝望地图，或托腮思考，一时都说不出更好的意见来。达奚烈文走到地图边，手指城池，颇有顾虑地说："现在敌暗我明，依然有太多的疑问。为了避免突发事态，卑职建议众人内紧外松，部队要收拾起来，随时待命。"

"特进，我们重骑兵的铁器已经多年未曾替换和更新了。"李俊龙抱怨起来。

"待与骨笃城的边贸恢复后，会优先购来铁器，但我听说最近有兵士暗地里将精铁兵器折价卖给落羽城，又用骨器敷衍，可有这事？"崔代孟严厉地问道。

"绝无此事！"李俊龙的脸色一阵青一阵红，又补了一句，"卑职回去再核实一遍，如有此等越轨之事，杀无赦。"

"倒卖自己的兵器，这和自掘坟墓有什么分别？"达奚瞪了李俊龙一眼。

"好了，"崔代孟重重地摆了摆手，神情庄重地对大家说，"早日弄清此次千年叠像的底细，此间各部要紧张起来，随时进入战时状态，我们必须万无一失，才能告慰诸先皇、诸特进和其他忠君烈士的在天之灵。今夜会议到此为止，各人回各邸，按此部署进行。"

众人一齐点头。崔代孟的话音刚落，几个厨子便鱼贯而入，抬着香气四溢的接风宴食盒。这是萧孝渊让大家带回家的餐食，让家属亲友都尝尝。众人欢喜地接过食盒，纷纷告辞，唯有达奚一人留下。

"特进，有表。"见众人散去，侍卫进门对崔代孟耳语，"鸿胪寺李卿密表。"崔代孟拆开一阅，随即丢进火盆中，脸上的异色一现即隐，几乎难以察觉。

此时的夜愈深月愈明，月光洒在无边无际的汪洋林莽中，有一种迥异于白昼的壮美。崔代孟望着夜色，陷入回忆中。

突然，他停止追忆，意外地发现十多丈远的树冠上有一道黑影出没。他揉揉眼睛，再仔细看，好像是一个人，正向远处掠去！这是什么人？是居民还是守夜的兵士？不，都不可能是！难道是偷听军情的奸细？他想到这里，不觉心里一惊，悄悄地把达奚烈文拽住，指着远处起伏不定的黑影问道："烈文，你看那在树梢跃动的黑圆坨坨是什么？"

达奚烈文顺着崔代孟手指的方向看去。

"哦！那是一只蛙口龙。"他笑着说。

"蛙口龙？"崔代孟疑惑地说道，"你再看看，好像一个人。"

"非也，"达奚烈文又看了一眼，肯定地说，"蛙口龙，北边林子里的少见之物，多半是月夜虫儿唧唧，引得它来吃虫儿，它的脑袋很大，身体肥短，黝黑黝黑的，在林中飞跃，就像一只大头鬼似的。"

"听你这样说来，那真的是蛙口龙了。"

达奚烈文有根有据的回答打消了崔代孟的疑惑。他再看远处时，那个黑影已消失不见了。

• 残铜镌金文

事实上，达奚烈文错了，那树梢上跃动的，的确是一个人。

此人专程前来刺探香囊城的绝密军情。她不是别人，正是猫瓦。宴会后，猫瓦观察到各部侍郎旋即又返回大殿，她意识到今晚很可能会有一次针对来客的会谈。她回到鸿胪寺之后，观察客房结构，细听同行人悉数躺下歇息了，便熟练地将长凳和行李塞入被褥中，吹灭宫灯，拨开篾帘内浅绿色的薄纱帘子，从窗牖一跃而出。这路数是如此老练，她心底忽然漾起一丝苦涩。

根据白天观察的路线，猫瓦轻车熟路，施展夜行术，穿花绕树、绕堂过弄，在大树的间隙中快转一阵，忽然消失了踪影。趁着云彩遮住月光的时候，猫瓦重新出现在龙望殿的斗拱之上，其柔韧的身躯紧紧地贴在厚重的木壁上，殿中的议论清楚地传入她的耳中。一切都已听到后，她才悄悄地一跃而出，倏地越过一名亲兵头顶，径直往周遭的树屋间隙处奔去！此举不慎惊动了唐人，她当机立断，解下袖口的细绳，手臂动作夸张，看上去竟像极了一只在林中磕磕绊绊的飞龙……

"唰！"篾帘掀起，灿烂的朝阳穿透窗棂，直抵紧闭的眼皮子，照得人双目一片炽红，无须睁眼便觉刺亮。嘲风举手遮额，只听"哈哈"一声朗笑："我的腾格里，日上三竿啦，你怎么比我们醉酒的还能睡？"仆骨摸摸鼻子，"我一进门就闻到你还在床上。"

嘲风心里很是郁闷，他几乎一夜无眠，直到天将明才在鸟鸣声中睡去。数百年毫无往来的两国，突然受到如此高规格的接待，是因为什么？已经被自己折腾过一次的史高竟落得如此境地，嘲风心中十分不忍。他是如何来到此地的？也是掉落进苏鲁木哈克沥青矿的？如果有另外的方法可以来到龙地，是不是可以用同样的方法回去呢？

"你个莽狼，毫不知礼，哪有这样扰人的！"嘲风怫然不悦，斥责道。

仆骨叹了口气，神色顿时萎靡下来："小的知错，我是来求公子帮忙的，着急得很。"

"罢了，你欲求何事？"嘲风摆了摆手道。

仆骨吧嗒了下嘴，摸着大光头，"嘿嘿"笑了两声。

"小的就是不说，想必公子也能猜到几分。今儿一大早，小的和阿拔都还在睡，公子兄妹也闭着门，那个崔特进就差人来请大巫师去面见，大巫师只去了半个时辰，便阴着脸回来了。"

嘲风一愣，眸中掠过精光，若有所思，暗忖：想必是借兵求援没有好结果。

"大巫师说，那位主事的崔特进听了本部落所求，只是说知道了，便没有下文了。"仆骨竹筒倒豆子，毫无保留地说了出来，只盼着这位很有办法的公子帮忙拿主意。

半晌，嘲风才点了点头，只轻描淡写地说道："好的，知道了。"

仆骨忍不住心中失望，此刻倒是与涅子感同身受了。

"你领我去吧。"嘲风微微一笑，拍了拍仆骨的皮袍，旋即又说，"此事恐怕一时也没什么法子。"

"正是如此，看不懂崔特进心里打的什么主意。"一双明媚冷眸，从敞开的门外看进来。嘲风对她微微一揖，涅子点头回礼，一脸无奈。

屋内气氛压抑。

"大巫师，"嘲风看着涅子莹白俏脸上空洞的神情，想象着她心中的痛楚，"那两个字，难道你不好奇吗？"

"字？"

"对！臭，龟，是商朝金文。"

嘲风猛地拽住仆骨的手臂，将他转了过来，只见他脸上不知道什么时候被人用浓墨涂了两个金文。

涅子不识汉文，早上见了，也无心去打听这些图腾状的花纹，原来是金文。见仆骨愣愣地回头，一副丈二和尚摸不着头脑的模样，她忍俊不禁，回过神才发现自己笑得像个孩子似的，居然有一瞬间没想起肩上的责任。继而她灵台一清，怎能……怎能如此失态，浑然忘我！她用力绷住脸上的表情。

仆骨这才知道被人捉弄了，火冒三丈地找人理论去了。

"大巫师。"嘲风一脸严肃，"无论前路如何，心中总要留有一处阳光。"他心中怜惜涅子小小年纪就要背负这么多的国仇家恨。

"静观其变吧。"嘲风接着道，"我现在要出去看看那些金文了。"

金文其实刻在一些不规则的硕大铜器残片上，字迹镌凿深如蚀谷，如今嵌在鸿胪寺的墙壁上。金文和甲骨文其实是属于同一个体系，金文从甲骨文继承而来，但有相当一部分文字还保留着比甲骨文更古老的写法。

旁边一名掌固颇有兴致地告诉嘲风，这些铜片来自中原山峦地区的一些庞大遗址，被唐人拉回来熔铸成兵器或农具，其中一些字样好看的经常被当作装饰品。

"这不是甲骨文，此乃金文。"嘲风喃喃自语，"这文字煞是有趣啊。"

"是啊，来使，您瞧这个，像不像个蚂蚁？"

"这是豹。"

"抱？这么手脚并用也是真豪气！"掌固取笑道。

嘲风哭笑不得，他仔细阅读这些文字，大部分写的都是驯龙的方法，但残破不全，难以辨认全句，只能读出大致的意思，比如，金革之声可退草龙，搜集一种叫啸的龙的尿液可以避免被大群羝龙践踏。

那掌固见状，一言不发，强抑着内心的激动，手里紧紧捂着腰带下低垂的铜鱼符，上面刻着：寀•雷岩。

嘲风也不再开腔。余下的时间里，他在鸿胪寺来回走动，寻找那些装饰用的金文碎片，用纸墨记录下来，整天都沉浸在考古的乐趣中。他意识到这些金文是上古之人在龙地繁衍生息而留下的记录，也就是说在唐人来到此地之前，已有更早的子民来到这里，会是哪些人呢？

但眼下还有另一件事情更为重要。而且，这还是一件极难之事。

• 除瘟神

次日清晨，鸿胪寺露水正盛。众宾仆正忙着洒扫庭除、洗衣布食。

嘲风一早便候在房门口，瞥到掌固到来，忙道："掌固，那日见到的红毛人，煞是好玩！如能近观之，也就如愿以偿了。"

掌固没想到来使还有这种看热闹的兴头，一时不知如何回应，左思右想，亦想不出如何婉拒，只好硬着头皮道："天牢那种肮脏之地，怕脏了来使的眼，如来使非去不可，本掌固须去禀告大人。"

说来也巧，此时外面传来一阵叫骂声，听上去群情汹涌，透过窗牖，嘲风清楚地看到一群农人模样的人拖着几只硕大的龙尸，还有一具白布包裹的人的尸体，正往龙望殿的方向走去，周遭一群武侯在干着急，拽着受惊的坐骑，不断地打转。

嘲风是爱瞧热闹之人，转身就跑下木梯，恰好碰见阿拔在晒行囊，拽着他就往外凑。掌固拦也拦不住，苦恼不已。

嘲风挤进乱糟糟的队伍里，得知众人要去树牢烧死红毛人，暗道大事不妙，遂随着人群前进。人群最终在树牢前停了下来，现场黑压压一片，有五六百人，半数是青年少壮，晶亮的眸光宛若猛龙，看起来十分不善。十余名武侯列成一排，横刀出鞘，明晃晃的刀刃一致朝外，阻止农人接近。但这人数与暴民相比，就像汪洋中的一叶扁舟，随时都有可能覆灭。其中两名武侯的脸上有几处斑斑血迹和乌青，怕是已经挨了农人的拳脚。

蠢蠢欲动的农人欲冲击武侯的防线之时，一阵龙的嘶叫声从北边传来，两百名全副披挂的北山龙轻骑兵列队而来，刀尖在阳光的照耀下闪烁着夺目的寒光，这是独光庭的部下。他正在操练阵法，突然接到武侯铺的求援，道是田舍郎暴动，要到树牢杀囚，于是赶紧点了两百精锐，飞奔而来。

农人见了军队，气焰略微收敛，前列众人小退了丈余便不再移动，一张张漆黑肮脏的面孔上钉着一双愤怒的眼瞳，直视来人，气氛无比凝重。

独光庭心里暗暗叫怪，这种场面，此前可从未见过，哪儿冒出来这么多精壮的庄稼汉？他率部行进到武侯一线的前面，举手对队伍喝道："止！"北山龙队闻声收拢，从奔腾状瞬间石化，两百骑兵抚刀骤停，龙爪再无乱踏一下，令人望之生畏。

其中跑出一人，是亲兵大鹏。风吹袍衫，露出了他双臂的刺青，左膊曰"生不怕京兆尹"，右膊曰"死不畏阎罗王"。大鹏握着缰绳，口中喃喃有声，策龙上前，一双刚毅明眸环顾四周，扬声道："武侯，可有弟兄受伤？"

见轻骑兵及时赶到，避免了冲突，武侯们大喜过望，心顿时踏实了下来，七嘴八舌地大声应答："皮肉外伤，不碍事。""校尉，这帮王八蛋田舍奴要造反啦！"

离得近的农人闻言，纷纷鼓噪：

"狗军奴！"

"你才是王八生的蛋！"

"嘴巴被粪尿糊了吧！"

武侯们闻言也火冒三丈，双方隔着轻骑兵叫骂起来。

"就是他们这些鸟奴把这个瘟神带回来的！"农人中不知道是谁领头喊了这么一句，气氛顿时如火星落入滚油中，一点即炸。农人们纷纷拾起石块泥巴朝骑兵们掷去！

双方离得甚近，土石轻易击中了众人，北山龙受惊，不住地跺脚，在原地进进退退地打起转儿来，原本方正的队形开始乱起来。大鹏被甩了一身臭泥，怒火难遏，回首接连下令："前排拔刀！后排解弓扣弦！"自己则"咣啷"一声拔出佩刀，径直指向前排作势要扔尖石的农人！

"光庭哥！那帮臭不要脸的要乱啦！"

独光庭扯紧缰绳，口中"嘘嘘"两声安抚住坐骑，见下属都横刀出鞘，解弓搭箭，唯恐闹出人命来，急急阻拦："全都放下！不许伤害百姓！"紧接着顺手一刀，斩断了头顶一根人脑粗的老藤，"哗啦"一声巨响，老藤连叶带灰地砸下来，底下的农人靠得最近，忙不迭地抱头躲闪，踉跄着倒退，有的人甚至一跤坐倒，面露惊恐之色。

独光庭见镇住场面，遂一提缰绳，胯下北山龙儿轻巧地越过藤木，走到最前去。

"你们谁是领头的！请他出来说话！"独光庭大喝一声，声声震耳。

不多时，一名戴着青斗笠的青年从人群中挤了出来，没等他开口，独光庭厉声道：

"田舍奴！你煽动百姓，围困官兵，又要劫囚，依大唐律令条条死罪！你还不束手就擒？难道要造反吗？"

青年面露冷笑，扬声道："你莫要只看现场，不问来由！你且看看这些犁田的龙，都是怎么死的。"说罢他把手一挥，几名身强力壮的农人推来一辆板车，车上的龙尸瞪目吐舌、死状凄惨，面门扭曲苍白，身上却无任何刀枪之伤，着实诡异。

沉默片刻后，青年抬头大声道："这是第一条，打从你个狗军奴带回那个红毛人起，也不知道咋的，我们屯里一天要死上好几只耕作的龙，天天如此！这耕龙就是我们农家半条命！你凭着良心说说，这只红毛留得留不得？！"

大鹏听了，满肚子的火，忍不住叫道："哥！这厮瞎扯，一事归一事，这些人分明就是寻机造反，杀几个就消停了！"

"闭嘴！"

独光庭被他一说，反倒冷静下来，也深知此时不宜激起民愤，转头对青年道："田舍郎！这红毛是崔特进、达奚仆射的要犯，身上绑着好几个事儿！我部驻扎城外，不清楚这耕龙的死因，能不能请诸位先退回城外去，尔等几人留在邸店，待我面禀崔特进与大将军后，再请大人为诸位做主。"

青年闻言，犹豫片刻，哈哈一笑，厉声道："狗官！我等自第一次事发，就报了武侯铺的狗奴，可数日都没回应，昨日我屯几个妇人又去报，拒而不理也就罢了，还动手调戏她们！昨夜一妇人不堪侮辱上吊自杀！如今若非大伙儿聚集起来，壮大了声势，你们当差的能这般好说话？"他身旁的农人们不由得大声附和，群情沸腾。

事已至万分危急之时，独光庭双目圆瞪，怒吼道："贼田舍奴！莫要再煽动无知百姓！本校尉告诉你，方才所言，是尔等唯一正道，如再不从命，休怪——"

话未说完，人群中忽闻一声喊："官兵要杀人啦！"沸腾的敌意与愤怒瞬间漫过了临界点，前排农人不由分说便冲了过来，武侯挥刀便挡，场面登时失控！

忽听殿上一声虎吼："胡闹！"

吼声如怒龙出海，分上下两道，往上贯彻树梢，往下直抵地面。话音未落，一把加厚的精绝陌刀从天而降，如同烧红的刀子切入牛油，挟着血腥气，"笃"的一声直挺挺地钉入地面。震得众农人血气翻涌，止住了脚步。

"是大将军！"后排的农人们惊呼道。胆小的几个，脚一软差点就要跪下。

"尔等贼奴！本将军也早就想杀了那狗红毛，无奈他尚未交代！本大将军答应你们，明日便开审那狗红毛，而后割舌杖杀！"李俊龙大喝道，神色坚定威严，丝毫不容轻慢。

众人一听，满心激动，纷纷喊着：

"大将军威武！""大将军英明神武了得！""拜谢大将军为民做主啊！"

骑兵、武侯们都松了口气，这场闹剧终于落幕了。

人群中，只有嘲风神色森冷，暗道：

"大将军这个局，做得也太粗糙了一些。"

• 本非你族类

香囊城，鸿胪寺。

月光清冷，如流水一般，穿过窗牖静静地泻在房间里。

待到子时，嘲风唤猫瓦请涅子到房内相谈。涅子以为嘲风又要开解她，有些无奈地整装而至。

房内低案旁，嘲风百无聊赖地转动着一个小酒坛，桌上有两只海碗，几碟下酒菜：呛石蟹、咸八目鳗段、咸白果。一见涅子进来，他拍开泥封，笑着一摆手："大巫师，请坐。"

"公子这是弄什么玄虚？"

"找你喝酒而已。"嘲风斟满了两只碗，也不看她，端起自己的那碗饮起来，"这唐人的松花酒，味道香醇，你也来试试。"

涅子见他装作一脸满不在乎，知道一定有事。她便依他的性子，拉开坐榻坐下，端碗便饮。一时饮得快了，酒浆漫过喉管，呛得她轻咳起来，嘲风哈哈一笑，信手又替她斟满。

嘲风瞥了涅子一眼，这几日，她忧心忡忡，双颊微陷，竟比旅程时更加憔悴了。

两人就着小菜各饮各的，一句话也没说。

最后还是嘲风先开了口。

"涅子，唐人骠骑抓到的红毛人，我们原本是相识的。"

涅子在抓捕现场就看出兄妹二人的神色不对，但不好追问，如今嘲风和盘托出，她心里一紧，似乎意识到什么，面上只冷淡地点了点头。

"我看公子当时差点出手相救，便知有蹊跷。今日农人闹事，想必也和贵友有关。"

想必是阿拔禀报的，嘲风暗忖，闷闷地干了一碗，扔几枚咸白果进嘴里，片刻才道："是的，唐人很快便要处死他。若是放任不管，于情于理，也说不过去吧？"

涅子愣了半天，终于明白他的意思。

"你……你要劫囚？"

嘲风直直地盯着涅子。"他本不是囚，和我一样，只是寻常人。只不过，我被你搭救，他被唐人捉拿。时也运也，总是无常，就这样落在我们这些人身上。"他自个儿说完，突然想起葵，他和葵，何尝不是如此？

是这个理儿，涅子暗忖，自己若生在寻常人家，又何须背负这些国仇家恨呢？但直觉告诉自己，嘲风这种行为是注定要失败的。"可是，你——"

"涅子！"嘲风打断了她，"你莫要再问，我感激你搭救我们兄妹俩，但此事凶险，我不想耽误你求得救兵、救回家人、复兴部落的大事。"他举起手中碗，提高了音量，"干了这碗酒，我们此后生死富贵，各安天命，明天我就拜别寺卿，离城而去，至于我怎么救人，你就别管别问了。"

涅子"砰"地放下酒碗，神情阴沉。

"我们临行前，你口中的'义'字呢？"

嘲风瞪了她半天，又耷拉着肩膀，变成低头喝闷酒的模样，过了许久，他缓缓地说道："事到如今，我也不想隐瞒，我非你族类，甚至不属于这个世界，我们从明日而来。此友，我一定得救，你有你的家国，我亦有我的，我想着有朝一日，得以还乡，这并不过分吧……"

涅子听得一愣一愣的，几欲站起，暗骂自己粗心，竟忘了有此种可能性，如今想起相救时嘲风的那身衣裳，那些机关铁器，猫瓦的肤色，可是这世间所有？原本以为来人是东土异国人士，谁知还能"从明日而来"，这世界真是乱了套了。

那射摩预言亦没有详解，只道是要救这金男雪女，可明明已经救了他们，部落为何又遭血洗？如今，唐人是借兵的唯一希望，这兄妹俩竟要在这紧要关头去劫囚？这其中的因缘、关联，教涅子伤透了脑筋。无比凝重的沉默席卷了这小小的树屋。

她一时不知道该说什么，口气却是和缓了下来："或许我能帮上什么忙，此种大事须从长计议。"话一出口，涅子自己都觉得可笑，据阿拔所报，那红毛人分明是这两日便要被处死，自己还痴想着借兵和救人的两全之法。

"我说过了，"嘲风冷然道，"此事你不要插手，如果有坏的结果，你不知情才能把它对你的影响降到最低。"言毕，他深深作了一揖，"先蒙你搭救，后叨扰甚久，日后若有机会，在下定当补报！就此别过吧。"

嘲风没有给涅子争辩的机会，挥手道："妹，送客！"

"是。"

猫瓦送涅子出了房间，见她眼中闪烁着泪花，她一向紧闭的心起了波澜，全是淡淡的惋惜和哀伤。

屋里嘲风的脸色也不好看，对猫瓦沉声道："关门。"他双眉紧蹙，缓缓道，"史高是非救不可。大将军演的这出戏，肯定是想将史高掌握在自己手里，若盘问早早结束，他恐怕连命悬一线的机会都没有。"想到这里，他不觉苦笑，"史高，我当尽力，你也自求多福吧。"

"涅子会祝由术，能帮上大忙的。"猫瓦总觉得将突厥人推开，有些可惜。

"与唐人为敌，那谁又能帮她复国？"嘲风反问道，话里的正气，压得人有些难以喘气。

猫瓦一时语塞，垂手静立在一旁，白皙光洁的手捏着衣角，心里大大不服，一将功成万骨枯，牺牲一个小小的突厥部落，有什么大不了的？她面上却笑道："好，那你有什么本事从这些如狼似虎的人手中救回你的史高？"

嘲风只是笑了笑，劫囚这种无比凶险之事，让他竟然兴奋得全身战栗。

- **怪蜮射影**

次日清晨，当第一缕阳光透过树梢时，香囊城的百姓开始忙碌起来。

嘲风领着猫瓦，匆匆向李寺卿拜别，只道是沙依坦克尔西部落有飞龙传书，家有急务。寺卿十分惋惜，差人帮忙打点行囊，亲自送到城外。

目送着寺卿消失在丛林深处，兄妹俩相视无言，气氛渐渐有些凝重。嘲风除下突厥的皮袍，略显笨拙地穿上猫瓦顺来的唐人衣裳。这时他突然想起阿四，不知道阿四是留在新疆还是和史高一样莫名其妙地来到了这个龙的世界。嘲风摆了摆头，抛下这些荒诞的想法。

"哥，你要看着浮箭漏，听好打更的声音，一更可行事，二更之后就是宵禁，便要回到邸店，被抓住可都是要作为盗贼处置的。"猫瓦念叨了好几次，对这位纨绔少爷的独立办事能力仍然有些怀疑。她在城内侦察了数日，"借"来了衣裳钱粮，也摸清了大将军提审史高的时间和地点。

嘲风"嘿嘿"一笑，强忍着内心的亢奋，一种后世之人对古早居民莫名的优越感显露无遗。他抓了抓头发，使自己看上去风尘仆仆。猫瓦颇为无奈地叹了一口气，一路走来，她对眼前人依然捉摸不透。她此时作男装打扮，里配圆领中单，外套翻领服，缀锦边，窄袖，蹀躞带束腰，还有若干条小带垂下来，浑身透着一股可爱英气，就像一枝在春末时节悄然开满屋檐的纯色雪柳花。

两人一前一后混在百姓中进城去，磨蹭到酉时前后。嘲风走到树牢附近的树下，有意将地摊摆在看守房一旁，又拿出一块布铺在地上，把九根小蜡烛摆成一个半圆形，剪了剪烛芯，接着从背囊里取出一条条幡，悬挂在一根老树杈上，幡上有三个黑字：巡影师。

就在这时，猫瓦敲响了手中的小铜锣，带着三分稚气高声嚷道："香囊城百年五代单传，辟邪强志，端本正源，解毒除蛊，救死扶伤，若是无效，分文不取。"

一时间，小小的地摊边便围满了人。

"你们这是卖蜡烛吗？几多钱一根？"围观中有人高声发问。

"不卖蜡烛，是给影子诊病。"嘲风笑着回答，伸出一个手掌，"五文钱一次。"

"影子？影子能怎么治病？是要吃什么药吗？卖得贵不？"

"巡影的，这看影子能有哪些好处，要价这么高？"

围观者七嘴八舌地嚷嚷。

"影子嘛，"嘲风笑容可掬地说，"它的神奇之处，匪夷所思，道士郭采真有言，九影各有神，其神各有名。一名右皇，二名魍魉，三名泄节枢，四名尺鼌，五名索关，六名魄奴，七名灶吰，八名亥灵胎，九名——"

"九名是啥？"

"天机不可泄露。"嘲风卖了个关子，其实他自己也不知道，这都是从唐朝段成式写的志怪小说《酉阳杂俎》扒拉来的，第九神本就空缺，唐时就因书卷破损失传了。"诸位，只要写上自己的本命日，然后站到这群药烛之间，本影师便能占卜，五文钱一次，不准不要钱。"

众人闻言好奇不已，一胆大的大汉往前一步，掷下五文钱到猫瓦的小铜锣里，写下本命日，横肉鼓胀着，说了句："问前程。"顿了顿，他又喷着酒气，凶神恶煞地指着嘲风的鼻子吼，"若是不准，五郎今天要你赔个底儿掉。"

嘲风将五郎请到药烛间，只见几道人影高低长短，果真数不到第九道！众人一下噤了声，五郎的脸色非常难看，嚣张不起来了。

嘲风心里一乐，脸上却旋即板起，嘴里嘟嘟囔囔一阵，扬起声问道："这位五郎，前程如何，且看本影师来断。"言毕他便指着地上几个影子论起了道，"亥灵胎强健，先保前程无忧，泄节枢修长不飘不移，是军户世家，但魍魉过强，想必是最近被蜮吐了沙，运气极差、逢事必败、逢赌必输啊！"

众人一听，都倒抽一口凉气，心想：你这江湖术士今日算是到头了，这么说五郎，他不打死你还等什么？

可这事儿就怪了，那五郎听得入神，并害怕起来，轻声问道："影师，神了！我昨晚就输掉了整整两贯钱！这蜮是啥？能解吗？"

听到影师二字，猫瓦准备出手的气硬生生压了下来，一身雪肌布满细汗。

"是水畔妖怪，《搜神记》有录，其名曰蜮，一曰短狐，能含沙射影，即使击中人的影子，人也会得怪病。"嘲风不慌不忙地继续说道，"但这能解！本影师就是为了消灾而来。"说罢，从行囊中找出几个小袋，各自抓了点，拿纸包住，递给那军户道，"去经常路过的水道，点了这药符，再撒落水中，那蜮次日则逃！"

五郎战战兢兢地接过药，说了好几声"谢谢活神仙"，撒腿就往水道跑去。

这实实在在的断影给了众人极大的震撼，人生在世，家家都有难念的经，大家趁着这次机会，这个要算卦，那个要买药符，乱糟糟地挤作一团。

横竖有这傻五郎的例子在前，嘲风放心地大展身手。他数年前曾在广府街头的卦摊流连过一段时间，久而久之便知，这卜卦相面，捕捉的是问卦人脸上不断闪烁的欲望：贪婪、虚荣、妒忌、恐惧、傲慢……人的命运、人的需求，确实都写在脸上。

唐人排了长队，小铜锣里的铜钱越堆越多，嘲风说得相当玄乎，这烛光下的人影越深，就是显贵长寿之征；反之，人影浅，则预示不祥。众人深信不疑。

在宵禁前，两人满载而归。

• 树牢火厄

次日，兄妹俩来到故地，还没开张，已经有人慕名而来，早早等候着。

猫瓦心里哭笑不得，想着哥哥这临阵磨枪的巡影术，居然能将唐人拿捏得紧紧的，也是本事。

人越围越多，喧闹声越来越大。树牢上看守的狱卒头儿终于按捺不住，也被喧闹声吸引过来了。猫瓦一见狱卒头儿，铜锣敲得更响了："百年单传，端本正源，解毒除蛊……"

那狱卒头儿凑了五文钱给他们，站到药烛间，毕恭毕敬地问影师："活神仙，某——"

"这位军爷。"嘲风来了精气神，摆手示意狱卒头儿不要说话，直起身来，紧紧盯着他看。狱卒头儿被盯得一阵哆嗦，缩着脖颈吞了口唾沫，浑身发毛。"尺枭无光，魄奴极短，军爷最近是见了邪物了，蠼螋踏影！"言毕就从小铜锣里扒拉出五文钱，拉过狱卒头儿的手，"军爷，本影师从不做这蠼螋的对头，亏本买卖。"

狱卒头儿听得两股战战，双膝一软，跪地求道："活神仙，莫如此啊！救人一命胜造七级浮屠，神仙圣人哥哥不能不救某啊！"

　　嘲风眉头紧锁，沉吟不语，片刻后才接口道："这蠼螋，又称夹板子，居于树缝、腐木中，昼伏夜出，你的人影在月光下被蠼螋王多次踏中，大不祥啊！人必死或得怪病！从你的人影算，它已折你多年阳寿。我若救之，恐伤自身阳寿，只能劝军爷，莫再在这树上驻足，才能躲过一劫。"

　　"神仙爷爷，某乃看守，天职就是站在牢门口啊！"狱卒头儿急得都快哭了出来，"求神仙救我啊。"言辞恳切至极，众人闻之无不凄恻，纷纷为他求情。

　　嘲风踌躇不已，沉吟半晌，剑眉一挑，低声道："也罢！今日一面，孽缘亦是缘，我便姑且一试！"狱卒头儿千恩万谢。

　　嘲风接过猫瓦递来的火把，目光追着狱卒头儿的影子，口中念念有词，眉头越皱越紧，眼睛却越睁越大，凝神细看，片刻伸出纤长食指，"呼"地虚劈一掌，又快速一戳，竟从狱卒头儿身上夹出一只黑身红脚血夹子的大蠼螋！众人一阵惊呼！嘲风定了定神，将那蠼螋摔在地上，一刀扎透，片刻后才长长地吐了口气。

　　狱卒头儿看得瞠目结舌，半晌才讷讷道："谢神……神仙救命！"说罢他感激涕零，只差没跪下磕头。

　　此时身后又传来一阵骚动，一个狱卒神色慌张地跑来："头儿，那红毛人晕了，又吐又流涎，眼看就要不行了！""怎么回事？！"狱卒头儿又吓出一身冷汗，心知自己闯了大祸，这红毛重犯可千万死不得，若是这么不明不白地死了，大将军非一刀刀剐死他不可。

　　情急之下，狱卒头儿一把拉住嘲风的手，拖着就往树屋上闯，边跑边喊着："活神仙，送佛送到西，救人救到底，可千万把这红毛人救回来啊！"嘲风推托不得，嘴里嚷嚷着："慢……慢点！"另一只手抓着行囊，装作狼狈尾随的模样。

好不容易跑到这牢前，却见红毛已经被放出监牢，跪在木板上抽搐着，双手紧紧抓着木栏，面色苍白，胸口全是吐出来的污物，膝盖处渗出血来，眼泪口水直流，发出很惨很恐怖的呜呜声，一句话也说不出来。

嘲风见状二话不说，甩开狱卒头儿的手，从行囊掏出一颗丸子，想塞入其口中。狱卒头儿"啪"的一声，忽地握住嘲风的手，紧紧盯着他，大声道："你莫不是这个红毛的同伙贼人，来此灭口的！"

嘲风着实吓了一跳，没想到这个莽武夫粗中有细。他很快镇静下来，"哈哈"笑了几声，说道："我不知这是要犯，亦不知道什么大将军，只是医者仁心，普济众生。"顿了顿，他又说道，"再拖延片刻，这人的乌头之毒就无解了！这解药是甘草、绿豆和土茯苓和成的，解百毒，军爷若是怕这解药有问题，我把这几粒丸子全部倒出来，任你挑一个，我当面把它吞下去。"说罢，他将纸袋里的丸子全部倒出。

狱卒头儿见他如此说，疑心已消了大半，但以防万一，仍从中挑了一粒递给嘲风。嘲风看也不看便吞了下去。"好神仙！真神仙！"狱卒头儿感叹不已，衷心称赞，便不再犹豫，把药丸塞到红毛的口中。

两人见红毛人的气息逐渐调匀，都松了一口气。看红毛人瑟瑟发抖，嘲风又拿出一块小毛毯盖在他的身上。电光石火之间，"砰"的一声，仿佛酷日跌进锅里，红毛身上火光冲天，烈焰腾空而起，周围的牢门也随之燃烧起来。

众狱卒和百姓都惊呆了！树底的妇孺愣了一愣，失声尖叫起来："着火了！着火啦！"在密林中，着火是最可怕的事情之一，防火也是香囊城的头等要务。

原本看热闹的武侯马上反应过来，吹响了手中的号角，伴随着短促的号角声，日常的训练都派上了用场。他们急急忙忙奔往蓄水池，用木桶取水，接力传递到着火点。常备的溅筒也被取来，那是一丈长的空心粗木，每一根都能贮水三四石，武侯们合力抱起一根，往火场浇灌。很快又有几只阳关龙驮来数十个龙皮袋，百姓也帮着往火场投掷，高温烧灼之下，皮袋破裂，水流灭火。

百来号人乱成一团，树上树下地来回取水、灌水、扑火、救人、搬运物品，谁也没有注意到嘲风兄妹和烧焦了的红毛人已没了踪影。

- **撞 罟**

"史高！史高！能自己走了吗？"

嘲风扶着史高，和猫瓦一前一后出了香囊城的城门，慢慢地行走在愈来愈密的丛林中。嘲风深呼吸几下，脚下不停，一手搭着史高的肩膀，另一手拄着木棍继续前行，史高渐渐恢复了元气。众人行进间忽觉一片湿冷扑面，天突然下起雨来，雨声急急如炒豆，远处雷声隐隐，惊电明灭，似是春霆发响。

"Holy，Holy。"史高龇着嘴低声说着。

"厚礼？这么客气的。"猫瓦看了看史高被烧焦的额发，烤得黑乎乎的面庞，看起来十分滑稽，她解释道，"这火浣布原本是阿四拿来野餐时铺地用的，那时你性命攸关，总不能把你从头到脚都盖起来。"

"谢谢谭公子，谢谢你救了我，唉，那晚你们吃剩的饭菜真好吃。"

嘲风一阵无语，都这时候了，还惦记着这些。他转移话题："我说你可装得太夸张了，跟真的吃了乌头似的。"

"我真的吃下去了啊！"史高一脸错愕。

嘲风悚然一惊，额汗涔涔，忽然恼火起来，厉声道："猫瓦，这怎么回事？"

　　探路的猫瓦闻言，鼻尖翕动几下，噘着小嘴，扭头道："哼，就掰下来一小点儿，又有解药吃，怕甚？还不如把戏份演足，你就这么相信他装得出中毒的样子？"

　　"胡闹！要是中间出了乱子，来不及施救，可就真害了性命啊！"嘲风目瞪口呆，此次营救并没有演练过，其中各个环节紧密相扣，猫瓦事先将计划传给史高，只是万万没想到，她竟然真的将毒药送了进去。此举胆大之至，近乎妄为。

　　以她的性格，多说也无益，嘲风忍下了气，又问史高："当日珠江画舫一别，你怎么到了这境地？"

　　"我的上帝！圣牛！我的天！公子，恐龙啊！到处都是恐龙啊！活骨头啊！"史高听到这句话，几乎失去分寸，即使极力克制，语气仍十分激动，憋了这么多天，除了被吊打和审讯，总算有个人能好好说话，"这是怎么回事啊？我最开始还以为我在天堂。"

　　嘲风闻言，心想这洋人倒也是心性空明，又问道："那你是从何地到了这儿？"

　　"那不是在广州没盘缠了吗？后来我为了猎新疆虎的花红，辗转到了新疆，从若羌进的罗布泊——"史高比画着，没注意到脚下绊到了什么东西，就听见不远处有一块圆石呼啸着坠落，笔直地砸在一面破铜锣上。寂静的山岭中，这一砸犹如放炮打雷，发出惊天动地的响声。

　　三人周身一震，心神不定，猫瓦拔出小刀，戒备着随时可能射出的飞蝗石等暗器。正犹豫错愕间，不远处的蕨草丛沙沙作响，突然多了一群顶着蓑笠的不速之客。

　　"有人！"

　　轰隆一声，电光闪动，三人欲退已然不及，身影陡被映在林间。

一根枯枝"啪嗒"迎风断开，那些身形魁梧的蓑衣人已立于面前，手里紧握着滴水的横刀，仿佛早已在那儿似的。"红毛！又见面了！"滴着水珠的笠檐下喉音滚动，宛如兽咆，那声音顿了顿，又咆哮道，"使者，好大狗胆！竟用妖术劫囚！"

嘲风尚未接话，仔细看着来人，此人虎目微睨，身旁兵士多数拿着捕网、套索，心里有了底，得嘞，自己殚智竭力劫囚，反而是中了人家的道道。当下他轻声问史高："你是不是告诉唐人你来自大清了？"

"当然了，其实没打我就说了，可他们还继续打我。"史高一脸倒霉样，悻悻说道。

猫瓦闻言，忍不住扑哧一笑。

一阵冷风穿林而过，蓑衣翻起，史高定睛一看，失声低呼："又是他！"却见前方众兵士散开，包抄过来。

来人正是独光庭。

那日农人大闹树牢，事发突然，独光庭临危受命前去镇压，但他一直觉得哪里不太对劲儿。那个闹事的为首青年，还有追随的众人，怎么看都不像是农人，反倒像是武侯或林外的兵士。而那具女尸，也已经退去尸僵，怎么看都不像是在昨日身亡的。最后一触即发之际，大将军出来安抚众人，那戏份也太足了些，根本不像是官民冲突，反而像是一出大戏。

如此宣扬红毛人的死期，摆明是为了引出同伙，让其劫囚，一网打尽。想到此处，独光庭不寒而栗，胸中血气上涌。而达奚仆射传来的情报，证实了他的猜测，大将军已点出几部兵马，令其务必堵死出城之后的所有道路，就等红毛一伙儿入瓮。仆射的密函则令他务必紧跟着红毛，好捷足先登。

嘲风一迭声唤道："尊驾、各位将士，尊驾若是为我等而来，大可不必动手伤人，我们饥寒交迫、伤痕累累，愿跟你们回城。"说完，他把史高扶好，靠坐在一旁的巨木下，自己则解下腰间佩刀，一副坦荡做派。猫瓦也垂手静立在一旁，气息凝敛。

唐军满腹狐疑，久久不敢近前去。先前传闻这些怪人有发机飞火，风驰电掣之间连杀数人，就如利刃入豆腐般轻而易举。因而个个谨慎，生怕被怪人引到近前，就地点杀。

独光庭点了大鹏、云鹏、飙鹏等几个亲兵，壮起胆子，以铜盾护身，慢慢近前，但三个怪人无任何抵抗，任唐人五花大绑，将他们捆作一串……

第九折

初见

- 华夏正统
- 龙地唐史
- 惊步舆
- 空空的龙榻
- 胡姬

• 华夏正统

正如嘲风所料，这一切早有预谋。

押送三人的队伍不断地收到斥候送来的指令，走走停停，待到宵禁后才悄无声息地进了城，也没往树牢去，而是停在了城南的颜家邸店。邸店已经被武侯们整间包下来。史高则被安顿在西城一家临街小邸店中，另外差人看管。

嘲风暗忖：当权者，对他无非是两种处置，如用之，怕还是重用，或者悄然杀掉，以安人心。时也，命也，先睡一觉再说。于是他往胡床上多铺了一床被褥，睡得又深又沉，宛若野兽冬眠。

"来使，来使。"不知几时，邸丞的声音在嘲风的耳边响起。嘲风睡得迷迷糊糊，不想理会邸丞，直到听到一句"崔特进快到了，要来找您一叙"，他听到后瞬间打了个冷战，特进？此地最高的一品大员。

嘲风坐了起来，接过邸丞递来的毛巾，胡乱抹了几下脸，低头瞧瞧自己，念叨着："我在山里逃了一天，衣衫邋遢、模样落魄，这副样子，如何见得特进？"

"哈哈，我想得没错，你根本就不是那些突厥狼崽子！要不你怎么懂那么多金文！"门外传来爽朗的笑声，声音低沉有力。崔代孟带着达奚，大步迈进屋来，周身散发着威严的气息，从容道，"来使，昨日相请，多有得罪啊！"

"见过特进，前日那火——"

那自然是妙计，崔代孟心想，但他摆了摆手，不想就这些琐事多加纠缠。他吩咐郎丞把门关上，正色说道："只是还不知道来使本名？"

嘲风忙弯腰作了一揖，缓缓道："广州西关谭加云，字嘲风，承蒙特进宽容以待，大恩无以为报。"没想到这简单的礼数却非常有效，崔代孟如吃了定心丸，暗忖：这青年果然是华夏正统，懂我之礼数。

他还了礼，单刀直入道："那就叨扰谭来使了，既是华夏子民，这千年国运，还盼来使详述啊。"他的目光像阳光一般灼热，不等嘲风回答，又紧问道，"大唐何时亡的？"

嘲风一下反应不过来，他思索着如何尽可能将一个王朝的终结说得不那么伤感。幸好他对朝代更替还算清楚，小时候从夏、商、周、春秋、战国、秦、汉、三国开始背，长大之后又随着学堂老先生学了几年通史。他顿了一顿，淡然道："唐末年有黄巢之乱，大伤元气，此后昭宗李晔之子李柷即位，称哀帝，其后不久，朱温逼唐哀帝禅位，改国号为梁，唐灭。"

"朱温？"崔代孟再也淡定不住，他从小也熟读史书，虽然都是长辈们靠记忆汇集而成的片段，唐昭宗时期是当时之正宗，所记甚为仔细。"这狗奴岂不就是黄巢之乱中的降人？"

"正是，如所记无误，唐国祚共历 289 年，二十一位皇帝。"

"这国贼！无耻！"还没等嘲风说完，崔代孟便破口大骂，待听到共历 289 年，他的脸色突然变得惨白，从愤怒转为震惊，紧咬着牙，手不断地颤抖着，心好像被骤然冻结，嘴里嘀咕着，"太快了，太快了。"他万万没想到，他的祖先举着大唐的旗帜离开唐朝不过七年，一个创立近三百年的庞大帝国竟然如此快速地崩塌毁坏。他不能也不愿相信这一切。

达奚赶紧过来扶着崔代孟，他从未见特进这样失态过。嘲风也愣住了，这是他第一次近距离地看到一个人的脸色在短时间内骤变。

崔代孟心力交瘁，脸色奇差，喝了两口水，好不容易缓过劲儿来。他尽量平和地问道："那么大唐之后呢？"

"回特进的话，隋唐后是五代十国，中原兵荒马乱，之后宋朝赵氏统一江山，并与北方辽金互有攻伐，元朝忽必烈再大一统，不到百年便灭于明朱氏，明又被大清爱新觉罗氏入关。"嘲风尽可能简洁地说出，"至我来到此地前，大清朝已据中国两百六十四年了。"

听嘲风说到清朝时，似乎也没什么底气，达奚不由问道："贵朝形势可好？"

"也是末朝乱象，朝廷腐败，发逆、拳乱不止，外夷群涌，图分中华。"嘲风说起此事，心就酸楚起来，我泱泱中华之国运怎么就如此坎坷？

崔代孟轻轻地摇了摇头，叹了口气，喃喃自语道："华夏数千年，总逃不过这命运，太祖创基立业，高祖横扫天下，而后或外戚或权臣来回碾轧，遇到大灾之年，流民起，庙堂毁，扛得过去的，有中兴，或又受北方匈奴突厥袭击，内忧外患，终改朝换代，又起轮回。这轮回，究竟何解之？"

嘲风愣了一下，自己从未认真考虑过这种问题，但他旋即应道："君临天下，如遇明君，自然千好万好，如遇昏君，则民不聊生。如今外夷诸国，多限制皇权，以君王立宪。"

"何为君王立宪？"崔代孟追问道。

"君王无实权，号为神圣，等同于偶像。实权在议会手中，议会成员由大众推选而出……"

"倘若我朝推行此法，想必是那几大贱商把持朝政了。"达奚笑了笑，插了一句。他无意就此话题展开，虽然香囊城一直强调尊皇爱国，但大唐皇帝早如空中楼阁般不切实际，即便知道大唐灭亡，绝大多数人也不会像崔特进这样激动。此时更重要的是红毛人手中的武器，于是他接着问道："某还有一事不明，望来使不吝赐教，来使等人使用的铁械，发机飞火，飞弹可出，威力惊人，这是何物？"

见崔代孟等人不再询问历史问题，嘲风松了口气。他微微一笑，正要作答，下意识摸了摸腰间的手枪，才想起昨天已被收缴了去。达奚觉察到这小动作，忙解释道："来使的铁械已妥善保管，不日便归还。"

"无妨，只是容易走火，要十分小心。"嘲风笑道，"请容我介绍，这军械叫枪，有长短两种，你们见的是外夷制造之物，但最早发明于中国，宋朝时期，称之为火铳。其原理是利用火药之能量发射子弹。更大口径的则被称为火炮，在大清朝，火炮已逐步成为步军的主要武器。"

枪械是嘲风经常捣鼓的物件，平日只恨无人来问，如今看着崔代孟和达奚那求知若渴的眼神，顿时心花怒放，娓娓道来："就如史高操的毛瑟五连发后装步枪，德意志国造，俗称老套筒，发射圆头弹，射程合唐制约五百丈，弹为五发，可以连续击发……"

崔代孟听得咋舌不止，暗忖：谁也料不到后人竟身负这般奇物，如能人手一把，汉军何惧！达奚按捺不住，嘴里不自觉问道："这等兵器，来使能否造出？"

嘲风一愣，连连摆手道："这不但需要先进的冶金技艺，还需要专门的机器制造，手工几乎做不出来，而所需的机器又需机器母机来造，就算是在大清朝，这等机器也是凤毛麟角，外夷则强于此。"达奚听到此言，难掩失望之情，轻轻叹了口气。

"火药之物，是不是硝石、硫黄、草木灰的混合物？"崔代孟倒认为这个回答是意料之中的事，相对外界的千年发展，史前一切都要从零开始，很多东西都不能轻易效仿。

　　"特进如何知道？！"这回轮到嘲风大吃一惊，脱口而出道，"难道此城也有火药？"

- **龙地唐史**

　　"来使试想，火药火药，为何称之为药？"

　　对嘲风的疑问，崔代孟避而不答，反问道。

　　嘲风从来没有想过，老实回答道："嘲风不知晓。"

　　"我也只是大胆猜测而已，要说这其中的硝石和硫黄从汉代开始就分别被列为上品、中品药，能治二十多种病。尔后，炼丹方士为了寻找长生不老之药而炼丹，炼丹多需伏火，燃烧药物以去掉猛毒，伏硫黄要加硝石，伏硝石要加硫黄，而后偶然炼成火药，除了激烈的反应，还能杀虫、治疮癣，辟湿气和瘟疫。"崔代孟细细道来，他自幼好学，不仅学识渊博，爱考据典籍，还常常教晚辈读书。

　　"火药竟然曾经是药，这还真是头回听说。"嘲风听得入迷，心里略有吃惊，眼前这位崔特进懂得的可真不少，"这想必就是炼丹家的偶然所得，这门学科现在叫化学，外夷的叫法。"

　　嘲风有所不知，崔代孟对炼丹这么了解并非偶然。唐朝至少有五位皇帝是因为服用丹药中毒而丧命的，此外还有四位迷恋过丹药。当唐人来到龙地，夹杂在医术之中的炼丹活动也从未停止过。

崔特进如此关心兵器，莫非此地也有军事威胁？嘲风想到此处，觉得这个问题倒是与自己切身相关，于是大胆问道："特进，请恕嘲风冒昧，这蛮荒之地，除却香囊城，可还有别的城池或他国？"

崔代孟闻言，脸色微变，双眉紧蹙。得悉千年国运，崔代孟的心隐隐绞痛，但是否将唐人在龙地的千年际遇告知眼前这陌生青年，又是另一回事。在见嘲风之前，崔代孟有些犹豫，但清晨这一席详谈，他感觉眼前这位来使虽然年少，行事略带冲动幼稚，但机智灵敏，且防民之口已无可能，不妨将这中原之局和盘托出。

"正所谓，朋友相交贵乎诚。"崔代孟缓缓道来。

"吾城居民的祖先可以追溯到唐光化三年，迄今有一千年，安西都护府派出戍边的一支大军，由于路途遥远、时间漫长，军人都携带着家眷，甚至还有中原的果蔬种子，各式匠人也同往，这支浩荡的队伍在苏鲁木哈克遭遇了时空飞梭，阴错阳差地来到这巨龙时代，该事件也就是后人口中的千年叠像。"

"恰好是一千年整？"嘲风心里咯噔一下，隐约怀着期盼急问道，"可有人回得去光化三年的唐朝？"

崔代孟闻言，惨淡一笑："据我所知，并无人成功过，唐人至龙地不久，排除万难回到关内，可关内同样是郁郁葱葱，毫无人气，不得已，便在想象中的长安地区就地建城，繁衍生息。其间与当地的突厥部落攻杀，互有胜负，最终在左监门大将军的力战之下将突厥拆得四散，从此再无威胁。多年后，唐人在南部林莽中突然遭遇两千年前便至此的汉人，汉人率兵而来，唐人力战，但寡不敌众，唐城破，其中一支逃往东北部白山黑水处，建落羽城，另一支逃往中北部沙漠的绿洲之地，建骨笃城。吾辈祖先这支则落脚古祁连山脉，再修唐城。唐城后毁于大地震，成为断城。剩下的唐人则建造了如今的香囊城……"

这后半段话，嘲风根本听不进去，他心中满是难以言喻的绝望，思忖：唐人是一千年前至此，汉人是两千年前至此，也就是说这时空飞梭多半为千年一开闭，原本想探清时空闭合的要义回我大清，如今这周期却是千年一回。本想开口再细问，忽又转念，如果此前没有猜错，猫瓦，或者她背后的人物，可能才是解开这个秘密的关键。

崔代孟瞥得嘲风反应，停了片刻，又道："至此，唐人分割三地，虽有来往，但始终限于民间，高层互相猜疑，未取得一致意见。汉人则用两千年之光阴，在中原建立起大型的城市与军队，向西南用兵，击溃了更早来到此地的商朝人，并开始不断派兵侵扰唐人。"

嘲风听得瞠目结舌，敢情这世上还有三千年前来到此地的商朝人，这刚刚离开了兵荒马乱的大清国，却又来到了并不太平的巨龙之地。他心里甚至有些悲哀，大清走到今日，已够窝囊了，为何到这龙地还是遇到孱弱的一方，教人如何"仗势欺人"啊！转念间又觉得自己的想法荒诞。

想起与唐人骑兵的几次遭遇，嘲风甚是赞叹，向崔代孟问道："我看唐军军容齐整，香囊城的武备可否一战？"

崔代孟微微一笑，捋须点头。达奚会意，沉着声说："我城武备从未懈怠，李将军麾下有一神飙军，共万余人，军下领折冲府，府设折冲都尉。每府下辖团、旅、队、火。军中又分步兵、轻重骑兵、辎重兵。"

嘲风听完微微一愣，暗道这兵力可真不弱！想大清国的悍旅湘军，一营约五百人，好家伙，神飙军整整有二十营之众！

"昨日前去捉拿来使的独光庭，为翊卫校尉，也就是领两百人。"达奚看嘲风没有反应，料想是自己说得太模糊了，又举了个例子。

实际上，香囊城并没有这么多兵马。如果真的要召集全军满员出击，几乎要举倾城之力。所以平日常备的军力也就是四个折冲府，不足五千人。

"对某而言，来使等人来自后世，所提之建议，无论文武之事对此城都大有裨益。"想起自己来这里的目的，崔代孟注视着嘲风的双眼，语气极为诚恳地说道，"某恳请来使，官拜香囊城，共保这一城六万余口人之平安！"

听毕，青年心念一动，仿佛从这位老者的双眼间看到了大唐千百年来沉淀下的古韵光辉。本来是读甲骨、逗歌女的游戏人生，或言之为"左牵黄，右擎苍，锦帽貂裘"，却从来没想过，他将过上这首《江城子·密州出猎》接下来的两句——"千骑卷平冈，为报倾城随太守"的人生。在这龙地乱世中，在不知如何回到大清之前，这或许是眼下最好的选择。

嘲风表情微愕，却并不惺惺作态，以一种极为真诚的语气道："常言道，知恩图报，特进对我如此信任，礼遇有加，我且应下来，待特进观察，再定实务。"

崔代孟并没有想到，眼前这个略显文人气质的年轻人，竟然如此干脆地应承下来，而不提回大清之事。此前准备良久的劝说和威逼利诱，此时毫无用处。但嘲风等人的到来，到底意味着什么，他心里也是琢磨了千百次，依旧没有头绪。

总之，见此行的目的已经达到，崔代孟满意地点头笑道："官服与官印下午便送来。"

- **惊步舆**

当日午后，达奚便差事郎送来了嘲风的官服与日常用度所需之物。任命状上写的是正七品朝请郎，属于文散官，可备垂询，同时又招入史馆，负责撰写外界的千年史。官服为浅绿色，上有金花绣纹，腰间佩一九銙的银带。此外还有坐骑、铜钱，等等。

猫瓦也被鸿胪寺李寺卿问话，但她怯生生地抬眸，浓翘乌黑的睫毛犹如松叶蕨的嫩芽一样，簌簌轻颤，当真是楚楚可怜，又说自己只是被嘲风赎身的小歌女，寺卿无话可问，也就罢了。史高因嘲风力保，总算换得自由身，不再回树牢，但也没有被授予任何官职。

"朝请郎，"事郎轻声问道，"如果没有别的事情，我便先行……"

"有一件事，十万火急。"嘲风一把抓住事郎的手臂，把事郎吓得不轻，还未开口问，嘲风紧接着道，"劳烦现在便去养龙儿的地，请骑士教我骑龙！"

事郎松了一大口气，还以为是什么自己无法做主的大事，忍俊不禁地大声应道："即刻便去，即刻便去！"

奉事郎命，独光庭部下的亲兵云鹏，从牧监处领了啸风的日常坐骑，拴在邸店下。龙儿一身黑羽，不断刨着脚爪，显得有些紧张。云鹏是出了名的驯龙高手，年纪虽轻，却很精明干练。这北山龙看着高大威猛，却容易紧张，一看便知是牧监或事郎想捉弄人而干的好事。

云鹏请啸风下来，摸摸北山龙，看啸风束手束脚又好奇心满满的样子，心里好笑，嘴上客客气气地说道："谭朝请，这骑龙需要诸多技巧，我先领你试试。"说罢便把啸风托上自己坐骑的龙背上。这只北山龙早被驯得服服帖帖，此时还有主人牵引着，自然非常顺从。

啸风初次坐上龙背，心中雀跃不已，此前只把玩过龙骨，如今人已在龙背上，忍不住想驰骋起来。

云鹏看着这苗头要歪，忙道："朝请，那西市往北，有一片开阔地，正好适合学骑龙，我们往那边去。"顿了一顿，又道，"这双足龙儿比四足龙儿难控制，它们会随意改变方向，陌生的骑手一定会被甩下来，请千万小心。"

说话间，他们已经来到了西市北边的山谷。山谷并不宽阔，只是有丘陵的遮挡，骄阳稍弱，树林一侧还有丝丝凉风吹来，甚是清凉。这山谷深处，还有一汪水泊，上面沉睡着一池睡莲，有一些花儿的尖尖角已露出水面，宛如娇羞的女子，露出浅浅的微笑，轻盈而又美好。

云鹏边走边给啸风讲一些驯龙知识。啸风边听边点头，可脑子里早就放飞想象驰骋在这龙的世界上。

"不要以为龙儿听不懂人的话语，它们其实很聪明，可以从你说话的语气来判断你是夸它还是恼它，这也决定了它的反应。"云鹏摸了摸龙儿的脑袋，讲解得更细了。

"你要把它当成朋友，举止从容，先站到它肩膀附近，慢慢地伸出手，不要言语，它会把头伸下来闻你的气味，辨别你的来意，判断你对它来说有没有危险。这时候你千万不能直视它的眼睛，如果它对你的靠近没有特别抗拒，你可以挠挠它胸口的毛，讨好它，总而言之，和对待姑娘一样温柔就对了。"云鹏对自己最后一句比喻非常满意，他拴好自己的坐骑，将牧监发的龙儿拉到嘲风跟前。

嘲风对这种脑袋小小的龙儿一点儿都不担心，这种吃草的龙儿对他而言简直就是充满灵气的化身。这种初生牛犊般的无畏之气使他毫无心机地接近它，这只容易紧张的龙儿竟然缓缓地凑了过来，闻了闻，还舔了舔嘲风的手背。

云鹏略显吃惊，随即露出赞许的神色。他拿来鞍辔，安置妥当，将缰绳递给嘲风，教他怎样上龙、下龙。嘲风照猫画虎，将缰绳抓紧，握紧龙鞍，左脚套上脚蹬，云鹏顺势一送，嘲风便轻松地跨坐到龙背上。

看嘲风跃跃欲试的样子，云鹏沉声道："小心，莫乱拽缰绳，乱夹龙肚子，不然龙会糊涂的。"嘲风闻言小心地握着缰绳，催动龙儿走起来，龙儿倒也配合，在宽阔的草地绕着大圈，踏得满爪花香。

"翻羽，这个名字如何？行越飞禽，昆仑八骏之一，刚刚跑动起来，一身白毛便在风中翻飞，周身俱是醉人风情。"嘲风兴奋地对云鹏说道，他刚一想给它取个什么名字时，脑海里就出现了这两个字。

几圈下来，嘲风多少适应了龙儿的节奏，龙儿也是一副兴奋的模样，开始小跑起来。等云鹏发现不对劲儿时，龙儿的速度已提起，长长的龙尾直直插入天空，黑羽飞扬，龙爪翻腾，竟如风般地跑了起来！耳畔呼呼而过的疾风，像时空飞梭一般，那种驰骋的感觉足以震慑人心，前方没有任何天堑可以阻拦。明明是万分凶险的状况，嘲风却不甚害怕，只觉通体刺激。他的身体向前倾着，手紧紧地拽着缰绳，怕稍稍一动，便失去了平衡。

龙儿毫不理会云鹏吹响的龙哨，朝着西市的方向狂奔而去，不一会儿就闯入了人声鼎沸的市场。此时，只听到旁人大叫："阿崔！阿崔！快护住阿崔的步舆！"

话音未落，就听到"轰"的一声巨响，奔龙收不住大爪，失控地撞上了硕大的步舆前部，将步舆撞得四散而飞。

嘲风身下倏空，一阵天旋地转，不知翻了几翻，直到脊背撞上草垛，才意识到自己在疾驰间被抛了出去。他抱头连滚数圈，化去冲击的力道，头晕目眩地坐在步舆边上。

可灾难并未结束，上空一道阴影飞过，细看竟然是被甩得呼呼作响的舆架，刺耳的"嘣啦"一声，舆架重重地撞到西市商区的悬空货架上，将货架的木撑击得粉碎！硕大的货架倏然坍塌，眨眼间裂成片片木条，往嘲风的头上直砸下来。旁人发出一阵惊呼！

所幸，先砸下来的舆架结实，没有立即解体，硬扛下了货架的碎木片，围着嘲风在地上散叠成垒，但舆架已摇摇欲坠，坍塌只是早晚的事。

嘲风在龙鸣声中清醒过来，定睛一瞧，只见四周一片狼藉，半塌舆架上的碎布在尘屑中乱飘。但听身后有动静，嘲风回首，只见身后有一抹窈窕的身影，穿着袒领间色裙，玉佩珠缨小龙爪金步摇跌落，如瀑的长发披落下来，掩住半张姣美的面容，她双手环胸，帔帛被飞屑擦破，破隙里露出欺霜雪肤，平增凄艳。

那少女玉靥酡红，如晚霞一般，额上沁出薄汗，眸中波光盈盈，此时正夹在两片木板之间，暂时安然无事，只是受到了好大惊吓。她低声道："你是谁？你没事吧？"

他看得入神，心想，这就是众人惊呼的阿崔了，所幸没什么大事。此时头顶木条松动，"唰——唰——"团团木屑掉落，嘲风方才反应过来，忙挺直身子，尽力稳住舆架。他心思飞转，本想踢开脚旁木片，让阿崔先爬出去，又恐力道不够反而破坏了舆架的承受力，见阿崔正要站起，大喊："坐好！这车架快撑不住啦，莫要乱动！"

阿崔警醒过来，在这宽度还不到半丈的空间里左右摸索，从地上捡起一根碗口粗的长木棍，用力撑住舆架，一咬贝齿："出去！"

嘲风心中感动，暗忖：我和她萍水相逢，害得她如此下场，难得她还为我考虑，口中遂问道："你呢？"

"回来救我！当然，回来救我！"阿崔杏眼圆睁，觉得这个问题实在太蠢了。

"是，是。"嘲风一时语塞，心想，这姑娘还真是直来直去，有什么就说什么。

"不成的！要是我挤出去，架子垮塌下去，你便被埋住了！"嘲风摇摇头，感觉背上的负担越来越重，怕是货架上的货物正慢慢往低处滑来。

阿崔急道："傻奴儿！出去！"

"我觉得这背上越来越重。"嘲风低头道，确实有些喘不过气来。

"快出去！叫人回来救我！我建的，我知道它能撑多久！"

"是你建的？你个小娘子家家。"嘲风瞪大眼睛，不可思议地盯着阿崔，忍不住笑了，"你这人，怎么这般有趣！"

嘲风只觉得背上不断有重物下坠，听到木头内部已经发出了"啪啦"的声响。也罢，他倏然弯腰，双脚踹开底下较松的木板，从那缺口爬了出去，又拨开一堆杂乱，冲出数丈才回头："果然如此！"正如阿崔所言，舆架并没有倒塌，只是被货物压得更加严实。

众人火速围了过来，云鹏狰恶地粗声道："叫你小心！你竟狂奔起来，还把阿崔撞飞出去！前日纵火今日害命，老子现在一刀劈了你，反正咱俩都没活路！"

"阿崔——"嘲风没工夫争吵，直指着自己冲出来的缺口，"阿崔好好的！快救她！"众人闻言，瞠目结舌，而后疯了般疾奔去，七手八脚，很快从废墟里扒出了灰头土脸的阿崔。

嘲风一见她平安出来，脚底骤软，似乎气力已尽，瘫坐着不住喘息。

只是，不管是步舆还是古木，是狂龙还是神兽……

在这个晚霞如潋溅潋滟的日子里，嘲风只记住了那个身影。

• 空空的龙榻

　　数日后，依唐制须朝会。凌晨五更便敲起街鼓，此时整个香囊城天色朦胧，街道行人稀少，四处极为幽静，只有那些个官家才满门亮堂。嘲风起了个大早，迷迷糊糊中被邸丞穿戴齐整，慢腾腾地下了树屋，摇摇晃晃地骑上了北山龙，由龙夫牵着向龙望殿的方向慢慢走去。

　　殿堂之上，他望着空空如也的龙榻，龙榻外观恢宏庄严，细节之处则尽显精巧华丽。单单那七种矿物珐琅彩为着色原料，手工雕刻出里外十三条在云中上下飞舞的金龙和无数片莲花瓣以及四个外翻马蹄和兽头就令人叹为观止。

　　可这张龙榻从来就无人坐过，崔代孟站在最前方，领着群臣对龙榻山呼万岁，大唐江山千秋永固，然后众人开始处理日常政务军务。

　　对纨绔子弟而言，朝堂实在有些乏味。嘲风轻轻摆弄着手中的龙羽，突然想起昨日午后，自己在修史之余办理的一桩事儿，嘴角不禁露出一抹微笑。

　　午后他和猫瓦路过西市，想看看寻常百姓家平时是如何用度，却被一阵激烈的骂街声吸引了过去。嘲风示意猫瓦去问个究竟，人还没去，那些人看到官家来了，拽着朝请郎的龙缰绳便不撒手。七嘴八舌，嘲风总算听了个大概。

这冉家有一龙宠叫青头，是一只品相极佳的鹦鹉龙，长得方头亮喙，人见人爱。但数月前突然丢失，而近日恰好在集市上看到赵家在出售一些小鹦鹉龙崽子，为证明其成熟时的长相，旁边就拴着青头！冉家人一看可不得了，当场就揪着赵家人不放，硬要拉着去找武侯理论。

西市的武侯铺可犯了难，这两家都晓得这小玩意儿叫青头，青头与两家主人都亲得很，两家还都有街坊邻居做证，这可如何断案？

嘲风听后细细琢磨了一下，轻松道："这有何难？只消片刻便能见分晓。"他令武侯将青头拿下，拖入路旁一空屋，又叫猫瓦守住门口。随即抽出横刀走了进去，不消一会儿，便听到龙儿的嘶叫声，嘲风横刀滴血，一脸轻松地走了出来，对冉家道："本朝请信你，青头是你养大的。"又对赵家说，"本朝请信你，青头你也有份。"两家人面面相觑，不知道朝请郎葫芦里卖的是什么药。

"我方才仔细审了那小龙儿，它也对两家难以割舍，我便成全了它的请求，"嘲风说着，提起了刀，拭掉上面的血迹，"从嘴喙到尾巴毛，我劈得干净利落，你两家进去收拾下，取了自己那半，赶紧散了吧！"

他话音刚落，"啊！你这个狗官！"冉家人便大骂起来，一屁股坐在地上，撕心裂肺地大哭起来，那凄惨悲戚的样子，周遭围观的人都觉得心酸。而那赵家人，在旁边也气得连连顿足叹息，但看不出有多大痛苦。

嘲风将这般反应看得一清二楚，给武侯简单示意，武侯明晰了其中道道，火速将两人重新盘问，案子真相大白，青头被抱了出来，判还给了冉家。冉家转悲为喜，不住叩谢，赵家人不得不认了偷龙繁育卖崽的龌龊事，只好认罪受罚。

"谭朝请，谭朝请。"身旁的颜侍郎轻轻拽他的衣袖，嘲风才反应过来，将神智拉回朝堂。

原来是户部来报新铸钱币及新添麦田之数，尤其提到城中薛家，姊妹俩相隔一天都添了三胞胎，邻里都拍手啧啧称奇。郑侍郎提议由衙门送去慰劳之物，崔代孟与众人都准了。

礼部来问：市井有传言唐灭之事，此事如何处置，是否对大众公开事实？崔代孟沉吟一阵后缓缓说道："我们仍旧是大唐子民，即便外界已经朝代更迭无数，只要我们在此安居乐业，便依旧是大唐之延续。"众侍郎皆点头称是，认为此类事情多说无益，大唐诸位先皇，文治武功，仍旧是民众崇敬膜拜的帝王。嘲风心里不禁啧啧称奇，想着唐皇若泉下有知，定会无比欣慰，谁能想到一个早已消逝的王朝竟然在另一个时空延续了这么多年？

工部的柳侍郎喜气洋洋来报，从巨野泽到香囊城的水利系统已经修建完毕，前日已正式投入使用。工程共耗时四年，耗费府兵和民夫数千人力而成。巨野泽位于城北，是一个地势较低的山泉聚集地，一个个湖泊如落入玉盘的珍珠般散布着。此前香囊城的大宗用水全从此处取，来回颇为耗时耗力，数年前开始修建引水系统就是为了解决这个问题。

见众官员纷纷道贺，柳侍郎有点卖弄起来："这工程方便了军器监、店铺、驿馆的大量用水，而且连接上了环城的灭火圈，配合原有的水袋、溅筒，可使百姓再也不惧火灾肆虐。"

原来水渠还能有这用处，此地也不乏能工巧匠啊，嘲风暗忖。确实，对于森林里的城市，虽然没有台风、风沙之忧，火灾却是挥之不去的梦魇。他抬头看到柳侍郎正颇有深意地看着自己，突然想起自己纵火一事，顿觉羞愧。

"此事甚为重要！可谓功在当代，利在千秋。"崔代孟用颇为肯定的口吻说道，"李将军也需派兵驻守巨野泽水源地，以保用水安全。"

"巨野泽东边的十里处便是下府折冲都尉牛武义的龙武军，清一色使陌刀，可保无碍。"李俊龙不假思索地回道。他认为对汉军的防御方向主要是东南和西南，北方相对安全，心里并没有太在意此事。

如此这般，众官员逐一汇报，请崔代孟示下，一旁则有史官不断记录。朝会并非天天都办，但嘲风最近还是感到有些心力交瘁。崔代孟几乎天天来请，或问唐后历史，或请教大清的社会治理、衣食住行之新经验。每次谈话，都有起居舍人在旁边用心记录，让嘲风一点儿张口就来的勇气都没有，只能竭力回忆，细细回答。

一日，崔代孟问起突厥和吐蕃的兴衰，嘲风如实告知，崔代孟亦感叹良久。在唐人的眼中，这些游牧民族带来的威胁一直是挥之不去的梦魇。

"谭朝请，你们从沙依坦克尔西一路南下，可曾遇到吐蕃的袭扰？"崔代孟问起。

"大巫师领我们藏身在迁徙的龙群中，倒也省力安全。"嘲风细思片刻，如实作答。

"这些吐蕃人非常奇怪，他们神出鬼没，极少与我部直接冲突，"崔代孟顿了一顿，"我实在没有理由发兵远征，用我大唐子民的鲜血，去帮助这些突厥人报仇复国，还盼谭朝请体谅。"

嘲风闻言，心知特进所言非虚，又唏嘘不已，涅子等人心中威武的天可汗大唐其实早已在汉军的侵袭中四分五裂，实力仅能自保，谈何远征。

"这个大巫师，可知道你们兄妹的来历？"崔代孟端杯啜饮了小半口，不动声色地问道。嘲风原想和盘托出，话到嘴边突觉不妥，只是点了点头。

"那她倒算是忠义。"崔代孟见嘲风默然无语，若有所思道。

事后，嘲风给代孟的侍卫塞了一吊钱，才打听到，在他们兄妹离开鸿胪寺后，崔代孟又差人将涅子请进龙望殿，再三逼问嘲风的真实身份，涅子只道他乃部落的成员，其他便一言不发，就算崔代孟以出兵营救作饵，涅子脸上一阵痛苦扭曲，最终也未曾松口。崔代孟一怒之下将其逐出鸿胪寺，断了给养。

　　嘲风闻言一愣，热血上涌，完全惊呆了："她竟如此为我着想！"

　　辞别侍卫之后，他驱龙一路打听突厥使者的下落，往城外寻去。

● 胡　姬

　　一路打听着突厥人的下落，嘲风来到了白蹄村村口，此地的风光令他想起了故乡罗浮山的景致，是如此相似，都是那么碧绿，空中的白鸟更是一模一样。他牵着翻羽慢慢往前寻访。

　　白蹄村位于香囊城西北部不远处的一座大山中，是个小小的村寨，寨子四周有参天古木环抱，白鸟拖着长长的尾羽齐聚树梢，山下溪水潺潺。不同于香囊城的树屋，这里都是依山而建的吊脚楼群，所有房屋均采用树皮盖顶，掩映在片片苍翠之中。由于常年云遮雾罩，家家户户的褐色屋顶上均泛起了星星点点的苔绿，使楼群与山形浑然一体。

　　村口并无兵士守卫，只是大树下有几人铺着锦布，席地而坐，衣着襕袍衫或缺胯袍，戴着幞头，是武人打扮。他们熏禽炙肉，冷吃些小龙肋条，彼此递着酒器，觥筹交错。领头的汉子身旁还依靠着一个袒胸露怀、发髻松散的女子。这女子立马吸引住了嘲风的目光，她全然不同于本地唐人，而是有点像涅子，卷发碧眼，高鼻美目，面若银盆。乖乖，这就是胡姬了吧。怪不得李太白有诗"胡姬招素手，延客醉金樽"，果真妖艳，嘲风暗忖。

随风送入耳的是嘻嘻哈哈的笑语声，仔细一听说的却是自己的故事。

"那朝请郎，霸气横溢！无话可说！"

那人双手一拍，摇头晃脑，语气激昂了起来："点了树牢，劫了死囚；上午封官，下午砸市，又撞碎了那女癫子的步舆。"顿了顿，"而且无几人受伤，就图了个热闹！"

"哈哈，好个朝请郎！"另一人呲嘴讽刺道，"朝请郎短短两天之间，做了兄弟们儿辈子的事儿……"

那人的话还没说完，便被胡姬略显古怪的汉话打断："鹏郎，鹏郎，你才是我的大英雄，我不要听什么朝请郎，你不是最喜欢我的脂粉味吗？来，你猜猜我今天用的哪一种？"她眼波流动，勾着叫鹏郎的人。

另一个汉子哈哈大笑："我们这儿有三个鹏郎，你可知道谁最喜欢你？"胡姬嘤咛一声，故意不作答，她装作乏力的模样，将头靠在说故事的汉子胸前，轻击玉掌。只听见细碎的脚步声传来，树后走出五个美貌胡姬，为首的长襦飞舞，是舞者，而后的两人拿着弦鼓，地上的胡姬从汉子的怀中挣脱出来。好胡姬！削肩细腰，纤臂长腿，腰身柔若无骨，却又饱含力道，难以言喻地好看，嘲风暗赞。她先冲汉子们盈盈一拜，扬臂高举，手腕一弯，小指一翘，乐声顿起，领着身后的舞者，跳起西域风情的舞蹈，只闻脂粉香风阵阵，满溢着浓浓情欲。

"独校尉！"嘲风遥遥对那汉子大喊，神采奕奕，似乎一点儿也不觉得受了讽刺。

那汉子被他一喊回过神来，噌地站起身来，一把护住胡姬，一手握住横刀，警惕地绷紧了身子，大吼一声："什么人？"

那几人竟然是独光庭和几个亲兵，其中还有一个是胡人模样。这几人躲在偏远的小村口和相好的胡姬野游，没想到却被朝请郎撞见了。云鹏飞啐了一口，小声咒骂道："倒霉！这都能被撞到，要真是说啥来啥，怎么就不来点金银？"说罢一拍地面，借着酒气一跃而起，叉腰大叫，"朝请郎！你到此地有何贵干？"

"各位军爷，我来寻几个胡人旧友，城里人说他们就住在此地。"

独光庭等人面面相觑，最后目光落在那个胡人模样的兵士身上。"飙鹏，你是朝请郎旧友？娘的，你这厮啥时候认识他的？"云鹏伸长胳膊，朝他的衣领揪去。

飙鹏侧身一闪，拨开酒气熏天的云鹏，冷冷摇头道："我没见过，这可是个胡人村子，你偏偏来问我。"

白蹄村还有另一个名字，胡人都唤此地作葛逻禄，是葛逻禄人的部落，属于铁勒人诸部之一。一群葛逻禄人的奴跟着唐人主子到了此地，此后一直没有分离过，虽唐人索取过多，但如今也放任他们自结为村寨。唐人称呼此地为三姓村，因为村子有三姓，一曰谋落，一曰炽俟，一曰踏实力，人称三姓葛逻禄。

独光庭穿戴整齐，扶正了幞头，但又牵了个拿着弦鼓的胡姬到嘲风跟前，大咧咧地笑着说："朝请郎呀，兄弟们喝酒让你见笑了，这样，我把阿涂蜜施送与你，今日之事，且不许对外人说呀！"言毕，也不管那胡姬愿不愿意，就使出蛮力，将其直举到嘲风的龙儿背上。

阿涂蜜施"嘤"地娇呼一声，腰间系带被翻羽的龙鞍挂住，松开了一小段，左右两襟大大敞了开来，露出一双修长玉腿，顿时羞意如潮，染红了她的面颊。

"这……"嘲风一愣，被独光庭如此豪迈的举措弄得有些不好意思，讷讷道，"君子不夺人之美——"

"哈哈哈，你觉得美？那我就放心了，还以为你不喜欢。"独光庭觉得嘲风实在有趣，忍不住笑出来，边往回走边说，"不知道你要找哪些胡人，让阿涂蜜施帮你吧，三姓村的事儿，没有她不知道的。"

阿涂蜜施系好长裙，侧坐在龙儿背上，轻佻地踢着嘲风的背，轻轻道："朝请郎，谢谢你不嫌我的胡相，他们说我眼睛深得像破掉似的，所以你看呀，我都不敢哭。"说着，双手翻着翻羽背上挂着的行囊，找到了几块酥蜜寒具，毫不客气地塞入口中，抿着嘴哑了几下，顿觉津润甘芳。

"不敢哭？"嘲风茫然不解。

"我每天都要用许多胭脂，打亮这深邃的上下眼皮。"阿涂蜜施轻描淡写地说道，"好使得眼睛显得不那么深，省得被人丢石头。"随手又将一块寒具塞入嘴里。

嘲风忽觉心酸，解开龙背上的高提梁水壶，给她倒了杯水。

"说说你吧，"阿涂蜜施一口气喝光了水，又伸手去捞吃的，可这回什么都没找到，顿时有些意兴阑珊，抓了枝松针随口咬着，"你要找谁？"

"前几日，北方来了突厥的使团……"嘲风抬头道，话没说完，阿涂蜜施突然扑到他背上，一团温热柔体紧紧地抱住嘲风，惊得他"呀"一声短促惊呼。还不及反应，阿涂蜜施已瞬间跃到地上，抓住他的手，往近处一间民宅跑去，压低声音说道："我带你瞧几个好玩的玩意儿，也就今天能看到！"

嘲风只能紧紧跟随，心想，这个胡姬倒也是率真自在。

到了门外，阿涂蜜施一个急停转身，嘲风差点和她撞个满怀，她不由分说地脱下嘲风的绯衣。"快给我你的衣服，不然谋落颇黎会吓死的。"这又把嘲风闹了个大红脸，心怦怦直跳。

头一回见到谋落颇黎，嘲风差点惊呼出声。他身形极高，至少七尺，比自己高出一个头还多，上身精赤，肌肉突起，色泽黝亮，身上还文着一条帆龙，龙尾盘踞右脚，龙嘴却在前胸，在跳跃的火光中显得甚是奇异。

"颇黎！孵出来了没？"阿涂蜜施的语气十分庄重，像换了一个人似的。

颇黎喊喊地点着头，嘲风才知他是哑巴。倒是阿涂蜜施听了，微露喜色，拉着嘲风往里屋走去。

这里屋相当湿热，只消站立片刻，汗水便渗入了眼睛。但这眼前的景象让人震撼。

厚厚的松叶下，盖着几十个半个足球大的龙蛋，它们正挤在一起吱吱作响，仿佛正在弹奏一首曲子。"它们就要出壳了。"阿涂蜜施兴奋地说。它们在蛋里面不停地鸣叫，想努力钻出来。颇黎仔细地移开树叶，露出紧挨在一起的一堆恐龙蛋。

一个接一个地，龙蛋上出现了裂缝，逐渐扩大，这是幼龙正在用卵齿和腿来撬开蛋壳。不一会儿，湿答答的幼龙便见到了这个世界的第一道光，它们看起来与成年龙大不相同，尾巴很短，前臂长长的，眼睛滚圆，最惹眼的是几乎包裹全身的绒毛。"看，它们一生下来就有毛衣，在晚上不会冻死，你要不要摸摸？"阿涂蜜施满脸都散发着母性的光辉。

颇黎此时托着一石筐黏糊糊的叶子糊，打开了另一个大草盖子，巢内突然迸发出生机，里面一些稍微大些的幼龙争相叫起来吸引颇黎的注意。颇黎脸上露出一丝温情，从筐中捞出一块块软绵绵的叶糊放在巢边缘，幼龙马上扑了过来，为谁该享用最多的食物而拥挤争吵起来。

"好玩儿不？"阿涂蜜施兴奋地说，"每年就这会儿能看到！"

嘲风点点头，正想问她突厥使团的下落，阿涂蜜施斜睨他一眼，又大方地拉起嘲风的手，往门外走去，嚷着："还有另一处好玩的！马上就到了。"

"谭公子？你怎么在这儿？"

嘲风身后传来熟悉的声音。

第十折

葛逻禄人

• 重逢三姓村

　　身后问话的正是涅子，看着披着官服的阿涂蜜施拉着只着里衣的谭家公子，一种奇妙的违和感油然而生。她无论如何也想不到，会在这种地方遇到嘲风，心里着实高兴。

　　前段时日为了让兄妹俩免遭追捕，她硬扛住了唐人暴风骤雨般的询问。她本已将此事抛之脑后，但见到嘲风的瞬间，那一幕又在脑海中掠过。达奚好话说尽，红脸白脸齐上，涅子不为所动。知而不报，崔代孟却一点儿办法也没有，总不能对一国使节上刑，无奈之下，唤来李寺卿，将涅子一行人逐出鸿胪寺，断了给养，并命令全城不得售卖物品给突厥使团。

　　在这节骨眼儿上，善于追踪的仆骨尾随了几个胡人模样的小贩，找到了隐藏在密林中的三姓村。主使与随从三人在宵禁前出了城，跨上龙鞍一路直奔三姓村。三姓村的叶护，炽俟乌齐坤热情地接纳了他们，提供了安身之地与给养，帮助他们渡过眼前的难关。

　　涅子很快了解到，这是一个专干"腌臜"活儿的村寨，他们负责照顾香囊城日常所用的龙，包括孵蛋、打造鞍具，甚至屠宰，等等。失去活计的家庭，则不得不把女儿送去城里的楚馆秦楼充当歌舞姬。数百年来，他们跟着唐人同迁移共进退，但近年来，由于唐人的横征暴敛，此地人心浮动，于是乐于收留这些同族。

"大巫师，大巫师阿姐！"阿涂蜜施毕恭毕敬地施礼，俏丽面庞带着几分撒娇之意，"你认识这个官爷？"

"我们的交情，岂止是认识。"嘲风笑道，理了理衣领。

"那你们是相好的！"阿涂蜜施努了努小嘴，俏脸上满是幽怨。

涅子的俏脸一红，啐道："阿涂，别瞎说，我和谭公子有要事商议，你自个儿溜达去。"

支开了阿涂蜜施，涅子领着嘲风左拐右转，攀上崎岖的盘肠小径，踩过蕨草丛生的石板铺道，"咿呀"一声推开虚掩的木门，好一副热气腾腾的场面！

阿拔、仆骨与另一胡人正坐在地上，围成一圈，一手把肉、一手持刀，割肉而食，气氛欢快而热烈。不知名的龙肉香味浓郁，一大碗粗盐巴搁在地上，大伙用刀尖挑肉蘸着吃。

见嘲风进来，阿拔愣了一会儿，露出奇怪的神情，随即笑道："公子，你的故事在村子里已经传开了，最开始他们告诉我的时候，我下巴都快掉下来了。"

"我们和大巫师因你的事儿被驱逐，挨了好几天饿，自是心里骂你。"仆骨接话说，又大大咧咧地笑起来，"可这鸟山沟沟里，妙得很啊！时不时还有好肉吃！"

"思磨，给我们兄弟拿点儿。"仆骨踹了另一个胡人一脚，那人忽转过头来，面上涂着粗糙的彩绘，他"嘿嘿"笑着，显得非常诡异。嘲风点了点头，仔细一瞧，那人的彩绘是为了掩饰一道蜈蚣般的狰狞刀疤。那刀疤从眉角一直贯穿到耳后，下半个耳朵也随之不见，很难想象被砍了这么重的一刀，竟还能活下来。

这个唤作思磨的胡人，从木板下抽出一把短柄半圆砍刀，拉过最中间的龙头，运刀如飞，从龙头顶骨剔开，转眼间将一半龙头剔成白骨，薄纸一般的半透明肉片不断地扬起，又规则地叠成一堆。他再用刀尖一划拉，整团肉"啪"的一声落在胡饼上，思磨一卷一递，硬塞到嘲风手里。

嘲风抽动鼻翼，这气味既香又浓，引人想到那酥嫩香滑的口感，只觉透过那软糯的胡饼便有入口即化的香浓肉汁，不禁唇片翕动，暗忖：这刀功真可谓出神入化，肉还是那些肉食，可因此显得更加可口了。

涅子见状，颇有些不悦，低声道："你们这些不成器的崽子，又去哪儿偷来龙儿吃？"

"不是偷的，只是看它病重，实在不忍心。"仆骨嬉皮笑脸地狡辩着。

"小猫，你看出什么了吗？"不理会这些粗人，涅子突然抬头一问。

"猫瓦！"嘲风大吃一惊，"她什么时候跟来的？"

涅子无奈地摇了摇头："我也是才发现她的气息不久。"

见被点破，一道黑影从树杈上跃下，稳稳当当地落在石板地上。猫瓦一身贴身的窄袖短打，黑棕色衣服使其纤薄的身材略显窈窕。她甩过一团衣物，趁着嘲风去接的当下，一把夺过嘲风手中的胡饼夹肉，用丁香小舌舐了舐，犹如一只抓获鲜鱼、意欲躲起来独享的小猫。

"哥哥今天就是走了桃花运，和那胡姬又搂又抱，你要娶小妾了吗？"猫瓦咬了一口，浓浓的肉香味直闯脑髓，眼睛都瞪大了，"可还好，找到了涅子姐。"

嘲风耳根微红，发现她丢来的是自己的官服，也不知道这野猫是怎么从阿涂蜜施身上扒下来的，斥责道："你天天乱窜，总要出点是非才好？"

"哼，不乱窜，谁帮你去打听消息，去抓那些破虫子骗人，还要当妈找衣服。"猫瓦伶牙俐齿，并学着阿涂蜜施的样子，拉着嘲风的手，大步往前，"走走走，我带你去瞧好看的。"

"好了，别闹啦！"嘲风一甩手，狠狠瞪了她一眼。

"此地断然不像我们原先想的那样。"室内，嘲风压低了声音，紧紧盯着涅子的眼睛，仿佛这就能看出她心里的想法。

"此地的胡人其实是葛逻禄人。"涅子想了想，"我曾经听闻他们处在唐人和突厥之间，常随两边兴衰而叛附不常，但此次承蒙他们收留。"

"大巫师，我知道你没有暴露我们的底细，如此保护我们兄妹俩，此又是一大恩。"嘲风听到收留二字，想起此行的初衷，忙不迭地道谢。

涅子的眼中闪过一道光芒，嘴角露出一丝苦笑："我是想，即便都告诉了那崔代孟，他也不见得会借兵救我部。"她摆了摆手，不想继续这个话题，"复国一事，只能等待时机。眼下这个村子，表面上，这些葛逻禄人都死心塌地地为唐城做着各种下九流的工作。可唐人似乎忽略了一个问题，就是三姓村的人口，短短几十年，已经翻了好几番，那些艳丽又勾人的二八胡姬、年轻力壮的杂工，正川流于硕大的唐城内外。叶护暗地里也一直给唐人几大姓进贡钱帛、上好肉食，塞得这些权贵的荷包满满的，也换来这村落长时间的太平，但这种太平，我总觉得有些古怪。"

嘲风暗忖：确实，那广纳英雄汉的叶护、妖媚的阿涂蜜施、拖着石筐的巨汉颇黎、快刀如闪电的思磨，无一简单，断然不是专干肮脏活儿的村民该有的面貌。

"大巫师万事小心应对。"嘲风点了点头，又想起一事，"只是我们之间如何传递消息？"

涅子掩口一笑，袅袅起身："过两天你自然便知。"

嘲风点了点头，遂带着猫瓦，从三姓村慢腾腾地往回走。他脑子里此时还全是村里那些古怪的胡人和赶也赶不走的各种怪念头，直到进了香囊城，才被一阵喧闹打断了思绪。

• 癫子千金

只见前方一群卫兵正在驱赶围观的百姓，而百姓们正围观着一个奇怪的女子。

嘲风从人群间隙中望去，心底一阵惊喜，暗呼："是阿崔！"他喜形于色，回头指给猫瓦看："那就是我不小心撞倒的女子，是特进的女儿。"

猫瓦瞪大眼睛，不可思议地看着他，半天缓过一口气来："这全城的百姓，你就偏偏这么巧，撞上了这神神道道的千金？"

嘲风没怎么听，注意力都放在阿崔身上，心里满是好奇。还是那身窈窕的袒领间色裙，他想起她那根小龙爪造型的金步摇。

阿崔完全无视自己在何时何地，正心无旁骛地感受着眼前的单层佛阁，她大呼精妙，骤见此斗拱，感叹自己已身在极乐世界。

那佛阁的斗拱确实精致，上面雕着一个靛蓝色的龙头，整体像东方传说中的龙形，又融合了本地肉食龙的细密利齿和大眼眶，两旁的垫拱板雕着镂空的火焰珠，象征着吉祥如意。

但阿崔的眼中，看到的却不是这般景象。她看到的是生长中的树木、正在砍伐、雕琢的木工与工匠，以及移动中的斜置构件、垫拱板，它们以精确的角度契合在一起，使它成为仪典性建筑物的点睛之作。她习惯用纸笔记下她所看过的东西，尤其是结构精妙的宫殿和房子，而后，只要碰到类似的东西，她瞬间就能从脑海中提取出这些图像，并将旧日图像拆散组合，创造出新的事物。

她身旁的侍从都熟知这位尊贵千金的独特秉性，此时都鸦雀无声，任凭阿崔在这佛阁前驻足良久，没人愿意打搅她。

可惜，这份难得的宁静很快就被一群进城的农人打破了，他们对这位容颜秀丽、苗条如柳、腰如约素的官家大千金充满了兴趣，这一大早竟然在大道上见到了平日只在深闺里的女子，叫人如何不想多看几眼？虽说人的相貌，各有所爱，但眼前这位神态有些奇怪的少女，无论到什么地方，无论换作谁人来看，都会说是天生的美人坯子。

阿崔的侍从们可不这么想，当头一位急压着声音嚷嚷着："都赶走！都赶走！"催着护卫的亲兵和武侯执戈驱散人群，场面一下子喧闹起来。市井垂髫稚子也被吸引过来，看到是阿崔，竟围成一圈，又叫又跳，念叨着："女癫子，癫子女，转圈圈，圈圈转……"

侍女急得语无伦次，对着亲兵们指手画脚："赶走那些娃娃儿！"亲兵举着长矛，小心翼翼地横将出去，把小娃娃们支开，嘴里不干不净地骂着。后退的娃娃们惊扰到了嘲风的坐骑，翻羽抬起头来，不悦地嘶叫着。对龙的声音异常敏感的阿崔突然转过身来，直直望进嘲风的眼底，有些炽热，却又教人看不懂。

她认出我了吗？

嘲风心绪微动，不自觉地驱龙走向前去，说来也怪，这胆小敏感的翻羽似乎对阿崔特别有好感，竟避开暄闹的人群，几步就走到了阿崔的身边，嘲风终于能够细细地打量这位千金。

却见这位丽人脸面傅粉白如雪，眉心花钿为金色莲状箭蜓翅，黛眉描成垂珠眉，朱唇一点桃花殷，两侧靥窝画有翠绿小飞龙，脸颊的那条曲线，就算是吴道子再世，也无法用水墨勾勒出如此浑然天成的一笔。下巴颏儿圆润柔和，状如春桃，眼睛犹如池水般玲珑剔透。她不似日常所见的体态丰腴的唐人女子，却似钱塘江畔娇艳月光下的苏小小，似那从无数书生雅士的遐想绮思中飞出来的四大美人儿。

嘲风竟然看呆了，愣愣的，良久才叹道："好美。"

"你看够了没有！"一声炸雷，挟卷着气势汹汹又气急败坏的声音向嘲风砸来。是阿崔旁边领头的侍女，相貌虽说不上国色天香，但也小家碧玉，此时像一只气鼓鼓的愤怒小兽。

"青钿，不得无礼。"侍女身后一稍年长的女子低头微蹲行了个叉手礼，轻启檀口，嘴角勾勒出一抹浅浅的笑，"想必这位便是谭朝请吧？"

嘲风忙还礼，轻声说道："正是，敢问小……娘子是？"唐人多称呼女子为"娘子"，少年女子也有被称呼为"小娘子"的，他称惯了小姐，话一出口，忙着改口。

"什么小娘子！红荬是太医署的医丞，还不快行礼！"这位叫青钿的侍女还是一副盛气凌人的样子。

嘲风赶紧还礼，想起自己的来意，转头对阿崔说道："阿崔，那日有眼不识泰山，多有冒犯，这里先赔罪。"青钿眼中怒火熊熊，银牙咬碎，恨声道："原来就是你这狗奴！差点让我家娘子被那破木架子压坏！"

嘲风满脸尴尬地抱歉，他不知道自己到底该说什么，该做什么，说一句抱歉，自然是不够，也不指望能求得她原谅，只是想听她说说话。

然后嘲风便看见了不可思议的一幕。

阿崔听到他的话之后，疯狂地旋转起来，间色裙在快速的旋转中连成几道分层的色带，碧绿嫩黄交杂在一起，煞是好看，氛围却不对。她似乎进入了一种恍惚的状态，脑袋快要爆炸了，思绪乱到了极致，无数木构件、龙儿等物掺杂其中，似在九天狂舞，又觉得眼前的混乱都是自己的错，要让这一切都恢复如初，一会儿又觉得这龙儿似乎有话要说，她敏捷地伸出手，就要来拽络头。

青钿等人见状，急忙拉住阿崔。红荑低声命令道："癫病又犯了，赶紧带回府邸！我随后便来。"青钿点头，指挥着其他侍女，将阿崔护在中间，上了步舆匆匆而去。

嘲风目睹了这一切，只觉得脑子里"嗡"的一声轻响，他努力稳住自己的情绪，目送着她们离去。

"朝请，谭朝请！"红荑走了过来，唤了唤失神的嘲风。

嘲风也不答话，只愣愣地看着她，仿佛眼前之事，都是编排出来的。

"朝请郎若无事，陪本医丞走走？"

嘲风木然地点头，挥了挥手让猫瓦先回邸店。见嘲风露出征询之色，红荑轻轻摇了摇头，暗示这不是说话之处。两人踱步到敦化坊，那地方僻静得紧，人迹稀少。

"朝请郎，今日所见，你作何想？"红荑止住了脚步，抬头看着这位来自后世的青年。

"阿崔，怕是脑子有古怪？"嘲风话一出口，又觉得不妥。

红荑点了点头，急问："那后世可有妙术？"

嘲风有些不忍，但还是摇了摇头，医丞的失望之情显露无遗。

"阿崔的病是怪得很。"红荑叹了一口气，徐徐道来，"我也是第一次遇到这样的病，原原本本说与你听。"

"阿崔自小便是一个很特别的孩子。可怜其母生产之时逝去，只有侍女和舅母照顾她。她非常聪明，植物发芽、展叶、开花、变色、落叶；候鸟飞来、初鸣、离去、冬眠；物候节气、各色龙儿的种种细节，她都能牢记在心，洞察力出色，却跟同龄人玩不到一块儿。别的小孩很快就嫌弃她的笨拙，阿崔因此越来越离群。"

"随着年岁渐长，会有所好转吗？"嘲风小心接话。

"本以为年龄大了能有些许改善，没料到却日益严重。"红荑叹了口气，"后来变得谁都碰不得她，若是稍生分点的侍女碰到她，有时还会打人，气得特进将其禁锢在府中数年。在她的世界中，我和青钿被她视作最亲的人。除此之外，她不知道如何去理解别人，只坚守着自己的规矩。有时候受了刺激，就疯狂旋转起来使自己冷静。

"她是个很特别、很有天赋的孩子，这两年来她养龙记录下来的文档、画树屋庙宇的草图，堆起来和小山似的。可是她活在自己的世界中，我也不知道如何帮她。"

红荑一叹，她看着阿崔长大，耗尽了心血，驱鬼卜卦，各种草药灵丹，见效甚微。"更糟的是，我怕阿崔这种性子，若是被特进许配给要拉拢之人，只怕……"红荑忽又叹了口气，幽幽道，"活不久矣。"

嘲风嘴唇微颤，愣在一旁。

"今日你跟我说的这些，是府内的秘密。"过了一阵，他开始担心起红荑来，"特进不会怪罪吗？"

红荑微微一笑道："特进也没说过这些话到底能说不能说，只是我也知道，对别人说了不但无一益，且有万害。"

嘲风不由一凛，面上却极镇定，淡然道："事关唐城安危，我便立个誓与你，倘若谭某泄漏只言片语，且叫——"

红荑猛然抬头，插话道："朝请郎，阿崔似乎对你不同，你可知道？你若有知……或许，就不同了。"

嘲风不发一语，只将双手背在身后，掩饰着手心的汗，唇边挂着一抹浅笑，只是想着，这一个人的心中，能住得下多少人？

• 信　使

嘲风对这个问题并没有答案。

但数日后的朝会，令他又多了几分尴尬。

这日的朝会过于喧闹。

"特进，"礼部王侍郎清了清嗓子，扬声道，"西门外的酒楼已经建毕，店主柳家二郎请准许营业，并求赋予该区官酒专卖之权。"话音一落，众臣交头接耳，所谈论的无非是这柳家的手越伸越长，工部侍郎已仕出柳家，这会儿开了一家又一家的酒楼，日进斗金尚不知足，还要求官酒专卖。

这些酒楼不同于高处的树屋或低矮的棚屋，它们拔地而起，高高耸立，层层叠叠，内外营造都极为考究。店家又从三姓村找来胡姬充当酒伎，正可谓"十千方得斗，二八正当垆"，生意好得令人眼红。

"我等在这大殿内，倡议官家节酒、禁酒，兵将更是如此。可殿外呢，这些高耸的酒楼已经有三家，我每路过，常见大车大车的酒浆从三姓村等地运来，宵禁前后，酒楼附近总有十余人睡倒在地。"刑部颜侍郎看不惯这些行径，抱怨着，"这种面是背非之事，叫百姓如何信服官家？"说完他颇有深意地看了御史一眼。

嘲风也知晓这香囊城中，崔、李、王、郑、卢氏五姓是大姓贵族，彼此相互联姻，瓜分各部侍郎、御史等官职，且军权在握，寒门士子出头的机会愈来愈难。颜侍郎仕出寒门，被清流士子视为领袖。

"要怪就怪那三姓村的酒浆着实诱人。"大将军李俊龙笑了笑，淡淡地说道，"百姓日夜劳作，有个消遣宣泄之处，无可非议，况且还带来了可观的赋税，只要我们官家不贪杯误事，也无妨。"他此举摆明是要拉拢王柳二家。

"大将军，兵营酗酒日益常见，恐蔚然成风。"颜侍郎没就着李俊龙给的台阶下，接连发难。

"当值兵士可从不饮酒！颜侍郎可曾目睹一员？如有，随时告知本将军，军规严苛，本将军砍杀给你看！"李俊龙勉强按下胸中的怒火，他向来看不上这个寒门士子。

颜侍郎遭受威吓，脸上青一阵红一阵的。李俊龙瞄了一眼站在末位的嘲风，突然咧开嘴一笑："颜侍郎，你看我们朝请郎，日前在那三姓村，便捡了个美貌的胡姬，夜不归宿，美酒娇妇，不管今生后世，都是人之常情。"

众人闻之一愣，随之哄堂大笑。

嘲风忍着尴尬，心想这消息如何传播得如此之快，真是好事不出门，恶事行千里。众人欢乐之间，也无人理会他的低声辩解：那是别人硬塞的⋯⋯

散了朝会，嘲风匆匆出了龙望殿，省得与同僚纠缠。可他的邸店内，却是火药味十足。

阿涂蜜施坐在寝床上，半掩着帐子，露出俏腿，轻轻地踢着搘床石。猫瓦对邸丞放任这胡姬进入嘲风的房间极为不满，正不动声色地坐在角落的高脚椅子上，紧紧盯着她。

这胡姬一进了邸店，就轻声细语地告诉邸丞，自己是谭朝请买来的胡姬。邸丞不敢怠慢，他们处理这种事儿熟门熟路，几步就将其带入嘲风的房间。进门之后，阿涂蜜施毫不拘谨，一会儿工夫便将房间收拾得井井有条。这动静引来了贪睡的猫瓦，阿涂蜜施立时就记起这个古灵精怪的小女孩从天而降，一下子就扒掉她披着的官服，将她吓得不轻。

"小猫……我问你，"帐子卷起一角，身披纯白帔帛的阿涂蜜施声音软糯，听起来勾人得很。她靠在毯子上，削葱似的指尖轻抚露出来的如瓷肚皮，"什么是猫呢？"

"是一种巨大的兽，一张口就能吃掉巨龙。"猫瓦觉得把自己说得越大越好。

"哈哈哈！"阿涂蜜施乐不可支，"我知道，那是你们唐人过年传说中的年兽！才不是猫。"

什么是年兽？这会儿轮到猫瓦傻了眼，没办法只能强带挑衅之意地回了句："你才是唐人呢！"她蜷起自己结实匀称的双腿，紧缩着一双如猫爪软垫似的雪白小脚，活像一只饭饱后晒太阳的小猫。她偷偷打量着胡姬，不得不承认，这女人姿容曼妙，身上衣物多半都是薄纱细罗制成，轻薄之处，犹如半裸一般，全身洋溢着诱人的气息，却给人一种很洁净的感觉。

怪不得嘲风会对她心迷意乱，男人看到声甜眼媚身材好的，都走不动道，猫瓦暗忖。

"小年兽瓦片儿呀！"阿涂蜜施轻启双唇，"你是不是喜欢我那朝请郎？"

"不要乱给我起名字！我是他妹妹！"猫瓦没好气地回话道。

"你才不是他妹妹，你们的五官根本就不像！你们其实是结拜的兄妹吧？"阿涂蜜施越说越是兴起，"或者你是自小就被送到他家，陪着一块长大，待到二八年华，就可以圆房了！哎呀！你们圆房了没？！"

猫瓦又羞又气，小脸一阵绯红一阵煞白，跳起来就要动手打人，阿涂蜜施矫捷地躲开，尖叫着直讨饶："不玩啦，不说啦！你又来脱人家衣裳！"她趁着猫瓦喘息之间，突然向前倾，一双修长藕臂环抱着猫瓦，冷不防地吻上她的小脸。

好丰润柔软的双唇，细滑得就像是切工极细的新鲜鱼脍。太过亲密的接触把猫瓦吓住了，呆愣愣地怔立不动。阿涂蜜施定定地望着她，笑容狡黠："本姐姐今天教你了，小美人呀，你自己就是最好的武器。"

猫瓦正想开口，忽听身后几声轻咳，原来两人胡闹之时，嘲风已经推门进来，见大小娘子搂搂抱抱，场面好生尴尬。阿涂蜜施却是见惯了场面的人，她松开猫瓦，跳下寝床，踮起脚尖几步来到嘲风的面前，低声细语道："哎，我的朝请郎散朝回来了，快喝口水。"

"你怎么在这儿？"嘲风不自觉地后退一步，朝会上被人嘲弄，一回邸店就见到了罪魁祸首，想起来就有些窝火。

"嘲郎好差的记性，校尉将我送与你，我便是你的人呢。"阿涂蜜施春情满溢，说不出的妩媚讨喜，这会儿又委屈起来，"只是还要养着家里不成器的弟弟们，又不好找你来讨钱，还得去那破酒楼跳舞卖酒。方才偷得清闲，就想来看看我的嘲郎。"阿涂蜜施缠着他就要撒娇，当着猫瓦的面，嘲风显得有些局促，躲闪起来。

阿涂蜜施歪着粉颈，扑哧一声笑道："嘲郎别躲，我不为难你，只是，等我们日子长了，怕你自己还会凑上来呢。"说罢，她又坐回寝床之上，把猫瓦一搂，突然沉下脸色，"朝请郎，是大巫师让我来认路的，香囊城与三姓村并不算近，日后若有事儿，便可到城外的四无量酒楼找我。"

嘲风这才反应过来，忍不住拍案叫绝，这美貌女子有无数个，但能将男女之情演得如此生动自然的，可就凤毛麟角了。

• 造心仪

邸店里静悄悄的，只剩下鸣虫倔强的叫声。

嘲风坐在窗边，拨了拨窗牖上攀附而来的葫芦藤，这种来自后世的寻常植物在此地却是十分罕见。邸丞奉命专门从龙望殿的后头移植了数株过来，沿着篱笆种了一溜葫芦藤，青藤翠叶间，时而垂着几个油绿发亮的小葫芦，两个圆球上小下大，造型天然成趣。他想起移植的前几天，这些小葫芦耷拉着，垂头丧气的，一阵细雨过后，终于重新充满活力，给邸店增添了勃勃生机，也让看腻了松蕨的嘲风十分欣喜。若是一直在此住下去，再少些喧闹，倒也是仙家一派。

"哥哥对那个阿崔可是着迷得很。"猫瓦对阿涂蜜施念叨着，"也不知道为什么。"

其实你是知道的。阿涂蜜施暗忖，心里一乐。要不为什么人们都说，少女情怀总是诗呢。"其实很简单嘛，阿崔是美娇娘，身材又好，性格琢磨不定，神秘得很，这才让我们嘲郎充满了好奇和干劲儿。"她粲然一笑。

嘲风倒也配合，装作幽怨地看了她一眼，也不吭声。

男人就是这样，不容易得到的、有距离感的才是最好的。阿涂蜜施混迹舞场与风月场，对世俗之情事把握精准。想到这儿，她暗暗啐自己一口，阿涂蜜施啊阿涂蜜施，也是你自己贱兮兮的，若在四无量酒楼，想见自己这种头红，上到军尉侍郎，下到凡夫俗子，那都得捧出真金白银，时不时还要争个最高价者，才能与之同席。都怨那个不争气的弟弟飙，非要跟着唐人玩儿打仗，自己便跌价至此。所幸，这个朝请郎还不是个腌臜货色。

阿涂蜜施抿嘴回眸，笑得不怀好意，挠挠猫瓦，又鬼扯起来："我们小年兽瓦片儿，再有些时日，褱衣就装不下了，挤得慌是不是？"不出所料，见她说得粗鄙，猫瓦又被激得哇哇叫，活像只被毛球逗得气急败坏的小猫。这让嘲风佩服得紧，心想还真是一物降一物，这神秘兮兮的猫瓦落到了胡姬的手中，是一点儿法子也没有。

"阿崔的本事，郎呀，你可能还不知晓，"一会儿回神，阿涂蜜施突然正经起来，"我曾听过这么一个事儿……"

每到时节大祭：祭天，祭地，祭鬼神，三姓村都要宰不少龙送到香囊城。小点的龙儿还好办，巨龙可是非常麻烦，万一失手，狂怒的巨龙挣扎起来，那可是横冲直撞、摧枯拉朽，多年前出了一事便是有一只被砍了半边脖子的黄河龙疼得暴起，接连挑了四五个屋子，所幸大将军在附近操练，举起长枪，以洪荒之势，硬生生正中龙心，那巨龙瞬间毙命，这才救了许多人。可后来宰龙却出奇平和，以至于大家都慢慢忘记了曾经的凶险。这期间发生了什么事儿？

在屠宰之前，崔特进令人运来一个小木屋子。说是屋子，其实就是一个没有底的木箱，贴满了看不懂的神符，底部开了龙颈形状的孔洞。趁巨龙站立酣睡之时，将小木屋盖住龙头与前段脖子，箱内挂着几个烧着木炭的铜炉，底部再挂上厚帘封闭孔洞，片刻后，那巨龙便中了无色无味的碳毒，面带绯红而逝。这个办法屡试不爽，几乎断绝了巨龙受伤闹事的后患。

"可三姓村的人都知道，这其实是阿崔的主意，她在住所里一度养了好几窝遭人弃养的、残疾的鹦鹉龙，它们的吃喝拉撒，都记录在册，其细心程度令人咋舌。"阿涂蜜施吐了吐红润小舌，"比我们村专门养鹦鹉龙的那几户人家还要仔细，只可惜未能去请教，所以呀，这阿崔根本就不是癫。"

没错，这根本就不是癫，何曾见过癫人能懂得营造斗拱、精通龙儿脾性的？嘲风满面的不可置信，思索着："你们胡人中，可曾见过这类癫人？"

"前所未闻。"阿涂蜜施摇摇头，眯起美眸，喃喃低语。心想这倒不是多稀奇，只是如若不是贵为千金，只怕早就被丢弃街头生死未卜了。"我只是觉得奇怪，她在摆弄那些木头、龙儿的时候，明明就与寻常人无异，只是见了生人才如此，所以她家只能拿这些物什哄着她，只求不出事。"

"那日在大道上见了那千金，突然就旋转起来，还想拽住哥的龙儿。"猫瓦绘声绘色地说着那天的见闻。

嘲风心思飞转，苦苦思索着应对之法。他仔细回忆起与阿崔仅有的两次相逢，在危急关头，他只觉得眼前女子临危不乱，还舍身为人，令他感动不已。而前日一见，却有点癫。难道是环境使然？在那狭小之处，或是危境之间反而能保持本色？后者似乎哪里不妥，嘲风自顾自摇了摇头，第二次相会，市井也混乱得很，她就疯狂旋转起来。

"说起这种快速的旋转，我们自小就被师父逼着练，最初能转个十余圈，练多了之后，数十上百圈都不难。"阿涂蜜施对小时练功的辛苦仍心有余悸，"但旋转之间，晕乎乎的，有时候会有一种被阿妈或是阿姐抱着的感觉，也很安心。"

这句话嘲风听了进去，抱着的感觉……

难道是这个原因！嘲风灵光一闪，突然有了主意。虽然把握不大，但试试看总是比没有强些。

嘲风抽出纸张，用毛笔勾勒半天，也画不出个所以然来，自己看着都好笑。索性在次日一早径直去了军器监，请出监丞，解释半天，好话说尽，后者捣鼓了两三日，做出来一个人见人皱眉的怪东西。这东西就像一个没有盖子的大衣橱平躺在地，其五面都铺着厚厚的软毛垫子。

可怜这邸丞奉嘲风之命给特进府送去，才送到崔特进的官邸就被家仆打了出来。"光天化日送棺材，你这是找死！"嘲风暗道一声不好，亲自来到特进官邸求见。

"特进，谭朝请已到了门口，正要求见。"侍从急急忙忙地跑进后厅禀告。

"带着那个不祥之物？"崔代孟停止转动手中的玛瑙玉球，双目炯炯地望着侍从。

"正是，黄澄澄的木板中间是厚实的毛垫。"这侍从当了十余年的差，观察事物也仔细。

"你去传我的话，关闭大门小门，今日任何客都不见！"崔代孟斩钉截铁地下令。随着年事增长，他越加虔信修心炼丹之道，想起这棺材样的物品，不禁浓眉紧锁。

"是！"侍从领命而去，不一会儿又小跑着回来禀报。

"朝请郎不肯离去，说这木橱是给阿崔治疗癫病的妙物。"

"他是这么说的？"崔代孟拉长声调问道。

"原话如此。"侍从回答得利落。

崔代孟沉吟片刻，果断说道："打开右边的侧门迎进来！"

"崔特进！天大的误会！"嘲风刚跨过右侧门槛，看见崔代孟便急着抱歉，接着满面春风，大步迈进内堂。

"朝请，那个古怪之物，看起来不祥得很，如何是疗病之妙物？"崔代孟将信将疑，关切地问道。他对女儿之事心焦已久，苦于无解，听到这后世之人有妙计，不禁有了新的希望。

"特进，请听我仔细道来，请问，心一字，如何写得？"不等崔代孟回答，嘲风便接着往下说去，"在金文之中，心字可不是如今的写法，而是如此这般，被左右对称的躯体所包裹，中间一点方为心。"

崔代孟点了点头，一时不解。

嘲风莞尔一笑："《灵枢》天年篇有曰，血气已和，营卫已通，五脏已成，神气舍心，魂魄毕具，乃成为人。而后世宋人王安道又曰，凡病之起，多由于郁。郁者，滞而不通之义。请问特进，阿崔是否幼时无母亲照顾？"

"正是。"崔代孟见嘲风谈吐高深，已信了几分。

"百病自郁而发，自心而发，阿崔的癫，并非药汤能治，想必特进试了多年也未有见效。"

"正是如此。"崔代孟连连点头，忙问，"这后世可有妙法？"

"确实。"嘲风认真地看着崔代孟，仿佛自己带来的物件、说的病症，是后世再寻常不过之事，而不是自己的奇思妙想，"这个器物，叫心仪，只要阿崔什么时候觉得烦躁，或癫病要犯，只消躺在其中便可。"

"是抑制之物？其中可有机关？"崔代孟招招手，叫人又将那大橱子抬了进来，在一旁仔细端详、琢磨着。

"并无，只是软绵绵地将人环抱起来，就好似金文的心字一样。"嘲风解释道。

"难道就没有根除之法吗？"崔代孟忧郁地问道。

"需要时日。"嘲风严肃地说道，"阿崔之大郁，结而不解，积压日久，此非一日之寒，解之亦然。"

崔代孟点头称是，觉得在理，心中更添几分对阿崔的歉疚。

"特进。"嘲风轻轻地叫了一声，崔代孟回过神来正要聆听，嘲风自知已经无法再编下去了，索性起身拱手道，"特进，试一试也无妨，倘若有效，也不枉属下的心意，此番先告退。"

• 相龙经

从崔特进的官邸出来，嘲风跃上龙背，两腿一夹，慢悠悠地正要出城，耳边突然传来熟悉的声音："公……公子郎，朝请郎，巧遇巧遇。"

嘲风一回头，果然是阿拔这厮，大着舌头觍着脸笑着问好。他一身皮毛匠打扮，腰间挂着他的宝贝，一个白玉雕出的小狂龙爪儿，还在东晃西晃。

这厮这么热情，八成又是来借钱的。嘲风想着，强笑道："又赌输了？"

"公子郎这叫什么话，"阿拔佯怒，"是大巫师吩咐我出来买雄黄粉驱蚊虫。我本想多买些，便在龙市赌盘斗龙，可手气差得吓人，几串钱转眼间到了别人手里。要是买不回去这雄黄粉，就该……"阿拔头皮发麻，不敢想象自己的下场。

"该！该被大巫师吊着打，也就长了记性。"嘲风笑着，一副轻松看戏的神情，把阿拔气得要死，正要转身离去，岂料嘲风也将翻羽掉过头来，"走，领我到龙市转转，咱们也赌一把。"阿拔愣了一下，精神一振，暗道，嘿，这才是少年郎。

香囊城的集市每隔五日一回，热闹非凡，附近村落的各种大小玩意儿琳琅满目，吃穿住行样样全，小贩叫卖声声高，热锅升起层层雾，街边蒸饼暖人怀。集市叫卖着三姓村的肉夹饼、鱼御殿的软皮龙蛋、巨野泽的鲜鱼，陇上刚出生的小鹦鹉龙、斗志昂扬的狂龙……生活的气息扑面而来。嘲风兴致勃勃地看了许久，才从丹药摊上出来，阿拔便牵着翻羽往龙市而去。

龙市就在西市边上，这里有的是各种稀有的龙儿，或是毛色特殊，或是训练有素，或是品种名贵。随着唐城的繁荣，骑龙风尚慢慢兴起，城中大姓贵族都以养龙为乐，也使得龙市的规模日益扩大。

"落羽城娇龙嗨——三色娇龙发色正，驯得好好的，少年郎摆在肩头半天不挪！"

"硕牙龙，正当年，骑行犁田两不误！"

"纯白的北山龙嘿，龙行千里，千里山路一日达，这几年就仅这一见嘿！"

走在龙市中，四周都是此起彼伏的叫卖声，龙商、龙贩子、牙人都不断伸手招揽客人。识龙有相龙经，阿拔再熟悉不过，他目光不断停留在龙儿的脑袋、前后腿和尾巴上，这些部位的细节能让你立马判断出这个龙儿的好坏以及价位。

阿拔刚刚拴好翻羽，一脸富贵相的嘲风已经被龙贩子拉上木梯，来到大树腰处的露台。这露台踩着有些松软，嘲风不自觉后退了一步。

龙贩子心里一阵好笑，忙道："公子莫怕，这老龙听话得紧，从不乱动。"又唤人取来山泉水，殷勤招呼他道，"它那些儿孙跑起路来又稳又快，公子您可有意否？"

"这是龙？！"嘲风这才发觉，脚下的哪是一棵大树，实则是一条魁梧的巨龙，自己的半截身体只有巨龙的脚趾甲那么高。所幸，这条巨龙着实上了岁数，把脑袋靠在一根大枝丫上，轻轻地喘着气。

习惯了在龙背上行走后，嘲风发现这露台是个好地方，整个龙市一览无遗。

他从来没看过这么多种类的龙集中在一起，兴奋得不能自己。

龙贩子见状更加神采飞扬，可劲儿地推销那巨龙边上的小巨龙："郎君，看您那坐骑，跑起来必是快如闪电，可您想想，要是您带着姑娘出游，还是这种四条腿儿的实在、舒畅。"

理儿倒是没错，嘲风顺着他的指尖一看，当真是好龙儿。那十余只比小马驹大一些的龙儿看上去棒极了！野性已经消去大半，恬静中带有不羁。

"那些小龙儿，几串钱一只？"嘲风随口一问。

龙贩子心里乐开了花，这到了询价阶段了，今天可不能放过他，忙张口应道："不贵！不贵！只消九百……"

"朝请郎，这龙要不成！"阿拔半天寻不到嘲风，才意识到原来他跑自个儿头顶上了，他在身后观察了一阵，明白这公子哥是个纸上谈兵的货。

"这种巨龙，出生的时候只比咱头围长些，除去细长的尾巴与脖子，躯体并没多大。但到了第一年末，幼龙的长度就增长三倍；第三年便可达三丈，到了第十年便成了九丈长的巨物。"阿拔如数家珍，"而且这东西，它不停嘴，除了睡觉，都在吃，从地钱、石松、苔藓、菌子到大小蕨，几乎无所不包。"

嘲风看着他一副任凭谁都养不起的神情，不觉好笑："那底下那些龙儿，也就是一两岁的时候骑得一年，之后便大得骑不成了？"

"正是如此！"阿拔点点头。

龙贩子见有人搅局，本已恼怒，再一听是行家开口，顿时汗流浃背，眸光渐冷，不敢造次了。

阿拔喝退了龙贩子，拽着嘲风闲逛，说得亢奋起来，一路口沫横飞。

在龙市的一个拐弯处，阿拔一眼便瞥见了五只呼呼喘着气的猛龙，显然是刚刚赶进龙圈。只是这儿的位置不好，直来直往的客商不一定会转进来看到这家摊子。

"当真好猛龙！"阿拔忍不住赞叹一声，一眼就喜欢上了这些龙儿。

商家惊讶地抬起了头，见是胡人，又耷拉下脑袋："这位胡郎有所不知啊，这唐人很少见猛龙，觉得猛龙是养不熟的硬货，这趟买卖我想是要亏本了。"

"这龙还是威武得紧，过瘾！"嘲风赞道，"只是您这地儿不讨好。"

"这几个月中了龙瘟，死了半数，本钱都快没了，"商家哭丧着脸，"哪还能租得好地段？正如唐人说的，酒好也怕巷子深。"阿拔听了也陪着叹气。

因为养着泼皮，嘲风对猛龙要熟悉得多，看到猛龙们饥肠辘辘，他灵机一动，从不远处卖小兽的地摊上抱起一只肥得发腻的爬兽，举到猛龙的面前，引得猛龙们一阵亢奋，垂涎三尺，发出了尖锐的嘶叫声。

叫声果然引来了众人围观，但不出商户所料，众人一看是猛龙，顿时没什么兴致。

"这猛龙多少钱一只呢？"人群中有人问。

"五百钱！"

"这么贵！""太贵了！人家那钩爪龙可是七百钱一对！"众人咋舌。

商户也不接话，抬头看了眼阿拔和嘲风，眼神里写着，瞧我说得没错吧。

阿拔颇不服气，扬声道："各位，这密林里凶猛极了的猛龙，极难抓到活的，这几只品相极佳，价格委实不贵！"

"猛龙、钩爪龙看着差不太多，这几只怎么就好了？"人群中有不服气者反驳道。

"这肉食龙儿的膘肥体壮倒在其次，主要是看骨相！"阿拔侃侃而谈，"这头讲究'深'，也就是方而重，肉不能多；头顶这寿骨得大，如布裹圆石，这是聪慧之本；嗣骨要阔且长，额头方且平；龙眼睛得高且圆、满且大、有光泽。目大则心大，心大则不易惊；龙耳小，耳洞要净且刚，耳小则肝小，肝小则识人意；龙鼻要广大而方，鼻大则肺大，则能奔；龙吻部要长，口气可烈但不腐臭，上下牙相互契合，深而密，严丝合缝，则能食。"

越往后，众人越声若蚊蝇，除了细品相龙经，只余微风轻拂。

也不知过了多久，人群中一人突然放声大笑："啖狗肠獠子，今天算是开了眼了，这才叫相龙，过瘾，真过瘾！"他言语粗鄙，众人却觉得贴切，仿佛正该如此。

说话的那人从人群中挤出，体格壮实，额头上缠着褚红条带，赞赏地看着阿拔，又对着商户粗声道："龙奴，这些猛龙，我都要了！"言毕从宽腰长袍里掏出一根金钗，丢给商户，哈哈一笑，"你和这个獠子分了去吧！"

"等等——"这买家话音刚落，一个白净面皮、丹凤眼、鼻梁挺直的白绸郎君从北边走来，"这龙儿，不赖，驱着打猎好。本事郎奉令办货，你个龙奴，将龙儿送到王侍郎官邸。"接着挥了挥手，后面来人将半丈白绫放到商户的怀里，权当买龙儿的价钱。

"啖狗屎的！你干什么！"那人憋不住草莽习性，破口大骂，一连串污言秽语扑面而来，直吓得身后几个侍从模样的人将其拖住，往后拽着胳膊，把他从人群中拖出来。

这五只猛龙，耗费了猎户诸多心血，价值好几金，金钗得不到，还要被半丈白绫换走，旁人都是敢怒不敢言。商户此时捶胸顿足，万般不舍，却也无可奈何。

阿拔呢？自从见了那粗鄙大汉之后再未吐一言，杵在一旁发愣，回过神之后，他脸色煞白，回头就往南边跑去。嘲风叫也叫不住，只道他是受了惊吓。但转念一想，这擅长喝酒斗龙的突厥地棍狱卒，能被此等粗言恶语吓住？

断然不能。

嘲风翻身上龙，追上了一路快跑的阿拔，好不容易将其唤住。

"噶……噶乌玛！"阿拔跑得上气不接下气，勉力开口。

"什么歌舞？"嘲风皱眉道。

阿拔摆了摆手，惊恐所致，身子不住轻颤："那粗俗之人是番狗，噶乌玛！"

什么！那粗俗之人竟然是吐蕃的将领，屠杀阿拔部落的刻骨仇人，噶乌玛！

"如果是寻常番狗，也就罢了。"阿拔愣愣道，"那噶乌玛是墀都的前锋，墀都是恶鬼一类的人物，其祖上原为赞普的家奴，因作战极为疾速、极为勇猛、极为残忍而闻名。据说他们数百人打起仗来，个个都是穷凶极恶的野兽，从来不留俘虏，只知以杀人施虐为乐。每次冲杀之前总要痛饮一碗人血，高兴起来甚至生吃人肉。"

阿拔猛然抬头，盯着嘲风，嘲风只觉那双仇恨的目光如利刃一般。"祸害突厥各部的，就是墀都这支称为雍㺜的部队，其残暴，与传说中的有过之而无不及！"

雍㺜的噶乌玛为何会混进唐城之中？

嘲风没想通，难道是要攻打唐城？这似乎不大容易。

当下，阿拔只想把这个消息尽快传达给大巫师。

• 异香四无量

香囊城西门外，四无量酒楼。

酒楼规模极大，底层建筑罕见地拔地而起，又分为数层次第往上，最顶层是风光最为秀丽的大殿。楼外门前，一面硕大的酒旗在风中猎猎作响，天色渐晚，路面冷清，楼内却是一片暖烟轻云，热闹非凡。来自城内外的各色人等抱着各种目的，或暂时解脱世俗的烦恼，或一洗漫漫旅途的风尘，在此一掷千金，逍遥享乐。

酒楼的通道间，唐人喷着满嘴酒气，拥着袒胸露怀的胡姬们踉跄而行，厢房内，胡姬的尖叫声和娇呼声不绝于耳。经营着酒楼的店主此时笑得合不拢嘴，大把大把的铜钱、大捆大捆的绸帛、龙儿或其他值钱的玩意儿，都能在这儿换成美酒和胡姬，与尔同销万古愁。

大殿内，嘲风正带着被发配到巨野泽的史高体验重回人间的滋味。他此刻看似正在享受着无比惬意的时光，实际上却心不在焉，他对吐蕃人混入唐城之事十分困惑，更不知涅子等人将如何应对。

殊不知，此时的三姓村，已经经历了一场攸关日后命运的抉择。而遥远的关外之地，已是血雨腥风。吐蕃雍褻军在屠掠沙依坦克尔西部落之后，与皇子聂赛一部会合，千里奔袭骨笃城的军镇——安北镇，逼迫突厥俘虏和奴隶夜袭唐军南北大营，或纵火或搏杀。清醒过来的唐军很快收拾了这些流寇，就在这当口，吐蕃精锐突然出击，把松懈下来的唐军打得措手不及，安北镇就此易手。聂赛乘胜追击，把骨笃城围得水泄不通，试图一举破城。

为了阻断唐人各部的援军，吐蕃令墀都率雍褻一部亲自下到三姓村，紧紧地盯着香囊城的动向。墀都很快就被香囊城的精妙富庶和美女少奴吸引，他渴望着一场更大的、更血腥的冒险。

所有这一切，香囊城上上下下还浑然不觉，唯一引起特进担忧的是，派去沙依坦克尔西的斥候，一直没有回音。

嘲风身旁的史高，此时已沉溺在温柔乡中不能自拔。

"兄弟啊，兄弟。"史高咧嘴大叫着，白晃晃的牙衬着古铜色的肌肤，他推开怀里的酒姬，硬拉嘲风过来，"我欠你巨大的一次啊！啊，不！两次！希望我以后也能救回你两次！但你这第二次救我，简直是天才！"

嘲风眼看他的胡楂儿已经快刺到自己的耳朵，赶紧摆脱他的熊抱，心里倒也得意扬扬。扮成巡影师的计策出奇顺利，就是猫瓦当真下毒让他有些吃惊。只不过他觉得在这唐人的酒楼间说自己如何劫狱并不太合适，强忍着劲头儿不去显摆，扭头问史高："这巨野泽倒是没去过，是什么地界？"

"巨野泽，"史高这段时间困在城中，简直闷出个鸟来，只要能出城，哪儿都是好地界。"是在香囊城的上游，水源地吧。"他抓了抓依然乱糟糟的头发接着说，"将我分给下府折冲都尉，牛武义，道是学习军务。"嘲风也参透不了这个安排的用意，只是叮嘱他多加小心。

史高显然毫不在意这些事儿，他现在心焦的是为何舞娘还不出来。嘲风打了个哈哈，唤来博士，递去一铜瓶儿。博士打量片刻，将信将疑，拔盖一闻，脸色骤变:"落羽城的狸尾香？"嘲风拍了拍博士的肩膀:"不错,还是咱们博士见多识广,你把这瓶儿给胡姬,让她快快出来吧！"

这礼物可比金子还贵,落羽城的狸尾兽,皮毛十分名贵,因其从水中出来后,皮毛滴水不沾,狸尾兽每到发情时便会分泌出一种叫作狸尾香的分泌物,只需一丁点儿,便异香弥漫,沁人心脾,是当前世上四大动物香料之一。

给歌姬赠伴手礼是千年不变的真理。

不消片刻,"呼啦"一声,布帘子掀开了,一股撩人心魂的香气使在场所有人不由自主地大吸了一口气,一盏盏红灯笼被舞伎依次提出来,那光线相当柔和,恰似将楼外的夕照晚霞挪移进来,温暖着人的脸颊。灯光倾泻在众人的跟前,一位轻盈的蒙面佳人不知何时现身在红霞之间。

曲乐悠扬之际,她身着长袖舞衣,踏着乐师的鼓点与笛声,充满弹性的修长玉腿时而回旋偃卧,时而蹬腿飞天,手臂时而振袖抛拂,时而举袂翘袖,纤细腰身不住地飞转,满堂只剩连绵不绝的身影,尽显摇曳多姿和顿挫之美。随着鼓点变得越来越急,佳人跪立弯腰,"咻"的一声拔出长剑,起舞时剑势如雷霆万钧,剑光璀璨夺目,犹如后羿射日,舞姿矫健敏捷,恰似扬帆驰马。

令人屏息的曼妙舞姿,持续刺激着嘲风和史高的瞳孔,炫目得令人无法直视。待曲终韵收,佳人盈盈下拜,缓缓下落的裙幅铺满地面,摊成一个五彩的圆,继而捂胸告别,飘然离去。正如一只绝美的孔雀,收了五彩屏,登高飞去。

四周仍然一片寂然,众人都忘却了叫好与击掌。许久后,史高轻声念叨着:"此舞只应天堂有。"若叫他此时随着这位佳人同赴水火,他也定会生死相随。嘲风早已认出面纱下的佳人便是阿涂蜜施,只是觉得,今日她那温润的蓝色眼眸中,似乎交织着难言的秘密。

• 杀声啸林

　　一曲柘枝舞，阿涂蜜施俘获了史高的心。

　　当阿涂蜜施换了常服，出来陪嘲风时，嘲风半开玩笑地说了句："这胡姬可是唐人军爷送我的。"史高嚷嚷着："笑话说得如此一本正经，一点儿也不好笑！"然后便借着酒劲儿撒起泼来。

　　闹腾多时，诸人竟又饿了，也不知道哪个酒姬或博士提起，可以去十里亭用点心继续祭五脏庙。这十里亭恰好位于三姓村和香囊城之间，其热洛河和无心炙尤其有名，前者是用小龙血煎小龙肠制成，后者是前任特进发现的美食，某次他行猎至此，用了此处山民熏制的龙里脊，大为惊艳，遂带回城去加以改良推广。由于是在无意中寻访到的美食，所以命名为无心炙。

　　嘲风听得兴致勃勃，不顾时候已晚，带着阿涂蜜施和史高骑龙便走。谁知还没走出几里地，史高便遏制不住内心的厌烦，开始骂骂咧咧起来："你说我招谁惹谁了？哪怕我上个茅厕，都有人跟着！"原来自从史高在小邸店住下后，只要他一出门，身后就必定跟着两个尾巴，不用说，他们肯定是官府派来的武侯。

　　"洋人先生，他们为什么跟着你呢？"阿涂蜜施乐于这样称呼史高，听起来像一种特别奇怪的人种，此时她装着糊涂，似乎只有史高才能享受这种特殊的待遇。

"我的上帝啊，我多么希望有人告诉我！"史高有点气急败坏。突然，他借着酒力，心念一动，低声说道："我且来玩玩他们，再问个究竟。"

还未等嘲风阻拦，他拽住龙缰一扯，不由分说从大道突然钻入林地，双腿一夹，策龙奔跑起来。果不出所料，两个尾巴也寸步不离地跟着。到了林地深处，史高先是往前急促跑了一段，再突然转过身，迎着那两人直奔过去。

这两个盯梢的武侯一时间都有些手足无措，不知是该继续往前走，还是该躲避。就在这一愣的空当，史高如闪电般猛扑上去，其中一人被擒住，史高用力揪住他的衣襟，厉声道："你们到底为何老跟着我？！"

武侯冷冷一笑，道："居心不良的红毛奴，总算露出马脚了。"话音刚落，另一个人吹响了哨子，一个个人影以迅雷不及掩耳之势从不远处的树后掠出，为首的头戴软幞头，佩龙角簪，穿着灰色圆领开衩衣，脚踏龙皮六缝靴，横刀腰间挎，余下的也是同样打扮，个个紧握着刀柄，神情冷峻，向史高围拢过来。

"不好，着了他们的道了。"嘲风此时刚赶到，见史高正要抵抗，赶紧喝止了他这种鲁莽的行动。灰衣人干净利落地绑了史高的手脚，推着就走。

此时一阵阴风袭来，林间羽龙扑簌簌地拍翅掠下树梢，不仅武侯，连嘲风都感应到了杀气，心头顿时有一种强烈的不安，不远处的林莽中，数列人影拖刀而来，直到逼近了外围戒备的武侯，也丝毫没有减速的打算。

但听其中一武侯惊呼："小心……"话没说完，陡见一道白光，"唰"的一声利落劲响，一名站着的武侯忽然没了脑袋，颈项里喷出冲天的鲜血，头颅顺着白光一弹一跳，骨碌骨碌滚到了一边去，灰衣之上顿时空空如也！

让众人目瞪口呆的并非这暴戾的砍杀，而是来人的衣服，盘领窄袍、龙纹幞头和一色的红罗帕，明明是我大唐兵士啊！

这可真是大水冲了龙王庙了！

阵脚稍乱的武侯一边拔刀格挡，一边大呼："武侯铺拿人！自家兄弟啊！"来人只是露出一丝嗤笑，也不答话，趁这个空当，极有默契地向两翼奔去。

嘲风脸色一变，酒又醒了几分，对着武侯一声虎吼："他们要合围我等！"武侯们刚反应过来，又被砍伤两人，众人合聚起来，且战且退。

众人被兵士一路追杀，好在这林中尚密，兵器难以大砍大劈，可这林深蕨密，在其中难以舍命狂奔，不一会儿身上就被割得血痕累累，好不容易逃回大道上，嘲风点了点人数，武侯只剩七人。他们正欲往城内逃去，可那些红罗帕竟毫不放松，很快又追出来，堵住通道试图将众人全歼。无奈之下，众人掉头往三姓村奔去。

只是没跑多远，又与红罗帕短兵相接。红罗帕这次是铆足了劲儿，且重新调整了攻击队形，他们依旧没有说一句话，只隐约听到他们喉咙深处发出的呜呜声。嘲风皱紧了眉头，打了一个冷战，浑身起鸡皮疙瘩。

这些红罗帕到底是什么人？嘲风等人此时已经无暇细究。他们就像野兽一般，红着眼，急欲置武侯和史高于死地，他们不断地挥动刀斧，几乎没有呐喊，只有厚重的喘息声和哽在喉头的浑浊嘶吼。

武侯们自觉地将嘲风和阿涂蜜施护在中间，史高和原本拿他的武侯并肩作战，舍命为众人拖延时间。面对挥刀砍来的红罗帕，史高稳稳站住，用一根方才劈下的长棍将突入三尺内的人一一扫出，每次用力一挥，总有一两人倒地，后面的人被前边的同伴撞得踉跄，不再鲁莽地冲撞上来。他背后欺来的刀手，则由武侯抵抗，保得史高后背无碍。

嘲风心里后悔不堪，早知今日让人宰割，当初就应该多少学点拳脚功夫。他紧紧抓着阿涂蜜施的手，生怕丽人有闪失，看着红罗帕那些喷火的淫邪目光，丽人如落敌手，下场恐难以想象。

　　不料此时，护着阿涂蜜施的武侯突然跪地，嘲风眼睁睁地看见他咽喉中刀，哼都没哼一声便已气绝。武侯还来不及填补这个空位，红罗帕中抢出一人，一声呼喝，举起短斧便朝着阿涂蜜施劈下，阿涂蜜施吓得花容失色，叫声凄切，史高看她有难，撇下身后的武侯，急冲向前，挺着长棍，直捅那人的腰腹。那红罗帕的功夫底子尚好，作势一闪，反手抬起手里的短斧，一把撩开史高的长棍，另一只手从腰间拔出一把小刀，还往阿涂蜜施的身上插去。

　　史高料不到敌人如此敏捷，哇哇大叫着，凭着小臂的龙皮护套，空手挡住了小刀，锋利的刀刃顺势一划，从他的胳膊到胸部上划出了一道长长的伤口。阿涂蜜施被吓呆了，愣愣地出神。赶来解围的武侯趁这个当儿，抽出横刀直直地刺进红罗帕的胸口，解决了一个。

　　此时一更刚过，路上陡起夜风。风越来越大，气氛肃杀，霎时间，无数干枯枝叶被吹起，混着尘埃吹得人睁不开眼睛。嘲风一行人趁机又向前逃去。说来也怪，红罗帕此时追得不如此前吃紧，只是在众人身后半里处不紧不慢地尾随，你快他也快，你慢他也慢，黏劲儿十足。

　　众人顺风奔跑，不知过了多久终于累极，到了一处长长的陡坡前，连迈腿的气力都没有了。嘲风突然明白了敌人的想法："怕是要等我们累得不行，再围起来消灭吧？"他身旁的史高，胸口的鲜血顺着袍衣汩汩而下，一滴滴落在脚下的蕨草上。阿涂蜜施看着心疼不已，泪珠滚落面庞，撕下裙角为他擦拭。

　　"谁！"

　　史高面色一沉，失声大喝，正要抄起兵器，只见一人从坡上跃下，快速掠过自己，长身飞起，如白头鹰般扑向红罗帕！

• 召千龙

众人双目圆睁，今日的变数太多，来人也不知道是敌是友。

只是这一瞬，那人已经掠过数人，每掠过一人，便传来一声闷号，他已经闪电般杀了五个人！足足五人！这些与精锐武侯缠斗了多时的武士！嘲风等人看得毛骨悚然，一个被砍掉胳膊的红罗帕此时发出了凄厉的惨叫。

嘲风听得浑身一颤，小腿一软，身后有人轻轻托住了他，只是这身躯出奇柔软、富有弹性，又听见阿涂蜜施惊喜地叫着："姐姐！大巫师！你来救我们了……"

竟是涅子托着了他。这……到底是怎么回事？是阿拔，他一路盯梢，发现不对之后，骑着嘲风的龙儿，风驰电掣赶回三姓村搬救兵。涅子差人报告叶护，又急点了平日警戒的卫士，由思磨带着匆匆赶来。

思磨一出手便解了围，仆骨等人也掩杀了上去。红罗帕渐渐往后退去，他们原本极有利的形势此时急转直下。看着有人接应，嘲风不由自主地松了口气，多少感到心安。

涅子并未察觉到嘲风的心思，她环顾四周，只见急坡之两侧不见粗木，尽是一人高的桫椤，忽然想起这地方像极了部落伏杀大龙的地方，心念一动，蹙眉道："此地不宜久留，是绝地，煞气极大，倘若敌人设伏，就万劫不……"

阿涂蜜施正要宽慰她，只见涅子脸色大变，双耳微动，秀眉一挑，倏忽间转过无数念头，而后几乎是用尽丹田之气，厉声喝道："趴下！"几乎同时，她往前抢出一步，用力拽出腰间串的所有菅草龙，瞬间抛撒上天，望天急促念出咒语，"啼阿嗒，呱咯鳞！"

"唔哈"一响，丛林中响起了惊雷，似乎有无数生灵在熟睡中被梦魇激怒，一阵阵扑翼声、奔跑声、嘶叫声传来，一团团针叶蕨草四散飞溅，更有巨龙挟着惊天之威和半梦半醒的狂奔之力，震得地面乱晃。

森林边缘，埋伏多时的大队红罗帕早已绷紧羽箭，弓弦在他们的脸颊边咯吱作响，只待鸣镝发射便要松手，将这百余支箭全部射往绝地中的众人身上。如此完美的伏击位置，点杀这些敌人就连刚学会控弦的孩儿都能做到，更别说这些以一当十的精锐。

这时候，身后林间突然大乱，大小龙儿狂奔而出，压阵的红罗帕拔刀砍倒了几只后，马上就意识到这是徒劳的，斩风劈草而来的草食龙、肉食龙形成一股洪流，瞬间将人推倒，也将前面行走较慢的龙儿推倒，各种嘶叫声、惨叫声不绝于耳，鲜血在蕨草间汩汩如潮，堪称炼狱。后排的人被这个场景吓呆了，呆滞了片刻后，如同炸开了锅一般，溃散而去。

慌乱之间，领头的红罗帕瞄准最前面的那个姑娘射出了鸣镝，手还没松开弓弦，就被一只狂乱的猛龙钩着头颅，硬生生扭断了脖子，整个脸面陷入泥中。

一阵咻咻咻的锐利劲响声后，数十上百支羽箭从大道两侧的桫椤丛中射向涅子。大群飞龙竭力赶来，从天而降，有的还来不及收拢翼翅，就直接砸落在地上，速度快得肉眼难辨。这飞龙之势风风火火，硬凭着血肉之躯挡住了羽箭，多数飞龙中了四五箭，在半空中就已经毙命。

可一切都太晚了。

龙儿再快也接不住所有的羽箭。一支羽箭冷不丁飞来，"咔嚓"一声穿透飞龙，又一声闷响，钉入涅子的大腿。随后，第二支、第三支羽箭几乎是同时插入了涅子的躯体。涅子"哇"的一声，已经无力挣扎，她在大风中、在昏暗的月光下与桫椤丛遥遥对峙，嘴角满是血污，双瞳血红，随即直挺挺地扑倒在地，身上插着羽箭，但她的祝由术替嘲风等人挡住了箭雨！

所有这一切，只发生在短短的一瞬间，趴倒在地的所有人惊骇地看着这场匪夷所思的浩劫。最先反应过来的嘲风和阿涂蜜施发了疯似的，扑到涅子的身边，呼喊着她的名字，却见鲜血已经渗红了她的半个身子……

确定顽敌已退，众人火速将涅子抬回去。带着血味的腥甜已经顶至喉头，嘲风咬牙强咽下，用力吐纳了几口气，大脑稍微清醒了些，他顾不得自己的伤痛，用力按住了被阿涂蜜施扒得半裸的涅子，心中满腔的愧疚和担心。

涅子此时正被阿涂蜜施抱在怀中，思磨阴沉着脸，提着刀，一步步走了过来。

他单手握住涅子肩膀上的羽箭，张口大吼一声，竟将羽箭用力前捅，体内箭头"扑哧"一声闷响，破皮而出。涅子的身子不断地发抖，两腮绷出两片贝痕，银牙几乎咬碎，硬是一声不吭。竭力抱紧她的阿涂蜜施看得面色惨白，冷汗簌簌而下。

"箭头露出来就好办了。"思磨安慰道，接着用刀铰下箭头，三棱倒钩箭头从他手中滑落，接着，他咬着牙，用力拔出箭杆，又接过侍女递来的烧红铁片，用力烙烤伤口，"嗞"的一声，一股异样的焦味钻入众人的鼻腔。涅子粉颈一斜，晕倒在阿涂蜜施的怀里。

可她身上还有另外两处创伤，长长的箭杆如此刺目。

史高拄着木棍，地上那摊还在漫延的墨红色的血液，看得他双眼冒火。

仆骨推开了搀扶着他的阿拔，握着满是豁口的腰刀，摇摇晃晃地站起来，咬牙低声道："这些唐狗，竟然如此下作！我再去杀他几个，换个本钱也好在腾格里吹嘘。阿拔，好生照顾大巫师！听到没有？"

阿拔无语，只静静地看着他，默数不到第三声，他果然轰然倒地。

嘲风转过身来想扶他，一边狠狠地说道："阿拔！借一龙儿！我要找崔代孟好好理论理论！"

这一整宿的折腾与伤痛，此刻都化为浓重的睡意，但只要一合眼，那一幕便如影子戏般划过眼帘，在梦中仍旧令人战栗不已……

• 落星石

次日午后，带着满腔的不解和委屈，嘲风与幸存的武侯一道策龙向龙望殿的方向狂奔而去。刚过十里亭，就被心急火燎的阿拔追上，他带来的消息让嘲风恍然大悟，却又平添了更深的忧虑。

原来，心细的仆骨专程去检查了红罗帕的尸首，在揭开龙纹幞头之后，露出了光秃秃的脑袋，肩膀上还刺有獒犬或雍仲图腾，所有迹象都表明这是乔装打扮成唐兵的吐蕃兵士。

"为何吐蕃要如此处心积虑、布下罗网来诱杀我等呢？"嘲风百思不得其解，"突厥一方却多次倾力相救，虽有情义在，但如此舍命为之也非常事。"

来不及思索，当下最重要的是如何为涅子续命。

就在吐蕃假扮唐兵截杀后世之人几日后，香囊城东北、东南数千里外，都发生了惊天动地的大事。

五百里加急！五百里加急！驿道上一阵黄尘滚滚，驿龙飞驰而至，但见人影一晃跳下龙儿直奔崔特进的官邸。

不到半个时辰，崔代孟便特意召开了朝会。

嘲风应召，匆匆登上龙望殿，路上一直盘算着怎么将吐蕃来袭的事情说得恰到好处。还未想好，便发现朝堂的气氛异常肃静。

兵部主事的脸色极其难看，正在奏报："骨笃城被吐蕃围困，分别向落羽城与我部求援。"

"这是什么时候的事情？"崔代孟问道。

"已……已经是近五十余日前。"主事哭丧着脸，"骨笃城派出的前六批求援人马，全数被歼灭，所幸我们的斥候遇到了拼死出城的第七批人马之最后一人，消息才得以传来。"

吐蕃的战力竟然如此惊人，嘲风暗忖，回想起他们屠掠突厥部落时的诡异之处，不寒而栗。

"近两月时间，吐蕃军是胜是败，骨笃城是破是存，都是未知。"崔代孟轻轻叹了口气，示意进入下一个议程。

工部柳侍郎报来："司天台来报，兰州湖渔人发现有星坠落，爆炸惨烈，电闪雷鸣，大火连烧两日方绝，方圆数里的禽畜皆亡，地面有六七尺的大块落星石，而据带回的小片落星石来看，片石如断磬，军器监断定此乃上品玄铁。"

"天助我大唐！"不等崔代孟开口，李俊龙便兴高采烈道，"如此好物，应该派人去运回来才是。"其实，他早在数日前便从军器监的监官口中得知了这个消息。

"这两件事，都是大事。"崔代孟端起杯子喝了一口水，上了年纪之后，他犯了口干的毛病，"众人都议一议。"

"为何这落星石如此重要？"嘲风脱口而出，他一脸困惑，难道同胞被屠掠不是更重要的事情吗？

崔代孟正要开口，冷不防又被李俊龙抢了话："朝请郎初来乍到，有所不知，汉唐之争后，汉人控制了南方几个优质的大铁矿，并严加看管，造成我城长期匮乏铁石，因此优质刀剑的生产也受到了影响。"

"然而军中还有人倒卖自己的兵器而大发横财。"只要一逮到机会，达奚绝不放过这军头。

"我城为增加铁兵器、铁矿石的储备想破了脑袋，没想到竟还有天降大礼这种好事。"李俊龙正在兴头上，懒得搭理达奚的挑衅。

"我曾经听闻玄铁锻剑，难度极大。"嘲风想起古玩店店主曾经说过类似的话，干脆也一起问个清楚。

李俊龙点头称是，他朝下拍了拍手，军器监的人赶紧捧上一个精致的木匣，呈给李俊龙。李俊龙并未伸手，而是示意嘲风接上，嘲风并不扭捏，他虽然不是兵器的行家，但对这些刀兵之物，颇有兴趣。

他见木匣上面刻有"龙鳞"二字，想必是刀名了，将匕首请出木鞘来，一阵香味扑鼻，提神醒脑，不觉脱口而出："好香！"

"此乃南海的阿末香。"军器监轻声回道。阿末香向来珍稀，是沧龙肠道被巨乌贼的鸟喙状的颚片刺激后产生的分泌物，在肠道中经过细菌和各种酶的复杂加工，最终形成的香料，又称为龙涎，其表面如蜡，银色闪现，轻如浮石，是当下贵如黄金的动物香料之首。

异香过后，嘲风只觉手中的匕首极轻极薄，剑光一现而隐，其上布满异花，近看波光粼粼，似有一道游龙清影。"好一把龙鳞！"他由衷赞叹道，又轻轻拎起，手腕外翻，将匕首平举在面前，单眼看去，只见匕脊笔直，两刃研磨皆上佳手艺，贴近皮肉便觉得寒毛竖起，锋锐异常。

"拔刀来！"李俊龙吩咐亲兵道。作为李俊龙的亲兵护卫，这些一等一的好手中的武器也是上上之选，抽刀出鞘时的悦耳脆响也证明了这点。亲兵呈上横刀，嘲风见李俊龙示意，便握紧龙鳞轻轻一挥，匕刃"铿"的一声，与横刀刀刃相磕，迸出耀眼火星后，倏然削下一小角来，而龙鳞刃口连一丝痕迹也无。

众人瞠目结舌，面面相觑，这若是与人相触，只要轻轻推送就能插入敌身。

"诸位，这便是此次落星石的质地。"李俊龙一拱手，对众人道，"这玄铁富含白铜与铁，比例堪称完美，远胜过汉人私贩来的优质铁石。只稍加煅烧，就能铸出强度、韧度都比一般武器更锋利的玄铁剑。"

他顿了顿，慷慨激昂道："极品玄铁质地极坚，刃体极强，坚韧犀利，其他刀剑与之劈碰，鲜有不折损的。若是能有百把、千把，已然可以改变战局！"

"李将军，落星石自然是宝物，但兰州湖已经逼近汉人外围的村落，万一暴露了行踪，非常容易引发冲突，这不是我们百年来所竭力避免的吗？"达奚烈文问道。他早想到这一层，也觉察到李俊龙的亢奋，他更希望将这批落星石收入自己的囊中，这会让他实力大增，可与李俊龙抗衡。如此，争夺下一任特进的天平，就要再度发生倾斜了。

李俊龙难得地点点头："所虑极是，但并非难事，蛮着去，还真会遇到汉人，要改蛮法为巧取。"

"俊龙，你有什么法子？"崔代孟这才开了腔。

"只要差兵士乔装成猎户或渔人，把四散的落星石聚集起来，化整为零，用几只巨龙拖运走，神不知鬼不觉。"李俊龙将自己事先想的计策摆上台面，显得颇有自信，倒不是因为此计甚妙，而是他从来就不觉得汉军有多可怕，一直看不起其他人战战兢兢的态度。

"我依然觉得此事宜再商榷。"达奚烈文摇了摇头，"如果为了这落星石，暴露实力，引得汉人来犯，断然得不偿失。"

"末将愿前往亲自办理此事，以保万无一失，特进和大将军尽管放心！"上府折冲都尉陆南驰上前请命。陆南驰是李俊龙的嫡系，领重骑兵，是神飙军中最强战力之一。而神飙军中另一主力，领着巨龙兵的皇甫鬼此时也站出来："末将亦愿往，或为陆都尉拱卫。"

"复姓皇甫的，你小瞧我们重骑是吧？就你那慢吞吞的龙兵，等你到了，我都回来睡上几天了。"陆南驰啐了一口。

"那你借我一团，看谁先拿到落星石！"皇甫嵬不服气道。

陆南驰转身盯着皇甫嵬冷笑道："呸！我一个团借给你？你欺负我不会指挥吗？"他回头瞟了一眼岑冲蒙，"狗奴的，轻骑轻骑，平日喊得比谁都硬气，真遇事时哑了火。特进！陆南驰愿率部前去，立军令状！"

岑冲蒙哪听得这话，勃然大怒道："放屁！老子去还是不去，要你多事！"说罢就要冲上前去，旁人慌忙拽住他。

平时拿惯了大将军的好处，又多是姻亲的卢、郑、王、柳几位侍郎此时也齐声附议，道是取回落星石大有裨益。一旁的颜侍郎不说什么，只面露担忧之色。

"诸位大人，那这北方的求援该如何应对呢？"嘲风看着军士如此闹腾，无奈地摇了摇头，硬将话题拧了回来。

达奚闻言，赞许地点了点头："朝请郎说得是，大将军派去北方侦察的精锐实际上已经归队，为何不上报？"

看着众人都盯着自己，李俊龙的脸色微变："确有此事！但并非不报，而是还需求证。"

"哼，好个求证，"达奚冷冷一笑，"那是不是要吐蕃人都站到我们大殿上了，才算确证？"

"回来的兵士有些疯癫，语焉不详，"李俊龙也不恼怒，他转身对着崔代孟说，"末将请过红医丞诊断，恐那兵士是中了咒语。"

"那日前武侯来报，称他们在十里亭受吐蕃人袭击又做何解释？"达奚一字一句地说道，并轻轻瞥了嘲风一眼。

"原来他们都已经知晓。"嘲风略感意外，随即又觉得自己是不是低估了唐城里盘根错节的各方势力。

"特进，我们若是有兵力远征落星石，更应该先清剿城市周边，把吐蕃探子打扫干净，以绝后患。"嘲风壮起胆子，向崔代孟进言。

"十里亭番乱早已派兵搜查，吐蕃已经毫无踪迹，这冲突的缘由恐怕还要问问三姓村的胡人，或者我们的朝请郎吧？"李俊龙依然轻描淡写，却话有所指。

嘲风听懂了话中所指，自己如再做申辩，也于事无补，还定会被扣上里通突厥的大帽子。不妨敞开来，拔高着说。于是他缓下语速，回应道：

"吐蕃的战力，着实恐怖，我在突厥部目睹过，他们凶狠残暴，且军纪严明，打仗不以杀伤为主，而是掠走大量人口和龙，显然是以战养战的作风。眼下他们围攻骨笃城，也是为了掠夺。"他顿了一顿，继续说道，"十里亭一战，他们的细作已混入我城，试图刺杀突厥来使，而骨笃城下，六批信使悉数被歼，这表明他们攻唐并非一时兴起，而是安排周密。骨笃城的状况，现在是最糟糕的时候。"

李俊龙冷笑："这你又如何得知呢？"

"如骨笃城已破，吐蕃定需要一段时间掠夺、休整，又何苦在十里亭搞事，吸引唐军注意呢？"嘲风的嗓音低沉，"三唐城同文同种，都乃华夏正统，可派偏师一支，先去打探清楚。"

"哼，这千里路，待我们赶到，十有八九吐蕃已解围而去，万一是围城打援，我部疲劳之师，岂不危矣？"李俊龙森然道，"且这骨笃唐人，缺席上回会盟，现在有难，还有脸来求？"

嘲风不理会李的胡搅蛮缠，继续说道："吐蕃作战，不似有这种格局的战术，且只要进退……"

"好了。"崔代孟眯着眼，眉头微微皱起，他察觉到李俊龙的私心和傲气，有些令人担忧，而朝请郎所展现出来的智慧，再次令他刮目相看。他抬起左手，慢慢地抚摸着垂在胸前的胡须。

　　过了许久，崔代孟仍旧在捋着胡须，仿佛那里面藏着无穷的智慧与谋略。还不到做决定的时候，他把手放了下来，打破了眼前的僵局："备战之时，铁石尤其珍贵，但卧榻之侧，岂容他人酣睡？吐蕃之事，一定要彻查。"他霍然抬头，凝重的神情震慑住了众人。

• 崖顶三煞

　　重骑大营，牙帐内。

　　这牙帐好生特别，背后数丈是绝壁，周遭十余丈除了火把，连一草一石都没有。十余丈之外，是全副武装的亲卫，背靠背而立，气氛紧绷。黄夜到访的李俊龙心里暗暗赞许，陆南驰治兵雷厉风行，自己没看错人。

　　李俊龙对重骑兵的大营有深厚的感情，他在此入役，并一步一步登上权力的高峰。但他离开重骑大营之后，从未忽略过营之大事，以至于人们都知道，重骑大营是神飙军的军中之军，这里有最好的装备，也有最彪悍，或许也是最骄横的士兵。甚至，重骑大营还破例辖了一团轻骑、一团威骑，总人数居四大折冲府之首。

　　今日在朝堂之上，被那朝请郎挫了风头，李俊龙面皮微微涨红，心里又多了三分焦虑，本来一个达奚已经够让人头疼了，这半路杀出的谭嘲风似乎更加令人担心。

　　就在那一瞬间，他耳郭一动，军人天生的敏感让他猛然抬头，凝视着发出动静的地方，不自觉地后退一步，右手摸到了刀柄之上。

不远处的亲卫见状迅速围了过来，几人举起火把，盯着绝壁上正沙沙作响的砂石，交头接耳。

"什么东西？""是不是落下的飞龙？小攀兽？"

"叽喳叽……"绝壁高处传来一阵嘶叫，砂石又应声落下少许。

"大将军，想必是发情的攀兽在互相撕咬呢，这个季节常有的事儿。"亲卫回头报来。

众人散开了去。

可李俊龙的直觉并没有错，绝壁高处此刻确是趴着三个人，他们看着卫兵散开，心里的紧张慢慢淡去，可随着时间不断流逝，身体万般酸痛，彼此的体力都处在崩溃的边缘。

事情还要从傍晚时分说起。

朝堂之上激烈的言语冲突、李俊龙对落星石的渴望，让嘲风多留了一个心眼，便请猫瓦去打探双方接下来的举措。猫瓦虽然颇不乐意，但喜怒无常的李俊龙让人捉摸不透，她也想多了解了解这位野心勃勃的唐城大将军。

李俊龙的行踪并不隐蔽，车马仪仗，招摇过市。只是这室内之事却难以探明。猫瓦见李俊龙径直进了陆南驰的牙帐，预感会有要事发生。可这个牙帐地势险峻，无植被可藏匿，可愁坏了猫瓦。左思右想，只有在这绝壁之上，借着夜行衣和夜幕，才有可能探到消息。

这一转念，让她撞上了一桩凶险之事。

绝壁之上，怪石嶙峋，之后是一片密林，当猫瓦潜至岩顶之后，却发现此处竟无一个卫兵看守。恐怕是这地势太过凶险，卫兵对上方的看守显得非常松懈，只有不定时来此巡查的流动哨。而意想不到的事情，就发生在哨兵尚未到来的时间里。

这个夜晚从一开始就显得诡异。月光时隐时现，大风在林中肆虐，吹得细石崩离，蕨叶打转。猫瓦在大树的阴影下来回穿梭，却意外听见一阵刀兵碰撞声。这一惊非同小可，借着一阵大风，猫瓦顺势跃上一棵松树的枝丫。远处的打斗声，越来越近。

从山下快速接近的，是十余人正在追杀一名倒拖横刀的青年。那十余人非常凶悍，使着弯刀，在林间划过诡异的弧线，而那青年生得一张尖颔瘦脸，面颊微陷，凤眼细长，长眉入鬓，肤色发白，乍一看并不像习武之人。可这刀法令人叫绝，其横刀已是血红，在月光下极为瘆人，那些追兵却是一身干净，无人负伤，显然是已经被青年放倒多人，一朝见血，便倒地不起了。

果不其然，这青年弯弯曲曲且战且走，看似走得乱，其实却是绕着大小不同的圈子，在圆圈交会处，他便扬刀劈杀过去，多少能拿下一两个追兵，使着弯刀的追兵气得哇哇叫，却又无可奈何。

再离得近一些，猫瓦才发现那青年是武侯打扮，追兵则是清一色的红罗帕，使着弯刀，想必是差点杀害嘲风的吐蕃人。这吐蕃人为何胆敢出现在这屯兵之地？武侯铺的人又是何事惹了这些煞神？猫瓦在松树上攀跳着，向交手的地方靠近，想听听他们到底闹些什么。

青年并非毫发无损，那弯刀的套路再变幻莫测，多个回合下来，也是小伤累累，尤其左腿渗血越来越多，体力渐渐不支，只能勉强发力夺路而逃，他逃到猫瓦所隐的位置，岂料这里的松树盘根错节，密不透风，竟已无路。

他拖着伤腿靠着树干，喘着粗气，脸上的血污与尘土混在一起，双瞳布满血丝，扬着满是锯齿的长刀，刀尖尚在滴血，在这煞白的月光下与追兵对峙。

弯刀红罗帕已经围成两圈，脸上恨火炽烈，为了这偶遇的小小武侯，竟折损了十来个兄弟，恨不得当场就将其砍成数段。看青年已无退路，追兵都露出了阴毒的笑容。

青年挂着长剑，一阵咳嗽，喷出少许血雾，咬牙道："树上的好汉，想必你也不是这些番狗同伙，还请速速退去，替我禀告右仆射，弥峰今日在这黑树岭殉职了！"言毕仰头大笑。

猫瓦一凛，暗忖，这叫弥峰的武侯，耳力好生敏锐，自己的夜行术不敢说独步江湖，但也是炉火纯青，吐纳都是随着风的节奏，与大自然浑然一体。她没有应声，继续屏气潜息，一动也不动。

追兵闻言一惊，顿时退了一步，抬头紧张搜索着，交头接耳，不知青年口中的好汉是何时来到，又因何而来。可能是逆着光，追兵没有发现伏在树干背后的猫瓦，又挺着刀向弥峰走去，准备了结此事。

此时林间又一阵怪风吹来，惊起几只小飞龙，扑簌簌的拍翅声与风声混在一起，透着越来越浓的杀气。

"废奴！"外围的红罗帕突然被踹倒一个，猫瓦一双眼睛瞪得大大的，窥视到一个满是杀气的身影从林中走出，瞬间一股寒意掠过心头，来人竟是噶乌玛！在涅子部落里杀人如麻的煞神。噶乌玛身后又跟着十余人，来人并没有披着唐兵的衣服，照旧是番人打扮。这些人步伐极稳，长途奔来丝毫不喘，本领明显胜过这群红罗帕。

见噶乌玛大人亲临，红罗帕纷纷转身施礼。噶乌玛正眼不瞧这些兵士，只一颔首，扬起手，挥舞着乌朵，"咻、咻、咻"几声，悉数打在猫瓦藏身的树干下，为属下指出猫瓦藏匿的位置。

看到敌人援军逼近，树上唐人被发现，弥峰从袍中掏出一把丹药，嚼碎了吐出来，用力按入自己腿上的伤口，然后猛地撑地而起，抬头大吼道："好汉！你敌不过这些番狗，先行退去吧！"

红罗帕看他还在聒嘴，骂骂咧咧地冲了过来，举刀便砍，弯刀舞出的轮廓还没归圆，弥峰反手一劈，那人项顶一空，退出两步，血往后喷出丈远，才轰然倒地。弥峰畅快地笑着，脸上拧成一团，呼吸急促，语速极快："狗！番狗！

全给爷爷我上来！"

怎么回事？噶乌玛心里一紧，他平生杀人无数，尸山血海中练出的本事便是快速地判断眼前的态势，是战是避，瞬间便有个决断。可眼前这受伤的武侯却显得不太对劲儿，原本失血过多的他突然灵活起来，仿佛脱胎换骨，眼中射出冷酷的光芒，犹如夜鬼，挥刀朝自己杀来！

"可恶！"迟疑不过一瞬间，弥峰已经杀到跟前，而扑上来阻拦的亲卫竟然被一刀拦腰砍断，眼前鲜血泼溅，噶乌玛心里有些打鼓，瞬间竟有怯战的念头，可一时也无路可退，只能提刀招架，那武侯的力道极大，兵器相击，他的手竟然被震得发麻。

猫瓦看得目瞪口呆，那武侯抹了什么丹药，使战力不但恢复到最佳状态，还提升了一个档次！可这武侯看上去却有些丧失了心智，面孔扭曲狰狞，如山妖附体，刀法也失了路数，似乎只是凭着平日的经验肆意砍杀。噶乌玛被逼得太紧，不禁也杀气大盛，一股血"轰"地冲上脑门，猛冲上前一刀一刀硬扛下来。

不过，这场惨烈的搏杀，转眼便到了尽头。不到半盏茶的工夫，弥峰的体力便飞速下降，显然这丹药是一种寅支卯粮的玩意儿。所幸，噶乌玛也招架乏力，战况胶着，不得不各自跃后一步。在番人的连环砍杀之下，弥峰不但砍倒多人，居然还能在丹药效力过后全身而退，不能不说是奇迹。

"好汉，你……你还不走，又是何苦……"弥峰恢复了神志，感觉到这树上的唐人居然还在，又气又急。话音未落，余下的番人已经围了过来，举刀便劈。

忽闻"铿锵"几声，几道白色流光分出，几枚青铜异龙镖射向番人手臂，一阵金铁乱鸣，番人传出声声凄厉的惨叫！弥峰猛然回头，却见猫瓦已经一跃而下，右手不知什么时候捡了把弯刀，左手捏住飞镖。她对于眼前的情况没有头绪，但长期黄夜潜行的直觉告诉她，最危险的地方反而最安全，如果崖边有巡夜的兵士，说不定也是帮手。

"还能走吗？"猫瓦低声问道，"我们往崖边去。"

"可……可以，你是谁？"弥峰微微一凛，不是猎户，竟是个娇小还会武艺的女子，夜空里一跃而下，宛若飞天，好个五官精致、空灵的人儿。她虽然一身夜行衣，但难掩窈窕身段，乌发如丝般滑亮，颈脖间裸露处，在微亮的月光下映出一抹丝滑荧光，"你叫什么？"

猫瓦没有搭腔，扶着他欲往后撤，抬头却见又有几人掠来，雍羰部队果然名不虚传，遍地的残肢和鲜血也无法阻止他们执行命令。猫瓦瞬间又掷出几镖，"嗖"地射向番人，有所防备的番人停下来挥刀劈开飞镖，两人趁机往崖边夺路而逃。

断崖其实并不远，两人很快便到崖边，弥峰已经接近力竭，只是拼着最后一口气直行。五六个番人渐渐逼近，噶乌玛冷哼一声："唐狗，千万别跳下去，还有丹药吗？用上用上用上，让我们再过几招，让你死个服气。"

"贼番！爷爷我早够本了，现在杀一个赚一个！"弥峰啐出一口血痰，可突然"铛"的一声，弥峰失去了平衡，原来他一直用横刀支撑着体重，如今横刀不堪重压，已拦腰折断。番人发出一阵怪笑，更加有恃无恐地逼近。

情况已是万急，绝壁的风往上蹿着，吹得衣襟啪啪作响。难道今日要命绝于此？猫瓦心里好生懊恼，一时不忍，救这素昧平生的武侯，不一会儿就把自己逼到这个境地。她用力吐纳了几口气，勉强压下心中的恐惧，左顾右盼之时，余光突然瞅见四五丈外的崖边有一小块凸出来的岩石台。猫瓦心思飞转，将无数可能性演练一遍，最后心一横，突然一掌将弥峰的断剑打落，转身用力将其推落，自己旋即也纵身一跃，抓住弥峰的后背，贴着绝壁一滑而下。可怜的弥峰连一声"你干吗"还没问完，就掉下绝壁，被猫瓦压在下方，直接贴着岩壁，带得壁上碎石喷溅而下，衣物一会儿便被磨破，身上擦出条条血痕。

番人见状一片愕然，鸦雀无声，其中一人快步靠近，只见峭壁险绝，向上的风呼呼直啸，崖下似乎聚集着不少唐人，火把的光星星点点，他赶紧把头缩了回来。噶乌玛一脸无可奈何，吃惊与怒气交织在一起，握拳怒目，捶胸顿足，悻悻地败兴而归。

猫瓦那一跃之前，心思飞转，想着这武侯命不久矣，就算跳崖自绝也总比落到番人手中受尽凌辱要强，若是不死，也算是他的造化。而自己有岩台作保，加上这一身柔术，保命不是问题。

这岩台偏偏争气，接住了坠下的弥峰，他竟没摔倒在地，更没掉落悬崖，而是砸在一匹软软的棉布上，连声音都没发出一点儿。跃下的猫瓦，已经钩住石缝保持平衡，她检查周身伤势，只有皮肉擦伤，再定睛一看弥峰，大吃一惊，哪里是什么软棉布，他身下压着一个人，这人看着十分清秀，正用力撑住一动也不动的弥峰，手臂青筋直暴，抿唇咬牙，一脸怒气。

过了一小会儿，那崖顶再无声音，可崖下人声传来，又有火光耀眼，那人从口中吐出一枚金叶，灵巧地改变方向，吹出了小兽的嘶叫声。山下之人散开后，她才缓缓将弥峰放下，靠着岩壁，开了口："你们小狗崽子有一套啊！老娘差点被砸落下去！"

竟然是个女的！这未免太匪夷所思了！一个女子穿着夜行衣，包着棉布，在三更时分趴在岩壁上？猫瓦心想今晚这潜行真是见了鬼，先是撞见武侯，又是砸到怪人。"你是谁？"她颤声问道。

"关你啥事？"怪人哼了一声，冷然道，"我压根儿不想救你们，只是你们直直砸下去，碎了一地还暴露我的位置，恶心！"说着却给弥峰搭脉，看着他的胸膛仍在起伏，松了一口气。

话听着刺耳，但猫瓦直觉她没什么敌意，身上也只别着一把匕首。可怎么觉得这人，似乎在哪儿见过？

那怪人没有给猫瓦思索的时间，从腰间解下带钩攀绳，丢给猫瓦："上去吧！天就要放明了。"

- **悬　赏**

香囊城内从来都不乏新鲜事。

安北镇的瑜伽士无疑是近几日居民口中最热门的话题。这些瑜伽士在街口和东西市表演通天绳、飞行术、催眠，每次都被围得水泄不通。

一向好奇心爆棚的猫瓦却不得不忍了下来，不去凑这个热闹。

只因她当时推落悬崖之人——弥峰，竟是武侯铺最精锐力量的头领，百帐守捉城的守捉使。百帐守捉城有着数百年的尚武传统与荣誉，曾经在唐汉之战时，千里回师，血战到底，几近殆尽，成功救出城毁粮绝的军民。为嘉奖这种精神，当时的特进将该部保留原名，改为武侯铺的机动力量。而弥峰便是老守捉使的后人，武力冠绝武侯铺，人称弥百战。

可就是这个武力超绝的弥百战，这天一早却浑身是血地被一辆龙车拉到城门外。盘查的武侯们惊呆了，片刻后才有两人奔至跟前，轻轻扶着少头领寻医问药去了。

弥百战乃武侯世家出身，从小接受的是正宗武道训练，练就一身精猛的硬底子。这身伤痛对他而言，不过两日工夫便能下地慢行。他差画师描绘了猫瓦和吐蕃人头领的样貌，四处张贴寻人，次日又追加悬赏，有前来检举的，不论是否属实，赏两百钱；依检举后拿到案犯者，赏一贯钱加驮龙一匹。

"这事都怨你！怨你！"猫瓦俏脸上爆发一股怨气，"若不是非要我跟着那喜怒无常的大将军，怎么会落得这般境地？"猫瓦把缉拿自己的画像用力拍在嘲风的面前。

"可昨晚得来的信息，太宝贵了。"嘲风轻轻抚摸着趴在桌上的泼皮，喃喃自语，显得非常亢奋。猫瓦四更潜回时，嘲风一刻也没有耽误，把她按在椅上，让她将所探之事一五一十地说出来。

猫瓦说的第一宗，坐实了大将军的监守自盗，他扯着回收再造的幌子，搜罗旧兵器和铠甲，暗地里卖与制甲落后的落羽城，牟取暴利，换来金砂、金器、仙丹，又用这些收买朝臣和门阀。"这无本生意，了不起，算盘打得真是噼啪响！"嘲风叹道。

这接下来的第二宗，则大出嘲风的意料。

猫瓦模仿大将军的语气，低垂眼帘，评议道："如今我唐城，内是奢靡之风日盛，贵族门阀结党与特进抗衡；外是封闭孤立，不谋落羽城与骨笃城，南方汉人虎视眈眈，暗地里还有吐蕃和突厥势力蠢蠢欲动。"

"大将军有脸说这话？"嘲风一听，觉得简直莫名其妙。

"他说得大义凛然，陆当即就问，该如何改变？"猫瓦接着道，"他答，灭吐蕃平突厥，北上收骨笃，东进取落羽，以三城之力，与南汉以战谋和，划地为界，再休养生息。等时机来临，我精锐之师剿灭汉人城池，复我大唐疆域，告我李氏诸皇之英灵，这才是大唐之复兴，太平之盛世。"

"好野心，好野心，"嘲风轻轻击掌，"能说出这话，他倒也算得上是乱世枭雄了。"嘲风承认，自己先前小看了这个军头，现在看来，他拼了命想取得权贵支持，满足他们永无止境的索取，也只是权宜之计，等他登上特进之位，他们便再无作用，这个城市、这些兵马，将完全为李俊龙所用，去实现他心目中的大唐。

猫瓦说的最后一宗，极为可怕。李俊龙为取获落星石，竟然安排手下校尉和大队轻骑兵亲卫，夤夜出发，赶往兰州湖北岸。嘲风听后，不禁浓眉紧蹙，抑制不住内心深处的担忧，暗忖：擅自出兵是大忌，作为军头，李俊龙明知这个举动的风险还偏偏行之，这说明他已经做好了东窗事发的后手准备。

而百帐守捉使夤夜单枪匹马闯重骑大营，又与吐蕃人生死一战，令人百思不得其解。他是特进的耳目，还是达奚的人马？又或是突厥、汉人的细作？他又打听到了什么？硕大的香囊城，表面平静，私底下却暗流涌动，仿佛随时都要炸开锅来。

"良禽择木而栖，我的良木怎么总是这么风雨飘摇呢？"嘲风暗暗叹了一口气，自己在这香囊城毫无根基，已是凶险万分。既然猫瓦误打误撞结识了守捉使，怎么说也是值得巴结的对象。

"妹，你这画蹊跷得很！有个破绽。"嘲风沉思良久，又凝视着画像，冒出这么一句来。

猫瓦心里一颤，想着自己是不是漏了哪些细微关键之处？她心里一凝，端坐下来，等着嘲风分析。

"画胖了，"嘲风轻轻地摇了摇头，自顾自地絮叨着，"人家是嫌你太瘦呢，你这只瘦猫。"

哇呀！什么乱七八糟的东西！

猫瓦回过神来，一脸气急败坏，伸手就去拧他的耳朵。

嘲风歪着头弯腰闪躲，但论机敏，他哪里是猫瓦的对手，眼看耳朵就要不保，才一脸正色道："别闹了，这弥峰，我猜他并不是想要拿你，而是担心你，或想谢谢你。"

"谢我？"猫瓦想起推他下崖时的险象环生，仍心有余悸，暗忖：若是那岩台松垮，他的下场就只有个死字，虽然幸存，不恨她便好，谢她又从何说起？

嘲风瞧着猫瓦费解和不安的神色，心里好笑。

他这话不是瞎猜，就在告示贴出不久后，他便差人找了仆骨盯紧邸丞，又差阿拔乔装后去报了官，只道是在城外河谷见到与画像所绘一模一样的女子，便赶来报告。不出嘲风所料，弥峰急忙忙地招他进去，详细问询，语气中透着焦急和关切。人物细节自然难不倒阿拔，他也乐得编个故事拿这两百钱。

"那少年，念的是你路见不平拔刀相助，就没想着你推他下山做肉垫。"嘲风解释道。

"当日在树梢，我除了落地也无路可逃。"猫瓦小声地辩解着。

"救人就救人，多好的事儿，别说得好像你就从来不做好事儿似的。"

"你！"猫瓦活像一只被揪住尾巴的猫儿，气鼓鼓地涨红了脸，扭着腰板儿闹别扭，心里却放松了几分，微锁的眉头不知不觉间舒解开了。

可嘲风偏偏不放过猫瓦："在人家的地头，躲不长久，我陪你走一趟，备上薄礼，去向人家致歉吧。"

猫瓦一听，睁大眼睛，双手握拳，一句"这怎么使得"从丹田直接蹿到嘴边，正要开口，转念细想，又觉不对，嘲风做事有时看着冲动，却往往是当时不二的选择，自己莫又着了他的道。猫瓦不愿教他看扁，再说她又怕过谁？思索片刻，道："只要你不怕把你妹栽在那武侯手里，去就去。"

夕阳西下，残霞半消。

嘲风让猫瓦乔装一番，戴上薄罗栗色面纱后，褪去了几分野气，面纱外的半张面容，肤色白皙而微红，整个人显得安静恬淡、柔婉可人，就像一枚江淮梅雨季节产的梅子，多层次的滋味中自有一种单纯。本是要遮人耳目，可不能显得更加出众，嘲风又找来一件臃肿不堪的袍子，遮掩住猫瓦的身形，保证走在大路上连熟人都认不出来。

牵上翻羽，兄妹二人一路朝着武侯铺走去，刚走到西市口便人潮汹涌，百来号人将此地围得水泄不通。原来是安北镇的瑜伽士正在卖艺。猫瓦按捺不住好奇，嘲风似是读出了她的心声，难得这么热闹，看看又何妨，两人便挤了进去。

这西市口场地上，有一老一少正在变一个新的戏法，旁人道，这戏法叫偷云彩。这云彩只应天上有，又如何偷得下来？这就足以引起众人的好奇心。那老人其实并不老，而是一个微胖又不失精壮的大汉，皮肤黝黑，面相奇异，充满了异族风情。大汉的话语带着浓重的口音，需留神细听才能明白，所以当戏法开始之时，四周很快安静了下来。

只见大汉从一个半人高的笼子里取出一捆长绳，大力向空中一抛，说来也怪，那绳竟直直地竖立在空中，人群中发出一阵惊叹声。大汉不动声色，不断将绳往上送，这绳子似乎有无限长，缓缓地上升，直到看不见绳梢。

此时大汉唤出一小童，在其耳边低声吩咐了几句，小童面无表情、无所畏惧地攀上绳索，沿绳而上，直到消失在暮色之中。不大一会儿，一朵朵小小的、软软的白云轻飘飘地落下。大汉伸手接住，捧给众人看，有小孩儿忍不住好奇，偷偷舔了一口："是甜的！"

就在此时，绳子突然从天际坠下，瘫成一团落在大汉脚下，大汉一脸错愕，大惊失色："不好！谁割断了绳子！"话音未落，小童的手、脚、身子一段段地从空中接连坠下。大汉左奔右冲，哭丧着脸想接住这些残肢。围观的人群见状，爆出一阵惊叫，胆小的妇孺差点就晕了过去。

大汉哭丧着脸，请众人赏几个钱，供他安葬坠亡的小童。人们这时候还有啥话好说，纷纷慷慨解囊，一把把铜钱丢在他脚下的铜锣中。大汉向四面八方的人们磕了响头，将小童的手脚一一装入放绳的笼子，盖上盖，悲痛地喊着："孩儿啊，善心的人们给了你好多赏钱，快快复生来谢赏呀！"

话音刚落，笼盖突然顶开，小童真的从笼中站立！众人中的胆小者先前几近晕厥，旋即又惊又喜，小童平安而归，真是大幸之事，堪称神迹，耳边欢呼声不绝，戏法完美收场。

猫瓦看得一脸错愕，嘲风只道她是弄不清其中法门，便对她轻声解释道：

"这林地上空，参天松柏之间其实早已架了一个横桥，横桥上垂下一根细线。细线是深色的，隐藏在暮色中，大汉捏着细线，在众人不觉之时将绳子钩在软线上。这时，藏在横桥上的帮手将软线往上拉，众人看到的却是大汉手中绳子向上送的假象。当绳子送到横桥时，帮手将其系紧，一对长相一样的双胞胎此时加入表演，先让一个小童攀上绳索，最后爬过横桥藏于林中，丢下预先准备的云糖，并割断绳子，抛下假头假肢。剩下的事儿就简单了，大汉哭天抢地求得同情与赏钱，一直躲在笼下隔板内的小童听到谢赏后，便推开隔板，站立起来。"

嘲风之所以知道得如此详尽，只因这通天绳是十三行红头阿三最爱演的把戏，多看几次自然便探得其中奥秘。嘲风对自己的解释扬扬自得，可再看猫瓦的表情，仍然难看得紧，她朱唇轻颤，半天说了一句："那小孩儿，你不认得了？"

• 救小童

次日，二更时分的颜家邸店，除了偶尔响起的泼皮的梦话，就只剩下虫鸣声。

一道黑影从大街上走来，轻轻叩响了嘲风的房门。

只听吱的一声，木门徐徐拉开一道缝，是阿涂蜜施抱着一小孩儿，猫瓦忙伸手将其招呼了进来。

站在墙角的仆骨此时突然大步迈来，仔细打量这小童，眼珠瞪得铜铃大，突然一把将他抱在怀中，低声呼唤着："白晨娃，白晨娃，别怕，别怕，你大安了……"小童只是颤抖着，呆滞的目光投向虚空。

嘲风和猫瓦脸色沉重，默默无语。

那日在西市口，猫瓦一眼就认出那个攀绳的小童，竟是沙依坦克尔西的孩子白晨。他和弟弟白石是部落里最讨人喜欢的鬼灵精，手脚非常机敏，给同样喜欢四处蹦跶的猫瓦留下了深刻的印象。那竹筐里站起来的就是白石，两人的长相几乎一模一样，只是白石的脖颈处多了一个小胎记。

沙依坦克尔西的小童怎么会在千里之外的安北镇杂耍班子呢？部落的其他人又在何处？嘲风应酬完弥峰的事之后，打听到了这帮瑜伽士天天晚上都在四无量酒楼流连，便火速找到了阿涂蜜施，命其无论如何也要找到小童。阿涂蜜施在晚宴进行到高潮时，摇一摇裙摆，事情出奇顺利，对方也无甚防备，答应把小童借给胡姬一日。

见半天都唤不醒白晨，仆骨急得语无伦次。

"要不请红荑看看吧？"猫瓦小心问道。

嘲风点了点头，嘴唇微颤，却也没说什么。

隔壁屋内，病榻上的涅子面容憔悴，令人十分不忍。她的箭伤并无明显好转，伤口久久未愈，持续的失血使得她的脸色惨白。嘲风请来医丞红荑好心诊治，可她却是面色沉重，不断地摇头："伤势颇重，但心病更重，愁满腔啊。"

猫瓦领着白晨，到了病榻之前，尚未开口，只见涅子憔悴失神的眼中有了光彩，她双眼睁大，挣扎着要坐起来，这可急坏了红荑，念叨着："担心伤口迸裂啊！"

"白……晨？你怎么会在这儿？"涅子强打精神坐起来，抖抖簌簌地问道。红荑和猫瓦急忙过去搀扶住她的藕臂，"你可见到我弟胥子了？"

白晨一点儿反应都没有，眼眸仍是空洞失神。

"这不是白晨！"涅子掷下一句，便无力地倒在了病榻上。

白晨的意外出现让涅子益发相信，这几天病榻上迷迷糊糊看到的并非梦境。在神志恍惚中，涅子蒙蒙眬眬地听到胥子沙哑的低语声，他慢慢地朝她走来，他的衣服已经破成肮脏的布条，破洞之处露出无数新鲜的血条子和淡色的陈疤，伸出并拢的五指时，原本刚健有力的双手变得异常尖细，骨节突出，一开口，只发出"啊呀"的声音。

"弟！你的舌头呢？"涅子猛然从睡梦中惊醒，然后睁着眼直到天亮。

红荑担心涅子的情绪太过激动，让嘲风等人退了出来，自己仔细端详着呆滞的白晨。

"伸舌头。"白晨对简单的口令反应很快,张开嘴巴伸出了舌头,只见他的舌苔发黑且黏腻肿胀,红荬皱着眉头,给他搭了一会儿脉,抬头对嘲风说,"朝请郎,这种症状似乎不是身体内部染恙,而是中了什么咒语。"

"嗯,"嘲风点点头,"阿涂蜜施听瑜伽士说过类似的话,而且这些咒语似乎只能持续几天。"

"这咒语使得气血滞于头中,人能行动,但无判断是非之力,只成为一个提线木偶。"红荬无力地摇了摇头。

"可有解救之法?"仆骨急得拽了拽自己的头发,"难道我们就干等着?"

"或许针灸之法可暂时通开穴道,让气血运行,但要真正痊愈,还要等咒语的时效过去。"言毕,红荬抬头看了看涅子和嘲风,他们皆沉默不语,当是默许。红荬从医箱中取出一根五寸金针,一股用来养针的艾绒味道扑面而来。

仆骨帮着放平白晨,红荬手一抬,用金针刺百会、风池、哑门、人中等穴,又用左手固定耳郭,右手持针迅速刺下又迅疾退出,只见她轻轻挤压针孔周围的耳郭,放血十余滴。说来也神奇,随着这些黄豆大小的血粒子被挤出,白晨的脸色似乎回了少许血色。红荬捏住金针来回捻转,白晨感觉全身酸酸麻麻的,一股拥堵多时的暖意终于克制不住,从丹田处涌了上来,身体抽搐了一下,"哇"的一声吐出一口血来。

"我在哪儿?!"白晨开了腔,惊乍一声,抬头看到仆骨,又惊喜叫道,"骨头叔!"

大家顿时松了一口气,悬着的心终于稍稍放下。

白晨披上袍子,被仆骨抱在身上,啜泣了一阵,才哽咽道出他们被掠走后的悲惨境遇。

• 医者仁心

　　那日，白晨和弟弟白石正在山下叠石片堆，突然被人捂住嘴抱了起来，随后口中被塞了破布，五花大绑丢在一旁，直到他从昏迷中苏醒过来，才发现身边塞满了神志不清的族人，虽身陷囹圄却"自得其乐"，诡异得很。

　　也不知道过了几日，众人被押送到一处营地，不远处已经是铁与火的炼狱，不断有满身是血的兵士被抬下来。部落里的妇人们不是被叫去帮忙照顾伤员，就是沦为士兵泄愤、泄欲的工具，啼哭声、叫闹声不绝。男子的命运更加悲惨，被下了咒语之后，被送至战场，排成肉盾，一排排地奔跑在兵阵的最前沿，城墙上的守军即便避开要害处下手，场面也惨不忍睹。

　　至于他们这些少年与小孩儿，机灵的被卖给安北镇的杂耍班子，剩下的都随意赠送，留在各个大小头目帐下为奴，终日为牛马，食不果腹，苦不堪言，不堪折磨的人甚至自寻短见了。如此欺辱，部落的人开始陆陆续续地逃走。

　　逃走的人一旦被抓回来，不是立马被砍去双手双脚，丢进嗜血的破阵掠龙圈中做饲料，便是将人绑在木头上，拿几根细绳拴住掠龙，掠龙闻着人味兴奋不已，不断用力想挣脱绳索，那鼻息时不时喷到人身上，逃走的人便眼睁睁等着掠龙脱身成功，扑到自己身上。掠龙进食的场面非常血腥，通常是对着腿部撕咬一大口，让人无力逃走，再用大爪划开肚子，胃肠外露，那人嘴里吐着血沫，也无力呻吟，慢慢断了气。吐蕃兵士逼着奴隶们眼睁睁看着昔日的手足被一口口吃掉，一旦有人转过脸，就会被吊起来毒打。

　　白晨自顾自描述着，语调逐渐平稳，好像只是在说寻常的见闻，猫瓦等人却听得不寒而栗，肠胃泛起一阵阵恶心。仆骨握紧拳头，双目欲裂，牙齿格格作响："可恶……可恶！"

　　涅子实在听不下去这些族人受辱的事，她涨红了脸，使劲儿揪住衣袍，青筋直暴，正要摆手示意停下。

　　"胥子哥……"白晨咕嘟地连喝了几大口水，又接着说。

　　涅子一听到弟弟的名字，整个人像是挨了一皮鞭，猛地一抽，一颗心提到了嗓子眼儿，连呼吸都觉得困难。

　　"胥子哥和另外几个好手，烧了几个大帐，连夜逃了出去，"白晨说得眉飞色舞，颇有几分得意扬扬，"番狗们出去剿了几次，皆未得手，而后番狗大帐开拔，我和弟弟又被带出城外，四处卖艺，其他情况便不知晓了。"

　　"大帐开拔？"嘲风突然问道。

　　"没有都走，"白晨先是摇了摇头，一会儿又点点头，"但走了许多，大人们说，番狗是追着撤退的唐人去了，再也没有回来过。"

　　"族人现在都在安北镇？"嘲风又接口问道。

　　"多数都在，伤者甚多，被圈管起来。"

　　"想必是伤者太多，反而免于随军。"嘲风猛然抬头看着白晨，"守军有多少？"

　　白晨没反应过来，摇了摇头。

但周遭的人，包括涅子，此时都明白过来，猫瓦愣道："你要做什么？"

"机会难得啊！"嘲风霍然站起来，"为何不试试看？"

"安北镇，在香囊城与骨笃城之间，如果吐蕃主力远离，只消一支奇兵，便能歼灭守军，之后族人分散遁入密林，不消多久，便能到香囊城的势力范围内。"

涅子只觉得嘲风锐利的目光如判官一般，看透了她所有的心思，顿时精神起来。

嘲风用手蘸了点水，在案上勾勾点点："据朝会所报，吐蕃主力可能尚在围攻骨笃城，或在周边伺机而动，而安北镇只是一个小小军镇，孤悬关外，大军远离，守备与戒备程度按理都很低。至于那些咒语，临阵前众将士堵上双耳，只以令旗为进退，也不是什么太过忧虑之事。"

猫瓦再次听得瞠目结舌，这可不同于劫囚，是要救下成百上千的人啊！她顿时觉得脑子有点发晕，不知如何是好。

"此事倒不是不可一试。"

红荑的话音响起，语惊四座，病榻旁，她一直紧紧握着涅子的手。

真可谓医者仁心，红荑的心弦被沙依坦克尔西部落的悲惨境遇深深震动。这几日又听了阿拔和猫瓦讲述了涅子坎坷的一生，她没想到一个如此年轻的女子，竟背负了这么多不得已与苦难，听得数度流泪。红荑自妹妹失踪后，常痴痴地想起，眼前的突厥女子与自己的小妹年龄相仿，她怜悯涅子，也喜欢她的善解人意与清秀灵泛，想着若是能找回她的弟弟与族人，说不定还能从鬼门关把她拉回来。

红荑想起了驻扎在城外的弟弟，也深知他的脾气，请动他自己和亲兵，不在话下，但要他带大队兵马，则需要兵符。

"要调动独校尉所部，非要兵符不可吧？"见红荑开腔之后便沉默不语，嘲风忍不住开了口，"即便独校尉受到感召，也需请出兵符服众。"

红荑脸色微变，难掩诧异："你，你怎知道我所想？"

果然如此！

嘲风欲言又止，暗笑：你又不是江湖之人，机关盘算早就写在脸上，都知你弟弟在军中，不求他又能求谁？既能求他，又犹豫不决，还不是兵符的事？

她的诧异不过一瞬，随后又开始纠结与困惑，让自己唯一的血亲去那种杀气漫天的地方，如果有个三长两短，自己有何面目见九泉之下的爹娘？

"这救全族于水火的英雄事，医官就留给独校尉自己决定吧。"

嘲风看出她的纠结。

红荑暂时抛开女儿家照顾弟弟的细密心思，轻启贝齿："你那唤作心仪的物件，阿崔用后大有起色，她那年迈的舅母一直念叨着要当面谢谢朝请郎，邀你有空去……去坐坐。"说到此处，红荑轻咬下唇，生生将后半截话吞入喉中。

猫瓦等人听到这医官话锋一转，从刀兵之事跳到家长里短，都一脸困惑。只有嘲风沉吟片刻，剑眉一挑，眼中不禁微露笑意。

- **探闺房**

次日清晨，阿涂蜜施领着白晨率先离去，回到四无量酒楼，随后红荬也返回太医署。嘲风则差人备上礼物，直奔特进府。

这朝请郎还没踏上第一级台阶，已然发现崔府三门齐开，十多名衣冠整齐的仆从肃立两旁。嘲风心里暗暗担忧，对此行的目的更加不自信。

阿崔的舅母从榻上下来，笑脸盈盈。她面前是一整只煮熟的半月龙，颈脖处插着一把镶嵌着红宝石的匕首，左侧是叠成小山的芝麻饼，右侧是肉馅饼，跟前还有一大盆饱满晶莹的稻米，拌着龙肉、鱼虾、蔬果等佐料。嘲风知道这是此地居民待客的最高礼仪之一，看来阿崔真的大有好转，才让其家人如此欢喜。

"昨夜得报朝请郎今日将至，老身高兴得一夜未眠，总算把你请来了，你是对崔家有大恩之人啊。"阿崔舅母喜上眉梢，牵着嘲风的手，又一直打量着嘲风，想着这男娃真是聪慧且有仁心，要是能招为快婿，那该多好，这么一想，更心疼得不得了。

只是嘲风的心思全不在舅母身上，他利用一切机会，用余光搜索着猫瓦或她留下的记号。昨夜，她已经潜入崔府，但迄今音信全无，害得嘲风提前赶来一探究竟。

他最担心的场景是，武侯或家丁推着五花大绑的猫瓦出来对质，那时该如何圆场，可就真的考验功力了。正胡思乱想之时，舅母已经将他引到阿崔房中，阿崔一双清澈妙目正望着他，双瞳犹如黑曜琉璃般澄亮，仿佛能穿透各种伪装，直达内心。旁人或许有些不自在，嘲风却怦然心动。

"你又这样盯着阿崔看！"青钿不悦地喊道。

嘲风回过神来，看到自己设计的心仪已经被挂上各式华丽的绢带，又有匠人雕上龙腾，暗道自己是多么大意，女儿家用的东西，竟没考虑美观，就将那么难看的物件抬进来了。

阿崔见他盯着心仪出神，嫣然一笑，认真说道："仅是好看了些，用着并没有更舒服。"

舅母一听便皱起眉来，嫌弃阿崔不会说话，忙解释道："这后世之法很是灵验，阿崔用的次数渐少，朝请郎且坐，陪她说会儿话吧。你未来之时，她一直在栏上眺望，老身从未见她这个样子。"说罢，舅母意味深长地看了他一眼，自己唤出青钿，回到前厅去了。

阿崔大大方方地凝视着他的眼睛："阿崔的名字叫临真，崔临真。"脸上的神情有些小小的得意。

"谭加云，字嘲风。"嘲风随口接上，心思飞转，想着猫瓦到底跑到哪里去了？不会落到达奚或者将军府的人手上了吧？要是他们用猫瓦来胁迫自己，那可如何是好？

"嘲风，龙生九子之第三子，朝请郎，家有九兄弟吗？"阿崔没有觉出嘲风的异样。

"并没有，我乃独子。"话一出口，嘲风便乱了心绪，广府、爹妈、阿四的模样，瞬间涌上心头。记得父亲说过，嘲风是鸟儿的化身，平生好险，人们喜欢将其雕像安在殿顶房上，震慑妖魔，驱灾除害……

"这个心仪很好使，我可以很快平静下来，谢过朝请郎。"阿崔话语间满是感激。

"我先是惊了阿崔的步舆，又扰了佛阁前的你，这罪过大了，如果那东西有用，阿崔大不必言谢，我……"

"朝请郎一直就这么会说话吗？"

嘲风一时语塞，转念倒也释然，阿崔清纯如纸，非黑即白，言语上哪有那么多繁文缛节？一时只觉得自己满腹心计在她面前也无用武之地。

"谭某今日前来，是来讲一个故事的。"嘲风回到正题。

"哦？临真喜欢听故事。"阿崔说罢，轻轻走近，坐在嘲风的身边。

嘲风顺手将桫椤叶纹金燎炉捧来，递到阿崔手上，阿崔心头一热。

嘲风从自己兄妹跌落史前之地被涅子所救开始说起，又经吐蕃劫掠，跋涉千里，到唐城，陷入这是是非非之中。他一五一十将自己的际遇讲了出来。

嘲风讲得生动，阿崔听得入神，两人并肩坐着，只听见金燎炉的焰舌噼啪作响，映亮了青春的面庞，配着窗外层层叠叠的香囊球，别有一番花前月下之感。

当听到涅子的族人与弟弟在安北镇受尽苦难时，嘲风听到她一声轻呼，抬头见她一脸凝肃，双颊滚烫，视线四处游移，才发觉用词可能太过血腥，刺激到了这闺阁少女。

阿崔指着心仪，额上沁出冷汗，嘲风忙不迭地将她搀扶过去，阿崔躺在套着绸缎的软毛垫子中，脸色慢慢平复下来，可能用神过度，竟慢慢睡过去了。

- ## 金文锁

　　阿崔竟这样快便睡去了，嘲风见机不可失，赶紧放下炉子，在阿崔闺房里上下搜索，寻找猫瓦留下的记号。

　　不一会儿，嘲风便信心全失。这闺房实在太整洁了，一眼望去，各种摆设一览无遗，根本没有什么能藏东西的地方。不对！嘲风想起猫瓦曾见过崔特进数次支开阿崔，在闺房内待了许久才离去。这楼阁之中，定另辟了一间密室。

　　嘲风屏住气息，仔细看着这闺房之中一切不合常理或显露奇怪痕迹的物件。他沿着房间的最外缘慢慢走着，轻轻敲打，又摇晃物件，镜屉、烛台、灯笼、书案、砚台、水晶镜等一一试过。"这水晶台真是精美绝伦。"嘲风不自觉地驻足，寻常的水晶不过拳头大小，而眼前这镜子，能照到人的半身，梳妆极方便。

　　这一瞬，嘲风心里咯噔一下，试探性地敲了敲水晶镜，突然听到微弱的回应："哥……"

　　是猫瓦！嘲风血气上涌，慌忙在四周寻找拉掣开启密室，可急得外衫湿透，也找不到机关。"怎么开？"嘲风不得不贴着水晶镜，冒着被外人听到的风险问道。猫瓦从里面传来的话语断断续续，嘲风听不清楚，逼迫自己静下心来，却突然发现水晶镜被自己的体温烘出了少许纹路。

他轻轻哈了一口气，水晶镜上蒙了一层水雾。

是……是龙字？嘲风看见了有趣的一幕，那水雾中间慢慢展现出一个图案，像极了金文的龙字，但缺少了两个笔画。"龙无齿，可不行。"嘲风思量着，顺手便把龙牙添上，谁知这一按却发现此处正是机关所在，密室发出了启动机关时单调呆板的咔嗒声响，水晶镜和底下的木板通通往后移了半丈，一根铜条从底下伸出，"啪"的一声卡在暗门上。光线顿时射入密室之中，映得里头一片白亮，一个娇小的女子正倒在门边。

"妹！"嘲风来不及多想，慌忙进去将倒在地上的猫瓦抱起，踢开铜条，离开密室，龙齿归位，竟毫无痕迹，真是巧夺天工。原来，猫瓦潜伏闺房多时，终于碰巧看到崔特进入密室的方法，夜深人静之时迫不及待一试，无奈绊倒了铜条，密室快速复原，她被困在其中。在这隔绝空气的密室里撑了一夜，她渐渐觉得四肢乏力，强烈的闷室感使其昏昏欲睡，幸好嘲风及时赶到。

嘲风见猫瓦面色苍白，急得轻轻拍着她的脸，唤道："妹！你怎么了？"

"哥，我没事，只是里面太闷了。"猫瓦遇到新鲜空气，大口呼吸着，渐渐恢复了生气。那暗门是一个单向水晶，猫瓦虽然困乏，但仍然看到了嘲风进来后发生的一切。嘲风见她气色恢复红润，顿时放心不少。

"阿崔快要醒来了，你把我放在屏风后头藏起来。"猫瓦的感觉依然敏锐。

果然，阿崔蹙眉"嘤嘤"几声，似将醒转。

嘲风忙将猫瓦安置好，回到心仪旁。

不消片刻，阿崔睁眼坐起，见嘲风一脸关切，红晕爬上略显苍白的脸："让朝请郎见笑了。"

嘲风疏朗一笑："阿崔只管休息好，我会一直在身旁护卫。"

"你对我说的那些，"停了会儿，阿崔打破了沉默，她轻皱蛾眉接着说，"是不是希望我想办法帮助他们？"

嘲风正想着怎么引出这个话头，没想到阿崔如此直截了当，于是接口道："是的，但这个事情，阿崔须冒天下之大不韪，以身犯禁。校尉仅带亲兵尚不足成事，须拿到兵符，特进必然不许，只能靠阿崔帮忙。"

阿崔扑哧一笑："传奇里都写着，事不关己之时，还甘愿奉献，可称为英雄。吐蕃视人命为刍狗，朝请郎为报恩而设法施救，阿崔可以帮这个忙，只是……"

意犹未尽，她走出心仪，从侧门进入密室，捧出一个盒面上尽是金文笔画部件的匣子，她深知这机关错综复杂，跑到案上提起笔墨挥毫写下："机关匣由百年前大匠人所造，七个金文又拆成三十三个部件，需要依序打开，其打开之法为绝密，历代特进口口相传，底层有铄金水，次序错误或屡次重复，机关开启，所有兵符落入铄金水中，刻字消失，形同……"

字还没写完，但闻"锃"的一声，嘲风已经打开匣子，仔细辨认之后取出独校尉部所对应的兵符，一脸感激地回头望向阿崔，却看到阿崔绛唇咧开、瞠目结舌，连声音都发不出来的模样，慌得又快步走过去，将其扶回心仪之中。

阿崔紧紧抓住心仪的毛皮，过了好一阵子，才问出来："你怎么打开这个匣子的？"嘲风原以为她因担心私送兵符后果不堪设想而紧张不已，没想到她却问了这么一个问题，他不假思索便答道："这匣面上七个金文，只能组成这么一句，来凤雍鸣永安邦，想必是美好的寓意？"

朝请郎竟如此精通金文，阿崔只觉不可思议，她微微一顿，似是下了极大的决心，缓缓说道："兵符……我只有一个要求，"她突然低下头，略显羞涩的样子，"若能躲过此劫，每月旬休，能否到你府上，教我金文？与你在一起，我感觉……很安心。"

嘲风心头烘然一热，脸微微酡红，领会到阿崔不忍自己千里涉险的心意，女儿家主动提出约读金文，着实难为她了。

第十三折

血色安北

- **奔千里**

　　端午，是唐人的盛大节日。

　　香囊城中，人们身佩五色丝线编成的"续命缕"，将赶制出的大大小小的粽子缠上色彩绚丽的丝线和编织着花纹的草索，所以唤作"百索粽子"。不管大人小孩，还是牧养的龙儿，都分到了几个。

　　军营里更是一片节庆气氛，募兵制下的职业军人们，平日里操练、巡逻、押送、打仗，都是苦累的活计。如今，大将军开了酒禁，旁边村落里的雄黄酒，一车一车地拉进来。山泉水和自家的粮食，酿出那永远停不下嘴的酒。大兵们喝酒也不用碗，用陶钵。一钵酒，少则半斤，多则一斤，清清亮亮地搁在钵里，一扬手，一仰脖，大碗大碗酒倒下去，又一碗一碗地盛上，一碗一碗地摆上，互相看着，互相端着，互相说笑着，再咕噜咕噜，好酒跌落肚肠，爽气！

　　猎获的各种龙肉被砍成若干块，穿上棕绳，置于大锅之中，随吃随取。于是，大兵们七手八脚捞出了大小排、夹心肉、五花肉、肋条、后腿瘦肉、前蹄后蹄、带皮蹄髈，吃得满嘴冒油，解馋、过瘾，好一群英雄汉！

　　担任警戒的士卒此时虽然不敢放松，但嘴馋得紧，吃了头儿赏来的龙肉团子，丝毫没注意到一支骠骑化整为零地离开了兵营。

　　当嘲风来到独光庭所部，亮出龟形兵符，部下并无二话马上集结起来，一听是偷袭吐蕃人，个个都激动得嗷嗷叫，和平的日子过久了，军人心中最渴望的就是打仗建功。

　　常备军的优势此时显露无遗，二百余号人无声无息地穿过林中，几个拐弯后便消失了踪影。

　　队伍中除了唐人，还有阿涂蜜施唤来的几个葛逻禄商人向导。

　　仆骨接到嘲风的密件，也从三姓村赶来，加入了这支突袭队，他最首要的使命，自然是保护猫瓦。猫瓦深知私用兵符的后果，她在出发前，力劝嘲风一同前往，在救得突厥人之后便一同离开香囊城。可嘲风对她的提议充耳不闻，气煞猫瓦，一路也无好脸色，害得仆骨一直赔着小心。

　　这一路上，队伍虽然唤作突袭队，但稳扎稳打，每到一地都提前侦察好，行进速度并不快。花了一些时日，队伍终于逼近安北防区。这个昔日繁荣的地方，如今百里荒芜，远望过去，龙骨遍野、炊烟断绝，各种现状都让队伍不安，独光庭也开始紧张起来。

　　"报——"云鹏拉长了声音，从远处疾奔而来，龙未收爪停稳便张口道来，"往东北十里毫无人烟，只见土丘。"

　　"再报——"派往八个方向的斥候们此刻都收拢回来，抢着汇报，急着休息。飙鹏带着斥候往西北扫了十几里地，一刻也不停歇地撵上了队伍。

　　"大家好生歇息，明日再探。"独光庭照例来这么一句，心里困惑不已，这一路远比想象中顺利，战事难道还没开始便已经结束？

　　嘲风也是这样想的。

敌区安静得有些诡异。

在独光庭部右侧近百里处，有另一队唐军正在驰骋，从另一个方向逼近安北镇。

这支队伍的速度显然快多了，每位兵士都带有两三只北山龙，一只载人，一只载物资和装备，还有一只轮换载人，日行两百余里路。

此刻的嘲风正趴在其中一只北山龙背上，灰土满面，腰股部疼得他微皱眉头。史高在一旁得意扬扬，嘲笑道："我说，中国有一个词叫什么？白面书生。以后还有你受的，天天给我吃土去。叫你别来，你还非要来，后悔不？"

"你这死红毛奴，"嘲风又好气又好笑，看也不看史高一眼，"你的话未免太多，有这个工夫，还是再找一个垫子给我。"但心里暗忖：说真的，还是挺后悔的，如果知道军士的长途奔袭如此遭罪，说不定就不蹚这趟浑水了。

"朝请郎，我想你是骑惯了自家的龙儿，对陌生坐骑不熟的缘故，这长途奔袭，坐骑不能没有精神，稍一松懈就容易失了前蹄，人没精神更不行，你要瞪圆双目，拉紧缰绳，夹紧龙腹，人龙一体，才能勇往直前！你回头看看我的姿势……"

"又来了。"听着身后传来的谆谆教导，嘲风翻了翻白眼，心里直叫唤：我的相面术还是太嫩了，怎么也没想到，以武力冠绝武侯铺的弥峰弥百战守捉使，竟然是这种人，自信满满是好事，但这么自恋，还这么喋喋不休，简直……

"朝请郎，"身后人丝毫不觉得自己话多，"你说舍妹为什么要救我？"

"看同胞落难，自当相助，且上天自有好生之德，哪来那么多的为什么。"

"其实是我救的她，我怕那贼番伤及无辜猎户，才大声提醒舍妹，舍妹应该知道的，她没告诉你吗？"

嘲风微微一怔，点点头："是的，她觉得若不是你出手，她就陷入吐蕃人之手了，说不定现在……"

"放心！有我在，这种事情断然不会发生！"弥峰说罢，又自忖：但凡人看到本使以一当百，都会怦然心动吧！

"是了。"嘲风口中应着，皮笑肉不笑地嘿嘿几声。想起当初他找到弥峰，试探着问愿不愿意出关助他和猫瓦一臂之力时，弥峰不置可否，一言不发，只让他写下了出发时辰。其谨慎与周全，让嘲风钦佩不已。

而这守捉使竟带来了几乎所有可供机动的武侯！浩浩荡荡近百人的队伍穿戴工整，以野训为名，大摇大摆地开出了香囊城。

"小的们！跟紧了！"

"是！"

弥峰握着缰绳，口中嗬嗬有声，一双明眸刚毅无双，盯着戈壁的上空，策龙放爪狂奔，胯下已略显疲态的北山龙总能适时跨腿闪身，避开路上的乱石障碍，速度丝毫不减。

• 离奇失踪

嘲风的担忧变成了残酷的现实。

深入安北之后，派出的斥候出事了。

与史高同往南边的斥候失踪了，史高往正南，失踪的斥候往东南。

弥峰面色阴沉，留下两个火长看守队伍与营地，又让史高带路，率领近一半人马奔去原地，人人手持火把，一路奔驰搜寻，远远眺望，犹如一条正在张牙舞爪的火龙，但寻至半夜依然一无所获。

第二日，同一方向又丢一人。

第三日，再丢一人，情形一模一样。再寻未果。

"睁大你的狗眼找清楚了没有？"连丢三天人，弥峰的面子再也挂不住，对着南下搜寻的火长大骂，"回去再找！生要见人，死要见尸，被龙吃了也要把烂布碎骨带回来！"他眼里的怒火却直扑史高，心里认定这红毛奴八成没说实话，或出了什么邪招。他一直看史高不顺眼，一头红发，语言怪异。

队伍此时不敢再走，原地扎营，辎重围成圈，内外派兵戒备，圈内则扎起了一个个帐篷。中间篝火熊熊，疲惫的武侯们挤在一起，心里多少有些惶恐。

当天夜里，可怜的火长带队又回去寻，直到清晨归来，依旧两手空空。

唯独不见了史高。

"史高呢？"嘲风一脸狐疑地问火长。

"我们搜了三十多里，他道是要再往南边去，我恐营地有变，就先撤回来了。"火长如实说，"史高先生让我们扎营稍等……"

"呸，这样还先生晚生，后娘养的都比他强。"弥峰打断了火长的话，又是一顿骂。

直到第五日入夜，经过一日的灼烤，地面高温未退，一阵乏力的龙爪声从队伍后面响起。

"大人，史高回来了。"一武侯眼尖，喊了一声，赶紧迎了上去。

史高已累得不行，浑身筋骨酸痛，脸上的汗水用袖口胡抹一番，斑白的汗渍在衣服上干了一层又添一层，似数年不曾浆洗，虎口被缰绳勒伤，露出丝丝血痕。

"找到什么了？"众人赶到龙前问，但见这可怜的北山龙已经疲惫得张不开嘴，只是滋滋地往外吐着白沫。

史高往地上掷下一个破旧的刀鞘，缓了缓气："这两天龙不卸力，沿着队伍以外的龙爪印追了百来里，除了龙群，荒无人烟，但在一条冲沟里寻得这个破鞘。"

嘲风走过去，捡起，拭去尘土，执火折子凑近一看，神情有些迷惑："这倒是一个罕见之物。"眼前之物虽不完整，但从形状看显然是一刀鞘，用上等银香木制成，再用鳞状龙皮革包裹，鳞片大且粗糙，有着暗绿色的油亮光泽，不像常见的龙或小兽的皮囊，刀鞘在火光下显得格外诡异。

弥峰接过刀鞘一打量，冷笑道："你奔去这么远，让我们白等两日，就寻得这么一个前朝破烂，鬼知道你有什么见不得人的事。"

"守捉使，你是弥百战，无所不能，你告诉我这前朝破烂是何种人所使？"史高冷笑道。

弥峰一时语塞，看着刀鞘不像寻常的突厥或吐蕃人制式，竟也答不上来，正欲发作，被嘲风按住。"这会儿急火攻心，理论不出什么，"又回头对史高说，"你先去洗洗，用点饭，歇会儿再议。"史高嘴边泛起一抹蔑意，扶着鞍头一跃跳下龙来，夺回刀鞘，径直走开了。

史高心中有气，身上又冷又乏，他避开营地，选了个僻静处，抽出马刀劈开几块枯木，又拖来一捆干枯的松枝条，混作一堆，从怀里取出火折子，燃起一小堆篝火。

黑夜之中，篝火烧得哔啵作响，跳跃的焰光变幻出各种奇怪的影子，时而欢腾，时而低落，一会儿又变幻成一个少女的身影向他走来，史高不想揉眼，想让这美色多留一会儿，却又闻到一股浓郁的肉香扑鼻而来，篝火前那少女正用茭白玉指捧来吃食。

史高回过神来，下意识回头一望，原来是嘲风提着一小壶酒，给他送吃的来了："我给你烤了一些龙腩肉。"史高忙谢过，看着有酒有肉，拔出匕首大口吃了起来。

嘲风的手被篝火烤得发烫，驱走了少许戈壁滩晚上的寒气，看着史高狼吞虎咽，不禁生怜：这洋人倒也不易，做事着实卖力。他随手拿起史高丢在火旁的刀鞘，琢磨着上面的怪鳞，问道："这墨绿刀鞘，便是今日捡的？"

史高清了清嗓子，又把事情简要说了说。

"那在冲沟捡获此物之前后，有无听到什么诡异之音？"嘲风问道。

"我骑得匆忙，龙爪声、风声甚大，此外便没什么了。"史高想了想，又仰头灌了一大口酒，酒液从嘴角流出，顺着他那坚硬的面部线条，滑过满脸胡楂儿，直落衣领上，满是西部牛仔的率性和不羁。

"不过，"史高的眼神闪烁，突然想起什么，"说来诡异，我听到了一些和尚诵经般的声音。"

"诵经声？"嘲风的心又提了起来，将自己原先的猜测一下子都联系起来，不禁心里懊恼，怎么总是这般好的不灵坏的灵？这些吐蕃人，和此前遇到的瑜伽士一样，肯定是以某种咒语，让听到的人成为行尸走肉。他闭眼，竭力回想红萸用金针刺下的穴位位置，有百会、风池、哑门、人中……

史高见他沉思，不禁笑道："我以为附近有庙宇，就没去细寻了。"

如果真是他们，史高能活着还真是天大的运气。嘲风看他一副乐天样，又好气又好笑，但事儿还没坐实，也不好明说出来。

• 接　战

　　次日一早，队伍又拔营出发。此次，弥峰亲点勇士做斥候，一改此前每人扫一方位的做法，改成两人一组，嘲风自告奋勇站到了史高的身旁，弥峰拧不过他，只能准了。

　　两人往东南侧翼搜寻了五六里地，毫无异状，正想返程赶上队伍，没想到一齐听到一阵奇怪的诵经声，且越来越清晰，声声入耳，虽听不明，但已能辨得。

　　"想必这寺院还挺大，"史高困惑不已，对嘲风说，但又觉得不合常理，"这方圆数十里荒无人烟、水源枯竭，僧人又靠何人供养？"史高竖起耳朵仔细听那诵经声到底是何意。在那电光石火的一瞬间，史高越想着前行，身体越不听使唤。他满面错愕，眼睁睁看着自己一双遒劲有力的臂膀仿佛是他人之物一般，竟松开了缰绳，而那些吟诵声仿佛化成了一个个细小的字符，从毛孔钻入经络血脉间，霎时一股莫名的气息在体内聚集，眼睛和大脑感到灼热，手脚却开始渐次"泄气"，聚拢起来的气息最终堵在前胸，四肢冰凉……

　　嘲风听到诵经声，心知不妙，又见史高像走了神，嘴里着了魔般地嘀咕着。"史高！"嘲风大声唤着，顺着史高的方向一望，太阳晃眼得很，但远远能看到有几个人影，暗道：好个贼人，使的什么妖术，还能诳人前去！于是抽出毛瑟步枪，一夹龙肚，想看个究竟。可史高竟松开了缰绳，慢慢倒在了龙爪旁。

"糟……糟糕！此地如此酷热，要是留他在此，怕命不久矣。"嘲风看史高倒地，也无心追击那些人影，一闪身下了龙儿，将史高拖上龙背，拍龙后撤。

弥峰正在营地高度戒备，见嘲风一人奔回，一种危机四伏的感觉又漫上心头，又听嘲风喊道："弥峰！快拿丹药来！"

"贼番果然有鬼！"

昨夜嘲风讲的话犹在耳边，他忙从龙鞍上的鳄皮袋中摸出一个黄澄澄的瓶儿，"吧嗒"一声打开盖来，内有十八九丸丹药，胡乱地将丹药压碎了，给史高服下，这些通窍活血散结之物下去，史高周身散出一阵燥热之气，竟能慢慢坐起身子来。

三人正要商量，突见一个斥候策龙而回，速度缓慢，又左右打摆子，弥峰迎上去正要开口，只见斥候的坐骑先是艰难地挣扎了几下，又重重地倒在地上，不断抽搐着。斥候被连带着掀翻在地，见到弥峰，哭丧着脸喊道："大将军！大将军别杀我，别杀我！"看样子已丢了魂，人没见血，倒是龙儿中了几箭。

"这厮胡说八道些什么？"弥峰大吃一惊。

"这便是中了吐蕃人的咒语！"嘲风已经看清这些吐蕃人的招数，咒语之后，心志坚定的，反应可能稍微弱些，心志不坚定的，脑海中的恐怖片段就会启动，极其狰狞地占据心房。此前在突厥部落，那化身狂龙的阿拔和仆骨，以及疯疯癫癫的战士们，都是因为中了这种咒语。

"可我那丹药远远不够啊！咱们队伍还有百来号人马！"虽然匪夷所思，但弥峰终于确信嘲风所言不虚，心里一慌，先往自己嘴里塞了一颗。

"无需丹药，马上叫众人互相用针刺百会、风池、哑门这三个穴位！可保住心神！"嘲风大手一挥，令众武侯围过来。

众人一听要针灸，莫名其妙，还未领会其意，只见前侧方的戈壁荒原上，远远的几个小黑点正急速靠近，他们嘴里似乎念叨着什么，可是被滚滚的龙爪声盖住了。

"吐蕃人来了！"弥峰一吼，"吭啷"一声拔出横刀，众武侯也紧张起来，一阵金铁交鸣，兵器齐出。

等吐蕃人再靠近一些，仔细一看，竟只有五六人，清一色老朽，脸上刻满了岁月的沧桑，披着破旧皮袄，而且手里并无兵器！这唱的是哪出戏？武侯们面面相觑，一时之间搞不清楚状况，有的竟忍不住笑起来："什么吐蕃人？就是老乞奴吧！"

"且看他们要做什么。"弥峰挥了挥手，让武侯闭嘴。

这些"老叫花子"倒也淡定，无视一箭之遥的队伍，从怀中掏出嘛呢筒，虔诚地转动着，口诵经文，缓缓退去。

"糟——糟糕！那经文就是这些老奴念的！"

"后面！"

弥峰突然一瞪眼，看到队伍的另一侧，一团灰尘铺天而来，龙爪落在被晒得发烫的砾石上，响起清脆而杂乱的声音，冲击而来的骑兵不多，有百十号人，是吐蕃钩爪龙骑兵无疑，悬龙尾羽于首，氆氇毛呢裹身，双袖盘扎于腰间，系着红绳，粗粗的辫子盘在头上，发辫上硕大的绿松石熠熠生辉，嘴里高喊着听不懂的话语，手里长刀挥舞着，阳光打在厚重的刀刃上，发出寒光，圆盘护手上刻的喷焰三宝纹此时像点燃了似的，他们奔腾呼啸而来，一种难以形容的剽悍之气瞬时压住了唐人大队。

"老叫花子原来是佯攻，这边才是真章！"见来人不多，弥峰倒也镇定。厮杀时候已至，武侯们强作镇定，几个火长一个劲儿地催喊着："拈弓搭箭，拈弓搭箭！"

"大将军！"

弥峰失声叫唤，侧翼奔来的哪里是什么吐蕃人？分明是大将军李俊龙，他怒气满面，挥着马槊，疾驰在军阵最前面。

"陆都尉？你这是为何……"外侧的武侯错愕不已，那不是上府折冲都尉陆南驰吗？为何骑在肃州龙上舞刀向自己冲来？

武侯团的百来号人，此时愣在原地，瑟瑟发抖，每个人见到的场景都是那般匪夷所思，是兄弟，是长官，是父母，是孩儿……

"可恶！我还是慢了一步！"嘲风五指死死抓着衣角，这一瞬间，难以言喻的悔恨攫住了他，"要是早一刻教众人打开穴位就好了，现在该怎么办？"他脸上毫无血色，双眸死死地盯着快速逼近的吐蕃人。

只有弥峰在动！

他抽出一捆长矛，举刀、砍落，顷刻之间，长矛被横刀连劈十余记，散开手掌长的小段，他又将断矛竖起来，飞速出刀，削散成无数细片，径细如银针。他丢下刀，伸手抓来一个呆愣的武侯，捡起木刺径直刺激他的百会穴，那武侯头顶传来一阵极薄极锐的疼痛，顿时一阵清明，幻觉开始扭曲起来。

"朝请！狗厮的风池穴在哪儿？！"弥峰转头大吼，"快来帮把手！我记不得了！"

嘲风如梦初醒，想起自己的慌乱，脸顿时涨得通红，忙来到弥峰的身旁，手按风池穴，教弥峰刺下，那武侯但觉眼前万物一片赭色，又如卦象开裂、乾坤互易，一阵天旋地晃之后，整个人清醒过来："我这是怎么了？"

"你中咒语了，快随我去驱走那几个老者，不然我们今天全都葬身于此！"嘲风大声对那武侯喊着，整个人已经调动起来。

"咒语？"武侯一时没能领悟，但看情况已是十万火急，也来不及思考，抓住龙儿的缰绳一转身，往反方向奔去，几位老者没料到有人能躲过口诀，立刻勒住龙头。

嘲风算着射程，拔枪就射。"啪……"他开火速度极快，五发子弹瞬时已脱膛而去，射中了几只坐骑，龙背上的人滚落下来。追上去的武侯"呼哈"一声就拔出擎张弩，瞅着能进入擎张弩二百余步的射程，"嗒"的一声，弩机在嘶叫，那吐蕃人又倒下一个。剩下的探手抓住同伴的龙缰，打了个响哨，转身撤走。

两人不敢恋战，又奔回队伍。

吟诵声消去，唐人浑身一震，似乎从梦魇中醒来，心想，这世间竟有如此匪夷所思之事，大白日里，竟能变幻面容，迷人心智。

听到吐蕃人的怪叫，众人蓦然省觉，齐刷刷地看了过去，吐蕃人虽原形毕露，但冲在最前面的吐蕃人已经触手可及，钩爪龙狂喷的鼻息似乎已经喷到脸上。这些从来没打过仗的武侯此时乱成一团，个个全无主意、脸色煞白。

• 狂锋挐龙

好……好快！

只见远处白光一闪，那是吐蕃人的弯刀挥下时在空中划出的光芒。只见他轻松追上一个发呆的武侯，轻轻侧了一下身子，借助于钩爪龙的冲击力，厚重的直刃从武侯的脖颈处劈下，鲜血溅起丈许高，正在龙背上的武侯的手似乎还抖了几下缰绳，但随即人头滚落，躯体倒在地上。后面追来的吐蕃人，见此场景都发出了狰狞的笑声，他们距离唐人大队只有数丈之远了。

面对如此近距离的杀戮，嘲风只觉血往头上涌，几乎如窒息一般，强压着颤抖的手指，给步枪装弹。

"放箭！快放箭！把所有能射出去的都射出去！"嘲风身后，一个粗壮的、口音奇怪的声音横空响起。史高已经恢复过来，左手拉缰绳，勒住龙儿昂首嘶鸣，右手抽出一把乌亮的毛瑟步枪，朝着刚刚斩杀得手的吐蕃人连续放了三枪，子弹飞出，其中一颗从吐蕃人的胸脯中间穿过，只听见他闷叫了一声，就栽倒下去。

"好你个番狗！送上门来！"

弥峰心中杀机四起，高声喊道："全力放箭！看清吐蕃人的面门！"自己抄过一张擘张弩，咔嗒，把箭上膛，朝着对面越来越近的人影，深吸一口气，松开弩机就射，"嗒"的一声脆响，第一箭就射中一个吐蕃人的小腿，连人带龙干倒。

紧接着，他握紧横刀，喊了声："拿刀跟我冲！"话音刚落，便一跃而出，后面三十余名心腹武侯也舍命跟着他冲了出去。

双方短兵相接，厮杀声不绝于耳，一方为掠夺，一方为保命，只见血光四溅，触目惊心，不断有尸身跌落下来，横七竖八躺了一地，竟很快堵住了坐骑的落脚地。

有蹊跷！

兵器碰撞声中，弥峰似乎感到史高那边的咆哮声越来越弱，分神一看，汗毛乍起，数十个吐蕃人正亡命般地扑向他，中枪的同伴尸首被不断踩踏，就连负伤的也挣扎着往前拱。

史高咆哮着，全身染血，分不清是自己的，还是吐蕃人的，左手的步枪已射光子弹，右手握着马刀，染血的布条把手与刀柄紧紧地绑在一起。一名吐蕃人躲过刀锋，已至身前，正欲蹬腿起步，扑向嘲风。嘲风弹药已用尽，吐蕃人的手斧凌空而至，他只能抄起枪身硬扛，"铛"的一声巨响，一瞬间，枪身被沉重的斧身压下，重重地撞到头上，他感到"嗡"的一下，周遭的空气仿佛全被挤压到了一处，然后又迸裂开来，眼前全是金花，从指间至脚下，似乎万物都在震动。史高见状，飞抢上来，马刀从侧边往上一送，寒光撕开空气，一把扎穿吐蕃人的脖颈！吐蕃人狂号一声，鲜血冲出喉头，整个人迅速砸向坐骑，又滚落在地。

眼见史高如此血战，弥峰心下骇然，不及细想，提气吼道："挺住！我来救你！"说完，他扭转龙首，用刀背戳了戳龙儿的侧腹，一声痛苦的龙吟响起，龙儿撒爪嘶鸣，箭一般飞了出去。

弥峰身后的亲兵正在搏杀，周围的血如飞雾四溅，厮杀中只听弥峰扬声叫道："救朝请！"他立马掉头赶去。不料却迎面撞上史高身后的吐蕃人挥刀袭来，他伏龙背上躲过一道扎眼的刀光，蓦地头顶微凉，盔缘竟被削断。史高抓得这一瞬的余裕，反手送出腰间匕首，正中吐蕃人锁骨，对方没有来得及发出惨叫就睁大眼睛倒下了。

百来号武侯如今已折损过半，余下的慢慢聚在一起，接连血战。吐蕃人将唐人慢慢围起来，把包围圈的几个缺口渐渐合拢，武侯们已经被逼得连多退一步亦不可能。

弓弩已射尽，刀剑已有豁口，坐骑已乏力，但杀气正沸腾，双方的感官都已经习惯喷飞的血液与刺痛的手足，寻找对方最不经意的瞬间，将兵刃捅入要害。光阴在此刻反而慢了下来，戈壁的高温让双方都快达到体力和意志的极限。

本想派几人对安北侦察一番，替猫瓦大军打打前站，或许还能寻点时空转换的线索，没想到弥峰这厮带了这么大队人马，更没想到还吸引了吐蕃的主力，也罢，都是命数。嘲风的嘴角泛起一丝苦笑，还有那么多的谜团未解、那么多的龙未熟知，还有人未能相见。还是挺可惜的，这一生。他从后面按住弥峰和史高的肩膀："谢谢兄弟们助我！"

弥峰和史高一对眼，一笑泯恩仇，心里暗忖：可笑自己的宏图大志，也只能葬身于此了。

● 黑　雨

"突围吧！"弥峰吐了一口混着沙和血的唾沫，"史高，你护着朝请，我们能剩下几个就剩下几个，有活路的还能把这经过告诉国人！"

"武侯们！"弥峰抖擞精神，振臂高呼，"随我跟这些贼番死战吧！兵家能打！我们也能打！这一天，我们都会葬身于此，但大唐的史书上会有我们一笔。你！我！今天都是弥百战！杀啊！"

"杀！杀！杀！"

众武侯轰然响应，仿佛此前的羞辱、怨恨，此刻都可以在沙与血之间洗净，笼罩全军的绝望一扫而空，众人精神大振，狂呼着"弥百战""杀他几个垫底"，杀了出去。

十余骑人马率先冲了出来，一阵龙爪响，尘沙飞扬之间，领头的弥峰已是杀红了眼，对前来阻拦的吐蕃人毫不减速，反而一夹龙肚，逼着北山龙坐骑撩开大爪，飞也似的扎入敌群，仿如利礁击浪，动作之猛，连钩爪龙也被震住，吐蕃人的队形活生生被弥峰冲乱。

嘲风听着也觉热血沸腾，捡起一把手斧，准备做最后一搏。

　　但闻吐蕃人后方传来一阵喊杀声，在前血战的弥峰以为是吐蕃人主力杀到，心里一阵惊悸，怕是突围也无望。

　　但吐蕃人的阵势很快出现少许乱象，只见数十名骑兵奔来，虽然衣裳半零不落，但还算是行若奔涛。他们奔至嘲风等人的侧翼，抄起弓弩，向着吐蕃人放出了一排整齐的箭。"这是作甚？"嘲风见后心里一愣，"这架势不能够是吐蕃人啊？"

　　见来人不多，吐蕃人很快压住了阵脚，主力依旧前仆后继地向武侯的突围队伍发起攻击。嘲风和史高见状，抄起横刀背靠背站着，借着坐骑的遮挡，奋力砍翻几个吐蕃人，但不到片刻便气喘，马刀崩出更多缺口，坐骑亦身中数刀倒地。眼前吐蕃人虽然损失了十来个人，但后续仍然强劲。

　　就在唐人仅剩下十余人之时，吐蕃人的侧翼突然被打乱，惨叫哀号不绝于耳。片刻，吐蕃后队传来一阵尖厉的呼哨声，就在武侯准备以死相搏之时，吐蕃人竟然纷纷转身后撤，并甩出铁钩拖走尸首，绝尘而去。

　　如此进退有度，看得嘲风等人目瞪口呆。当吐蕃人的烟尘渐消，一面黑色战旗远远地出现在地平线上，那是个大红的"唐"字！

　　独光庭和猫瓦的援军到了！嘲风眼前一黑，瘫坐在地上。

　　当嘲风缓缓吐出一口浊气，再度睁开眼睛时，却见猫瓦眸中波光盈盈，当真要滴出水来，声音透着焦急与关切："哥哥可好？伤着没有？"

　　"猫妹妹！他没事！"弥峰推开身旁的人，神情骄傲，"你是见过我身手的，有我在，朝请郎一根毛儿都不会掉，好着呢！"

　　听了弥峰的话，嘲风头脑逐渐清晰了起来，他安抚了下猫瓦。

　　猫瓦拉来一英气少年，虽满脸血污、衣衫褴褛，但目光如炬，隐含的霸气咄咄逼人。"见过天可汗大军朝请郎！"胥子自报家门，他的口音听起来有些怪腔怪调，神情却十分坚毅，感激之情溢于言表。他深深一鞠，身后追随者见状，挥舞着各色兵器，欢呼一片。

"原来是胥子！怪不得这么眼熟。"嘲风思量。

原来，诃黎胥的队伍看着吐蕃守军前几日倾巢而出，便连夜混入安北城内，击杀留守兵士，占了军镇。咒语失效后，青壮者不甘心继续为刍狗，纷纷拿上缴获的兵器，准备与吐蕃人做最后一搏。谁知吐蕃主力被嘲风的队伍吸引，大大减轻了突厥人的压力。在与独光庭的大队接上头之后，两支队伍相约来会合，没想到恰好遇到武侯队伍被袭，前后夹击，勉强击退了人数不多的吐蕃军。

虽然有了唐军的护卫，胥子的人马还是如惊弓之鸟，担心吐蕃人反扑，便日夜兼程地赶往安北镇，将余下的沙依坦克尔西族人救走。在历经磨难后，这个部落忽露一丝曙光，实属万幸。

此时，安北镇上空一片漆黑，天空滚过一阵轰鸣，犹如百万只飞龙同时张嘴嘶叫。一阵火山迸发的巨响在众人耳畔炸开，一连串的电闪雷鸣紧接而来，腾格里似乎发了怒，将悲愤化为暴雨。暴雨倾盆直下，夹着灰黑的火山灰、凄厉的寒风，像一块广阔无垠的黑幕，将整个安北镇里里外外都包围起来，这雨，是黑色的，使人分不出东西南北，辨不清城郭。

激战之后的安北镇外围，遍地残箭断刃，一片血红。嘲风和猫瓦在弥峰残师的护卫下，带着胥子，又日夜兼程，试图赶回香囊城见涅子最后一面。

而此时的香囊城内外，表面平静如斯，实际上已是暗流汹涌。大将军和仆射的暗斗慢慢浮出水面；三姓村在左右摇摆；吐蕃雍蒸一部在蠢蠢欲动。更糟糕的是，南下寻找落星石的队伍闯下了大祸，激起了南方汉城的杀伐之心，闻者如听到丧钟敲响一般。

安顿好一切，私用兵符的嘲风一个人静静地坐在城南颜家邸店内，来拿他的武侯想必就在路上。他左手轻轻抚摸着已经长大少许的泼皮，右手捏住方才发现的刻着"玉堂"的龙牙章子，内心波涛汹涌。

阿四的随身印章，怎么会穿越千年时空，出现在他房间的桌上？是何人所放？阿四又在何处？

这命运的时针。

无须等待。

它自会滑向下一秒。

后记

从高考结束后的那个夏天开始，我便时常跟随当时中国恐龙学界的大佬们一起到野外，东北雪地、戈壁滩上、魔鬼城旁、黄河高庙边上，每个漫漫长夜总是伴随着各种奇奇怪怪的故事入梦。这些老顽童讲着亦真亦假的故事的时候，完全不比他们做科研的劲头儿差多少。赵喜进先生曾经对我绘声绘色地讲过他在新疆遭遇 UFO 的故事，董枝明先生讲过乌尔禾沥青矿那黑乎乎的岩壁好像一张大型的底片，说不定就把恐龙时代的镜像印了上去，后者成为我一九八九年前开始创作这部小说的原始灵感之一。

恐龙作为比人类久远得多的地球统治者，身上隐藏的奥秘数不胜数，演化上还存在不少断裂的环节，需要研究者十足的想象力，这是恐龙研究中最吸引我的地方，并最终让我从单纯地喜欢恐龙、爱写恐龙科普，一咬牙，跳进了科研的圈子，从爱好者成为正儿八经的科研人员。从那之后，我也是可以触碰第一手资料的恐龙猎人了，恐龙世界的秘密入口直到此时才展露在我的面前。从那以后，作为一名自诩勤快的恐龙猎人，我在国内外四处寻龙挖骨，为恐龙帝国演化的硕大拼图补上一块块小小的碎片，许多此前未知的恐龙也在我手下得以"借尸还魂"了。

这些年，总有一个念头徘徊在我的脑中，如果恐龙尚未灭绝，或被复活，人类该如何与它们相处？想象一下数十只三十余米长的巨龙结群而过，咱们数十年苦心经营的防风林可能在数日之内就被摧毁殆尽。或者在北京故宫、圆明园，那频繁露脸的乌鸦们变成了四处滑翔的小盗龙，那场面也有点太美。而如果这一切发生在科学技术还没有那么发达的古时候呢？让崇尚鬼神的商朝人、"虽远必诛"和"封狼居胥"的汉朝人、"天可汗"的唐朝人、处在封建王朝余晖的清朝人，甚至将信奉长生天的突厥、与苯教关系密切的吐蕃、美国西部狂野牛仔等文明史上的璀璨闪光点通通糅合在一起，让他们在龙的时代逐鹿中原，定然是一幅波澜壮阔的景象。

写这部小说遇到的最大问题是我太较真了（苦笑），我希望书中的每一个细节，都能经得起推敲，即便是控制龙群的巫术，也是基于共情；吐蕃奇怪的吟诵声是基于催眠；提高战斗力的丹药，是史前草药提取的兴奋剂之类的；看影子诊病、瑜伽士的把戏、众人的服装与武器都有资料可追溯。这些都要翻阅大量的资料，写这部小说的前几年，就都花在细节的设定上了。至于一些过于详细的恐龙介绍和背景，可能是科普写多了之后落下的病根，目前已经妥协再三了。

所幸小说计划得到了挚友们的鼓励，作家鹿迅为我制定了速成小说的写法，逐章捉刀修改，赵菁、碧声以及各位推荐人都提出了许多宝贵的建议。这本书看起来或许会有坑太多的感觉，这是因为第一部原本是按照三十万字的体量去构思的，如今以其中一半为第一部，自然就显得更意犹未尽。我希望能先放飞这短短的十五万字，多听听同行和读者们的意见，将这个宏大时空背景下的新世界，完成得更加美妙。

附录

寻骨问龙

当我们脚下的这颗水球在约 2.51 亿年前进入中生代之后不久，恐龙类便从鬼鬼祟祟的小身影快速成长为称霸世界的优势物种。其后经历了三叠纪晚期的萌芽、侏罗纪的繁荣，终于在白垩纪达到了昌盛的顶端。从约 1.46 亿年前的白垩纪早期开始，地球历史便经历了又一次极强烈的地质变化，泛大陆（联合古陆）进一步分离及破碎化，各地发生了强烈的海底扩张和频繁的火山活动，大洋缺氧，海平面升高与温室气候形成。

所有这些事件都使得当时的生物必须打起十二分的精神来积极面对，以适应不同的环境与气候，这些外部条件对生物的演化有着明显的影响。正因为如此，白垩纪成为古生物学家研究动物演化的绝佳窗口。这个时期的世界各地出现了一些极具特色的生物群，比如活跃在亚洲东北部的热河生物群。在此时期发现了大量的恐龙（含鸟类）、翼龙和古哺乳类，乃至昆虫和被子植物等。到了白垩纪晚期，美国地狱溪组地层则发现了一系列著名的恐龙——霸王龙、三角龙、甲龙、鸭嘴龙等，在恐龙时代之巅立下了一面大旗。更令人震惊的是，一场发生在6550万年前的无比巧合的小行星撞击事件，竟然让一个如此繁茂的龙时代戛然而止。

嘲风等人从时空裂隙来到白垩纪，此时地球的温度要比现在温暖得多，就算在两极，也长年稳定在15摄氏度左右。在嘲风的时空探险的第一站，突厥部落的活动区域大约是在今日新疆乌尔禾一带，属于准噶尔盆地。而他们所要面对的，则是白垩纪中晚期生活在这里的各种奇异"怪物"。由于故事发生的"人文"年代背景是中国古代，因此不能按现代古生物体系的命名系统来命名小说中出现的生物，换言之，小说中恐龙们的名字都是我仿照古人的思维一一编造的，以下将为读者们逐一揭晓它们真正的学名和特性。

翘嘴怪鸟便是准噶尔翼龙类（Dsungaripteridae），包括了准噶尔翼龙（*Dsungaripterus*）、湖翼龙（*Noripterus*）和枪颌翼龙（*Lonchognathosaurus*）等。这里要强调的是，翼龙（或称之为飞龙）不是恐龙，只是恐龙的远亲。准噶尔翼龙是"翘嘴怪鸟"中最有代表性的，它的翅膀展开后可达3米，它最明显的特征是在头骨顶部至嘴喙中央有一个低矮的骨质脊冠，以及修长并上翘的颌部，适合从滩涂中挑出贝类或甲壳类。颌部的前端没有牙齿，后端有类似臼齿的结构，非常适合压碎贝壳。

出现在古湖边缘的**巨龙群**属于蜥脚类中的巨龙类（Titanosauria），又称泰坦巨龙类，这个门类囊括了一些地球上最重或者说最庞大的陆地动物，它们将近有30米长，近百吨重。巨龙类在白垩纪的中国广泛分布，新疆也有相应的化石记录，但目前尚未完全描述。

凶神恶煞的**帆龙**属于棘龙类（Spinosauridae），尚未在新疆发现活动记录，但在中国广西扶绥县、中国河南南阳一带有过记录，结合我在新疆发现的大型肉食龙足迹，这种非常有趣的恐龙可能会在当地活动。棘龙类最明显的特征当然数其背部的帆状物，那其实是由其脊椎上的神经棘构成的，这些帆状物的功能迄今仍然众说纷纭，主流的观点认为这是用来调节体温或同类之间的识别标示。与其他大型掠食性恐龙相比，棘龙类的头骨显得扁且窄，加上满嘴圆锥状牙齿，使得它的脑袋看起来很像鳄鱼。相关的化石证据，比如胃容物，也表明它们确实以鱼类以及一些中小型的恐龙甚至翼龙为食。

　　小型的恐龙角色，**狂龙**和**爪龙**分别属于恐爪龙类（Deinonychosauria）中的伤齿龙类（Troodontidae）和驰龙类（Dromaeosauridae）。恐爪龙类是兽脚类恐龙中最著名的演化支之一，它们从侏罗纪中期一直坚挺到白垩纪末期。恐爪龙类全身覆盖羽毛，最著名的特征是后脚第二脚趾有大型、大幅弯曲的镰刀状趾爪，江湖俗称"杀手爪"。当它们行走或奔跑的时候，这个第二趾爪往上后缩、不接触地面。多年来，古生物学家为这个杀手爪的功能想破了头。有理论认为第二趾爪是用来刺伤猎物的武器，或可协助攀爬，钩住大型猎物的身体。也有学者认为，这第二趾爪主要是用来固定住猎物，当它们猎食小型猎物时，会使

恐爪龙

①巨龙类　②驰龙类　③乌尔禾龙　④准噶尔翼龙

白垩纪早期，新疆乌尔禾古湖的恐龙动物群生活场景。
湖对岸是全身覆盖羽毛的驰龙类、如小山般的巨龙类。
近处是有着平坦骨板的乌尔禾龙、一只正在吃螃蟹的准噶尔翼龙。

用脚掌、趾爪将猎物钉在脚下，用体重施压于猎物，再慢慢享用猎物。从目前的化石证据来看，这类恐龙的食性很复杂，很可能是十足的机会主义者，逮到什么吃什么。

伤齿龙类的体型娇小，脑容量比它的近亲驰龙类的大，其视觉和听觉可能更佳。驰龙类是个高度多样化的演化支，包含大批著名的白垩纪掠食动物，例如地面活动的恐爪龙、伶盗龙、犹他盗龙，以及树栖的、可滑翔飞行的小盗龙。有学者认为，驰龙类的第二趾爪较大、大腿较短，伤齿龙类则与此相反，这暗示着这两类恐龙可能有着不同的生态区位。目前古生物学家认为伤齿龙类、驰龙类与鸟类有极为相似的结构，并证实了这些动物都是近亲，共同形成近鸟类演化支。是的，今天天上所有的鸟类，都是这支恐龙的亲后裔。

猛龙的原型是大型驰龙类，推测体长能达到 6.5 到 7 米。目前中国还没有报道过体型这么大的驰龙类，但一些尚未描述的大型的驰龙类牙齿或大型的足迹暗示了这个可能性。以美洲的犹他盗龙（*Utahraptor*）为例，它体型和灰熊差不多，其中一个趾爪长达 22 厘米，生前还会长有角质层，全长可超 24 厘米。

瓦当龙属于剑龙类中的乌尔禾龙（*Wuerhosaurus*），这种本应该完全消失在侏罗纪的恐龙奇迹般地在白垩纪留下了一些孑遗分子。乌尔禾龙的背板看起来与一般的剑龙不同，上面并不尖锐，而是看起来很平坦、圆滑的。有学者认为这并不是它生前的状态，而是遭到了外力的挤压才变成这样的。乌尔禾龙大腹便便，尾巴末端有 4 根长刺，可以防身。

历史上，吐蕃人的活动区域在青藏一带。在白垩纪，随着泛大陆的解体，其分离出来的印度板块以较快的速度向北漂移，在白垩纪结束之后的新生代初期才与欧亚大陆发生碰撞，该造山事件使得青藏高原逐渐形成。也就是说，在白垩纪时期的中国西南区域，还未见青藏高原形成的迹象。此时活动在此地的恐龙动物群的面貌与甘肃、山东等地的动物群相似。

　　根据四川古蔺发现的大型恐爪龙类足迹，其足长约 30 厘米，根据脚部与身长的比例推测，留下足迹的恐龙体长约为 4 米，这是目前中国发现的体型最大的恐爪龙类，这就是文中**钩爪龙**的原型。而吐蕃军团中另一种小型的恐爪龙类：**掠龙**，则同样是根据我在西南地区发现的一些较小的恐爪龙类足迹推断出来的。这些恐爪龙类的恐龙足迹非常有趣，不同于肉食性恐龙常见的三趾型足迹，由于要保护高高抬起的第二趾爪，这类恐龙的足迹都是两趾型的。而且，一些足迹记录表明这类恐龙可能有着群体活动的行为，证据是这些恐龙的行迹彼此平行，很可能是集群前进而同时留下的。这个有趣的发现直接证明了好莱坞科幻片《侏罗纪公园》中伶盗龙群体作战的正确性呢！

　　香囊城唐人的活动区域以甘肃兰州民和盆地和其北部的酒泉地区为主。这些盆地的恐龙动物群记录包括了恐龙化石和大量的足迹化石。在其中的刘家峡恐龙足迹点，曾经发现过一对硕大无比的蜥脚类恐龙的前后足迹，其中后足迹长 1.18 米，宽 0.9 米，一位成年人坐在其中都绰绰有余。

兰州龙

①北山龙　②雄关龙　③肃州龙　④北山龙

白垩纪早期，甘肃北部恐龙动物群生活场景。
近处 7 只棕黄色的北山龙组成一个小家族，一只毛色发白的肃州龙也加入其中。
面对气势汹汹的雄关龙，它们显得十分慌张。

　　硕牙龙的原型是兰州龙（*Lanzhousaurus*），兰州龙包括完整的下颌骨、牙齿、颈椎、脊椎、胸骨、趾骨和肋骨等。这种恐龙的奇特之处在于其巨大的牙齿，令人百思不得其解的是，这些牙齿化石实在是太大了！此前，白垩纪早期的鸟脚类恐龙，如著名的禽龙，它们的牙齿仅有 3 至 4 厘米长，可是这次发现的一颗上颌牙齿化石竟然长达 14 厘米、宽 4 厘米，拿在手上就像一个香蕉一样，是目前已经发现的植食性恐龙牙齿中最大的。

　　黄河龙和**大夏龙**分别是黄河巨龙（*Huanghetitan*）和大夏巨龙（*Daxiatitan*）。黄河巨龙长约 20 米，是目前国内已知最"胖"的恐龙之一。为什么这么说呢？因为黄河巨龙有着宽大的臀部和肩带。其臀部骨骼的中间部分——荐椎高不足半米，却宽达 1.1 米，而 1.2 米长的肩胛骨最宽处竟可达 0.8 米。黄河巨龙发现后不久，古生物学家又在兰州民和盆地找到一个更大的家伙——大夏巨龙，属名赠予化石所处的大夏河流域。该化石非常惊人，颈椎极大，有些类似马门溪龙。马门溪龙是世界上脖子最长的恐龙之一，其 19 枚颈椎构

黄河巨龙

成的脖子占到 24 米身长的二分之一。大夏巨龙也有一个长脖子，颈椎很可能有 19 枚,全身则达到近 30 米的长度,这使其取代马门溪龙成为我国最长的恐龙。

北山龙（*Beishanlong*）发现于俞井子盆地北山一带，体长约 7 米，几乎是目前世界上发现的最大、最强壮的似鸟龙。北山龙生活于湖泊周边地区，其前肢有着长达 15 厘米的大爪，可能是用来防御或挖掘、搂耙地面，寻找食物的。尽管体型不小，北山龙仍然要面对同时代那些强大的肉食性恐龙的攻击，所以，利用两条大长腿快速奔跑是它们存活的不二法门。

肃州龙（*Suzhousaurus*）属于兽脚类恐龙中的镰刀龙类（亦称懒龙类），它体长近 7 米，高约 2 米，是白垩纪最大型的镰刀龙类之一。从已有的化石推测，体型巨大的肃州龙造型非常奇特，其体态如同一只地懒，甚至如一只褪毛的巨型火鸡。从后肢的长度和结构看，肃州龙很可能并不擅长运动，行动较为缓慢，但前肢的利爪是有力的武器，能够保护它们免受掠食者的骚扰。这些利爪很可能也是它们的进食工具，被用于挖出地下栖息的昆虫，或者一些植物的根茎。有学者甚至认为肃州龙等镰刀龙类可能会在水畔捕捉鱼类，就像现在的熊那样。

北山龙和肃州龙的克星很可能是此地发现的**雄关龙**（*Xiongguanlong*），其脑袋长度超过 45.7 厘米,臀高 1.5 米。雄关龙代表了暴龙类演化的"失落环节"，这是因为其吻部长而狭窄，比较适合撕咬猎物，不同于晚期大型暴龙类大且厚重的吻部，后者的结构非常坚固，能直接咬碎猎物的骨头。

甘肃北部发现了数种鸭嘴龙形类（Hadrosauriformes）恐龙，包括了金塔龙（*Jintasaurus*）、叙五龙（*Xuwulong*）和马鬃龙（*Equijubus*），分别对应着文章中的**半月龙、阳关龙**和**马鬃龙**。这些鸭嘴龙形类恐龙有一套进步的咀嚼系统，这可能与它们经常要应对非常粗糙的食物有关，其口中往往有数百个牙齿，用来切割和研磨，在这个过程中，新齿不断冒出，替换已经磨平的旧齿。此外，鸭嘴龙形类恐龙便没有什么可圈可点之处，体长在 10 米以内，没有什么自卫的手段，行走速度也不快，往往是依靠群体活动来自保。

肃州鸟的原型是白垩纪时期活跃在甘肃北部玉门一带的甘肃鸟（*Gansus*）。甘肃鸟是今鸟类已知的最古老成员之一，其化石非常丰富，诸多特征与现生的鸟类没什么区别，其残存趾间蹼和其他软组织表明它可能是靠足推进的潜水鸟，很像现代的鸭子，但能力稍逊。

作为宠物的**鹦鹉龙**是鹦鹉嘴龙（*Psittacosaurus*），这种恐龙广泛分布在白垩纪早中期的中国及其周边。鹦鹉嘴龙憨态可掬而又不乏伶俐的外表赢得了很多人的喜爱。成年的鹦鹉嘴龙最长可达 1.5 米，一般体长在 1 米左右。鹦鹉嘴龙最突出的特征是它这张"鸟嘴"上大型的角质巨喙，其形态和功能和鹦鹉的喙部极为相似，巨喙能帮助它咬断和切碎植物的叶梗甚至坚果。鹦鹉嘴龙的巨喙可能有着巨大的咬力，参照现代的平胸龟，巴掌大的平胸龟一口能咬断一双一次性竹筷！而体长近 1.5 米的鹦鹉嘴龙，其咬力就更加惊人了，到底是什么原因使喙嘴如此发达？答案是鹦鹉嘴龙头盖骨背后四周有骨脊，固定着强有力的颚肌，使它的喙嘴能用力地咬噬。由密集发现的化石来推断，鹦鹉嘴龙可

鹦鹉嘴龙

能是群居生活，漫游在河湖岸边的丛林中，并且还具有非常强的家族性。一些保存极好的化石表明，鹦鹉嘴龙的背部到尾巴有一排中空的管状毛，这些毛长度接近 16 厘米，可能是被用作种群内互相标识的工具。

　　落羽城唐人在第一部中只是崭露头角，他们活动在今日中国华北东北一带，为热河生物群的核心区域。主要出场的恐龙在后续作品中会有更多体现。本书涉及的**环足大虾**，其原型是环足虾类（Cricoidoscelosidae），这是热河生物群中一类较常见的、中大型的无脊椎动物，与今日的小龙虾有点相似。

　　羽龙的原型是小盗龙类（Microraptoria），小盗龙类分布于中国的热河生物群和加拿大的艾伯塔省。这类恐龙非常娇小，母鸡大小的身体拖着一条很长的尾巴，最有趣的地方是，它有两对翅膀——它的前肢和后肢都长有羽毛，因此也被称为"四翼恐龙"。根据标本的后肢特征，它栖息在大树之上，而且可以在林间自在滑翔。小盗龙类的牙齿尖锐且细密，可以捕食比它更小的猎物，包括一些古哺乳类、小鸟、小蜥蜴，甚至鱼类。

　　娇龙指的是寐龙（Mei），其未成年个体的全长约 53 厘米，在分类上，寐龙属于伤齿龙类。其化石最令人惊讶的是它的姿态，它将后肢蜷缩于身下，头埋在一个前肢下面，这与现代鸟类的睡眠状态非常相似，也是人类首次发现死前处于睡眠状态的恐龙化石。寐龙之所以团着身体睡觉，很可能是为了减少表面积，有利于抵御体温下降。这再次表明伤齿龙类和鸟类有着极为密切的前缘关系。

　　蛙口龙的原型是蛙嘴龙类中的热河翼龙（Jeholopterus），这种翼龙的化石产自内蒙古宁城道虎沟，该区域的地质年代是侏罗纪还是白垩纪此前有过争议，现在多倾向于前者。本文增加这个角色是由于其独特的食虫性。热河翼龙的翼展约 90 厘米，是目前世界上保存翼膜和毛发最好的标本之一。它毛发从腹部到肩膀、脖子、尾巴，遍布全身。全身长毛很可能是为了调节体温，增强

热河翼龙

飞行能力，或者在飞翔中捕获猎物时起到消声的作用。热河翼龙的嘴巴宽而短，牙齿较短，很可能是以捕食昆虫为生。

尖嘴兽（*Akidolestes*）的体型非常袖珍，从头到尾只有 12 厘米长，15 至 20 克重。虽然个子不大，它们却是不折不扣的"怪兽"。之所以这样说，是因为尖嘴兽就像是各种动物身体结构的拼合体。它的前半部分与有袋类（如袋鼠）和有胎盘类（大多数现生哺乳动物）相似，后半部分却又无疑是属于单孔类（如鸭嘴兽）的。其骨架有着许多镶嵌进化的特征，这些特征能同时在现代单孔类和现代真兽类身上找到，但又从没有在一个物种上同时发现过。这种哺乳动物重新进化出了一些原始的后肢特征，真是非常不寻常。

攀兽指的是始祖兽（*Eomaia*），属于热河生物群的成员，它的化石非常精美，在它 14 厘米长的身躯上，皮毛、牙齿、四肢甚至部分软组织都清晰可辨。始祖兽处于哺乳动物演化树的根部区域，也就是说，始祖兽正是占现生哺乳动物中 99% 的真兽类的老祖先之一，比此前所发现的最早真兽类足足早了 5000 万年，有着很大的科学意义。从化石上可以看出，攀缘始祖兽长着灵活的、善于爬树的脚趾，而在恐龙横行于地面的年代，善于攀爬可能是当时生存的一个有利条件。由此看来，我们的祖先可能曾在相当长的时间里得到了树木的庇佑。

爬兽（*Repenomamus*），顾名思义是兼有爬行动物和哺乳动物特征的兽类，属于三尖齿兽类，主要发现于辽宁北票地区。爬兽的头骨上有着硕壮尖利的门齿、发达的颞肌，下颌上有深凹的咬肌窝，这都表明它有极强的咬合力。骨骼特征表明它们有着较长的躯干和短而粗壮的四肢，呈半直立状行走，有点类似于现代生活在澳洲的袋獾。在一只爬兽化石的腹部，古生物学家还发现了未成年鹦鹉嘴龙的遗骸，数个未成年个体的骨头仍然清晰可辨，这显示这些肉食性哺乳类是以大块吞食的方式猎杀它们。这些标本是中生代哺乳类猎食恐龙的例证，是非常罕见的化石记录。

狸尾兽（*Castorocauda*）与热河翼龙同时代，借用到白垩纪是因为其罕见的水栖性。狸尾兽的身体全长至少42.5厘米，头骨长度超过6厘米，体重估计在500克至800克之间。迄今为止，它是世界上发现的唯一的半水生中生代哺乳动物，也是已知体型最大的侏罗纪哺乳动物。狸尾兽看上去好像是由鸭嘴兽、河狸和海獭拼合起来的小怪兽。它有着与河狸相似的扁而宽的尾巴，与现生河狸的尾巴及其功能也非常相似，所以具有游泳的能力。作为一种原始的柱齿兽类哺乳动物，狸尾兽这种半水生的动物，要比新生代有胎盘类哺乳动物至少提早了1亿年下水，这是趋同演化的重要范例。

以上就是《御龙记》第一部里出现的中生代恐龙等远古爬行动物，在第二部中会有更多的成员轰隆隆地出场，敬请期待。

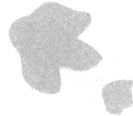